I coram

© 2025 Giulio Einaudi editore s.p.a., Torino

Published by arrangement with Walkabout Literary Agency

www.einaudi.it

ISBN 978-88-06-26611-0

Giuliana Salvi

Clementina

Einaudi

a Bianca e Giulio

Clementina

Io voglio i sogni luminosi e le gentili illusioni, la fiducia ignara e lo slancio inconsiderato, io voglio la fantasia che aspira all'ignoto e l'ignoto attende.

CLEMENTINA MARTELLO

La rosa è rosa senza perché: fiorisce perché fiorisce, a sé stessa non bada, che tu la guardi non chiede.

ANGELUS SILESIUS

Prologo

Lecce, 8 giugno 1948

– Guardate che vi sento. Vi sento e vi vedo.

Clementina, affacciata sulla soglia della cucina, si è sciolta le trecce e i capelli, argentati e lunghissimi, le arrivano ondulati fin sotto i fianchi.

Avanza a passo deciso verso Maria e le mostra una ciocca sul palmo della mano. – Me li devi tagliare.

Sua sorella per tutta risposta butta giú d'un fiato il secondo bicchiere di vino. Poi scuote la testa decisa e riprende a girare le pittule nell'olio bollente. – *Ma cce si ssutu?* Io non ti taglio proprio un bel niente.

Francesco le versa il vino. – Mamma, ma proprio mo li vuoi tagliare, che ci dobbiamo mettere a cena?

Clementina beve un sorso di Negramaro e fa segno a suo figlio di versargliene ancora. Con il calice in mano va ad aprire la finestra. I vetri hanno fatto la condensa e la stanza è impregnata dall'odore del fritto e del fumo. Siede al solito posto a capotavola al centro della stanza. – E tua moglie?

– Si è andata a stendere sul letto che questa umidità la butta giú. Ha le caviglie gonfie e un po' di affanno. Vado a vedere come sta.

Maria le si avvicina. – La pancia è scesa assai. Pare che Giuliana ne tiene dieci di bambini lí dentro.

– Me li devi tagliare. I capelli miei, me li devi tagliare tu.

– Non ti taglio proprio nulla. *Oggi nu te senti filu bbonu, te* –. Maria soffia sulla pittula bollente prima di assaggiarla.

– Tu stai fissata coi capelli *toi* e mo li devi tagliare? E proprio a me lo devi chiedere? Tagliateli da sola se hai coraggio –. Posa la pittula sul piatto, mette giú la schiumarola e le tocca i capelli. – Ancora morbidi sono. All'età tua dovrebbero essere ispidi e radi. Come i miei.

– Tieni le mani unte.

Maria lascia andare la ciocca. – Domani. Se stai ancora convinta te li taglio domani.

Clementina alza il calice di Negramaro, le due donne fanno tintinnare i bicchieri, occhi negli occhi, e buttano giú quel che rimane del vino.

– Giuliana ha perso le acque! – Francesco è sudato e in affanno quando si affaccia all'improvviso in cucina. – Sta piegata dai dolori, coi crampi e vomita, deve andare in ospedale, subito!

– Oh Gesú mio, – Maria scatta in piedi ma deve risedersi subito. – *Lu vinu*...

– Andiamo, ti aiuto –. È Clementina a correre con Francesco da Giuliana. La trovano seduta in terra, si tiene forte la pancia.

– Non riesco a stare ferma ma manco ad alzarmi, – la donna lo sussurra prima di gridare per l'arrivo della contrazione.

Clementina afferra il braccio del figlio. – La macchina dove sta?

– All'angolo.

– Valla a pigliare. Portala sotto casa, io scendo con Giuliana tra poco.

Francesco tentenna, guarda prima sua moglie e poi la madre che gli sistema il colletto della camicia: – Va tutto bene. Mo però serve la macchina.

Bacia la moglie sulla fronte e corre via.

Clementina avvolge la vita di Giuliana e le allontana una ciocca sudata dalla fronte. – Cara, respira. Lo sai come si fa –. Rimpiange di essersi sciolta le trecce. Ora tutti quei capelli la ingombrano, le fanno caldo e si infilano dappertutto.

– Non vi avevo mai visto cosí, – grugnisce Giuliana prima di abbandonare la testa all'indietro.

Clementina la solleva in piedi quasi di peso. – Dobbiamo camminare fino alla macchina.

– Distraetemi un poco, ve ne prego, – mormora la nuora, stremata, mentre si incamminano verso il corridoio.

– Domani Maria me li taglia. I capelli, dico.

Giuliana si blocca e le stringe forte il braccio.

– Respira cara, respira.

– Fa male piú che con Anna.

– Ogni volta è diversa, – le sussurra Clementina. – Ma poi passa subito, lo sai che passa.

Giuliana espira forte e annuisce. – Fate bene a tagliarveli. Se li tagliate si rinforzano, – grida di nuovo.

Maria, che si tiene al muro del corridoio, le vede avvicinarsi e si sbraccia. – La creatura ha scelto il giorno giusto per venire al mondo!

Clementina si avvicina all'orecchio di sua nuora sollevando il mento verso la sorella. – Sta un poco alticcia.

Vicino alla porta d'ingresso Giuliana si blocca e si piega in due. Clementina le tira su il viso e le sorride. – È come un'onda, asseconda il dolore e non opporti.

– Non ce la faccio piú, – mugugna Giuliana, – sono troppo vicine –. Ne arriva un'altra e per istinto afferra i capelli di Clementina, ne tira a sé una ciocca spessa come corda a cui aggrapparsi, e ruggisce. Clementina non fiata, inghiotte e le fa cenno di sí. – Assecondala cara, assecondala, – continua a sussurrarle dolcemente pregando che la contrazione finisca presto. Non è cosí che ha immaginato di perdere i suoi capelli.

– La macchina sta qui davanti! – urla Francesco.

Giuliana, ancora stretta ai capelli di Clementina, scuote forte la testa. – In ospedale non ci arrivo. Credetemi.

– Ci arrivi, cara, ci arrivi eccome.

Emira e Maria sono impalate all'ingresso, quando Clementina rientra in casa. Le paiono due statue della Madonna, una giovane e l'altra anziana, però.
– Tutto bene? – le domanda la figlia.
– E la bambina? – chiede Clementina, che ha il vizio di rispondere alle domande con altre domande.
– Anna si è addormentata ora. L'ho messa in camera tua che sul letto mio ci sta il vomito di Giuliana.
– Hai fatto bene. Venite, andiamo a cenare che dobbiamo festeggiarla a questa creatura che mo nasce –. Si fa strada tra le due donne verso la cucina.
– Sta tutto apparecchiato in sala, – dice Maria. – Ma non porta male festeggiare prima?
Clementina le stringe la mano. – La sfortuna non esiste. E questa creatura va festeggiata mo. Perché già ci sta –. E riparte spedita verso la cucina.
– Peccato *lu frittu*, le pittule... – brontola Maria al braccio di sua nipote. – Almeno mettiamo un poco di musica! Che chioma maestosa che tiene, però!

Clementina si è appisolata sul letto accanto alla piccola Anna che si è già risvegliata tre volte cercando la mamma.
Il suono del campanello la fa sobbalzare. Si tira su a fatica stando ben attenta a non svegliare la nipote che sembra aver trovato la posizione del sonno: distesa a pancia in su e con le mani che si sfiorano sopra la testa.
L'orologio segna le quattro del mattino.
Non fa in tempo ad aprire la porta che Maria le si para davanti. – Era Francesco, Tina!
– Parla piano, – le indica Anna che dorme sul letto.
– È venuto a dirci che stanno bene sia Giuliana che *lu piccinnu*.
– È maschio?
– È Cesare –. Maria le prende le mani. – È Cesare, – ribadisce sorridendole. Poi l'abbraccia forte.

Lecce, settembre 1916

– A chi appartengo io?
Filippo fissava sua madre accigliato. I riccioli scomposti, gli occhi grandi lievemente incurvati verso il basso. A sei anni le sembrava fatto di cartapesta. Avrebbe potuto stringerlo forte o non sfiorarlo nemmeno, in ogni caso presto o tardi lui si sarebbe accartocciato, sfaldandosi. Era un'inquietudine che si portava dentro da quando l'aveva partorito e che non l'aveva mai abbandonata.
– Chi te l'ha chiesto?
Lui non rispose e mise il muso. Triste o arrabbiato che fosse poco importava, Clementina aveva molte faccende da sbrigare ma quella storia voleva chiarirla subito, prima che la mente introversa e fragile di suo figlio cominciasse a ricamarci sopra.
Posò le carte sulla scrivania che era stata di suo padre e si poggiò allo schienale della sedia. – Se la gente te lo domanda, tu rispondi che possono chiederlo a tua madre, e gli dici il mio nome e pure il cognome, e poi aggiungi che non sono fatti loro a chi appartieni tu. Chiaro?
– Anche il cognome gli devo dire?
– E certo. Chi siamo noi senza il cognome?
Filippo non si mosse.
– Che altro c'è?
Ancora silenzio.
– Filippo, vedi che ho da fare, – gli mostrò i fogli sparsi sul tavolo. I conti che come sempre non quadravano.

– Dicono che sono il figlio delle signorine Martello. Un senza padre, – tirò fuori tutto d'un fiato, con lo sguardo fisso al pavimento.

Emira si affacciò alla soglia all'improvviso: – A me mi piace essere la figlia delle signorine Martello!

– Tu zitta! – le intimò il fratello rosso in volto.

Clementina andò a inginocchiarsi all'altezza del bambino mentre Emira saltellava per lo studio. – Vedi che tu un cognome ce l'hai. E non è Martello –. Si avvolse al dito uno dei riccioli disordinati del bambino.

Lui si rilassò un poco.

– Su, prendi a tua sorella e andate da zia Maria a chiederle se le serve aiuto per la cena, cosí io finisco un poco qui.

– È stato quello delle teste a dirlo, – bisbigliò Filippo mentre prendeva Emira per mano.

– E chi è quello delle teste?

– Quello che tiene le teste dei bambini appese fuori dalla porta del negozio.

Clementina batté le mani: – Andate ora –. Accompagnò fuori i figli e chiuse la porta. Una zaffata acre le arrivò dritta al naso. L'odore di muffa penetrava anche lí, nella parte meno umida della casa; per le camere da letto avevano risolto lasciando le finestre spalancate giorno e notte nei mesi estivi, quelli piú caldi, e passando sulle pareti infiltrate acqua calda e aceto di vino. Ormai però era il momento di occuparsi anche dello studio e del salone, e avrebbero dovuto farlo ora, a settembre, perché l'inverno sarebbe arrivato presto e lei non intendeva far passare ai bambini altri mesi freddi e umidi.

Guardò il ritratto di Cesare che aveva sistemato sulla scrivania ma distolse rapida gli occhi. Si vergognava per i calzoni logori di Filippo, per i capelli sporchi di Emira e per Francesco, di quasi un anno, che la gente aveva ribattezzato l'Intruso.

Poi prese in mano il foglio sulla scrivania. Il racconto che aveva scritto la notte precedente. Si vergognò anche per quello, per avere perso tempo con cose inutili invece di dormire. Ma scrivere le serviva. Le era sempre servito. L'unica abitudine della vecchia vita che si era portata con sé.

Lasciando Roma per tornare a Lecce, otto mesi prima, non immaginava di trovare la casa dei genitori in quello stato e le sue sorelle, che vivevano grazie alla pensione del padre, non in grado di mantenerla.

«Non ne siamo capaci, Tina, – le aveva confessato Anna. – Le case grandi hanno bisogno di denaro. Con la guerra ce ne sta a malapena per sfamarci».

Lei aveva provato un forte senso di colpa e non aveva detto piú nulla. Si era fatta dare il libro dei conti di suo padre e l'aveva studiato cercando di capire come avrebbe potuto fare per sfamarli tutti e per mantenere la promessa fatta a Cesare.

Quando il treno aveva fischiato, mesi prima, alla stazione di Roma, aveva stretto con forza il piccolo Francesco a sé. Il bambino, avvolto in uno scialle nero, dormiva ignaro, mentre Filippo si fissava le scarpe ed Emira giocava a disegnare col fiato e le dita sul vetro appannato e sporco della carrozza. Anna, che l'aveva raggiunta per aiutarla durante il viaggio, non faceva che sorridere. Ma Clementina l'aveva colta piú volte mentre si asciugava le lacrime credendola addormentata.

Da ragazze le tre sorelle Martello erano state unitissime. Adesso Clementina sapeva di dover recuperare quel rapporto. Si sentiva indietro e in difetto: era piombata nella loro vita di signorine con tre bambini piccoli, quattro bocche in piú da sfamare. Provava disagio e invidiava le sorelle per il modo in cui si guardavano, un codice che era appartenuto anche a lei e che ora non sapeva piú decifrare. Era pentita anche per avere rimproverato Maria di parlare in dialetto. Un linguaggio intimo che i loro genitori non avevano mai permesso e che adesso Maria sembrava rivendicare. Quella terra, rossa come il sangue, era la sua terra e la lingua era la formula che aveva scelto, l'unica decisione che le era stata concessa e che aveva rivendicato con rabbia.

«Il babbo ti incenerirebbe con uno sguardo se ti sentisse», le aveva detto Clementina una sera, mentre portava la brocca con l'acqua sporca da svuotare in strada.

«No, Tina. Il babbo, se ci vedesse ora, direbbe che *sai addú nasci e nu ssai addú mueri*».

Clementina era rimasta immobile, stupita dal modo spiccio con cui l'aveva liquidata, mentre Maria era uscita a testa alta e con la brocca tra le mani. Aveva stretto i pugni e ricacciato dentro le lacrime. Non avrebbe pianto. Non piú.

La mattina dopo, all'alba, Anna si era intrufolata nel suo letto e come quando erano bambine si era avvinghiata con le gambe alle sue. «Tieni i piedi sempre ghiacciati, Tina mia».

«Ho discusso con Maria ieri sera».

«Lo so».

«Naturale che lo sai».

«Non devi essere gelosa di noi. Non è giusto. Noi siamo state felici per te quando sei andata a Roma, per la vita che hai vissuto lí».

Clementina si era tirata a sedere e aveva preso a sciogliersi le due trecce che teneva per dormire.

«Da' qui. Ci penso io». Anna l'aveva fatta girare di schiena e le aveva preso i capelli. Con la spazzola che aveva trovato sul comodino aveva iniziato a pettinare la lunga chioma di sua sorella. «Quando siamo tornate a Lecce con il babbo e la mamma ci sei mancata moltissimo. Passavamo le giornate a immaginarti a Roma con Cesare, a passeggiare per le vie del centro, a mangiare il gelato a piazza Esedra».

A Clementina era venuto il magone. Anna, come sempre, l'aveva capito. «Non starci a rimuginare. Siete due teste calde tu e Maria. Ma tu peggio. La sua scorza è finta, lo sai. La tua, quella che ti sei portata da Roma, mi fa paura».

Quella mattina Clementina e Maria sedevano preoccupate attorno al tavolo della cucina. Con la guerra in corso i problemi di sempre si erano esasperati: tra il rincaro del pane e la mancanza di grano, mettere qualcosa di nutriente a tavola era diventata una sfida.
– Bisogna mandare Pantalea a rimediare qualcosa in campagna. Anche gli scarti.
– Quale campagna, Tina? – Maria si allungò verso di lei. – Teniamo una campagna e non ne *sacciu* nulla? E poi le campagne stanno messe peggio che mai. Potremmo provare a chiedere il sussidio.
– Non ce lo danno. Non abbiamo uomini che combattono, lo sai.
Maria sospirò nervosamente.
– Leggi qui –. Clementina sollevò un foglio verso la sorella che si pulí le mani sul grembiule prima di prenderlo. – Forse dovremmo vendere anche gli ultimi gioielli.
– Tina... – Maria posò con cura il foglio sul tavolo.
– Andrò domattina al monte dei pegni ma questa volta il prezzo lo faccio io. Chiama Anna, deve essere d'accordo anche lei.
– E che, vuoi fare un accomodamento? Qui non c'è da essere o non essere d'accordo. Non ci stanno altre soluzioni. O vendiamo o crepiamo di fame. Noi prima e i bambini poi.

Anna era seduta in salone sulla poltrona che un tempo era stata della madre, accanto alla finestra che dava sulla strada interna. Maria, in piedi e con il grembiule ancora sporco addosso, era dietro di lei.
Clementina aveva mostrato le carte, i conti che di nuovo non tornavano: la pensione di Cesare, troppo scarna, e quella del babbo, che era piú consistente ma non bastava per tutti.
– Ma abbiamo già venduto tanto. Abbiamo dato via

quasi tutto, quello che ci rimane ha un valore affettivo importante, non potete, non possiamo liberarcene in questo modo –. Anna le fissò implorante. Delle tre era sempre stata quella piú emotiva, piú fragile.

– Nulla è fatto tanto per fare, – rispose Maria.

– Lo so. È che non avrei mai immaginato che sarebbe stato cosí difficile –. Anna guardò le scarpe che erano usurate in punta e sul tallone. – Tina, io per i bambini mi venderei anche la pelle –. Poi, d'improvviso, si alzò. – Facciamolo. Vendiamo quello che rimane. Ma ne teniamo uno a testa, resterà un ricordo per i bambini –. A fatica si sfilò l'anello di ametista e diamanti che portava all'anulare della mano destra. – Questo sarà l'unico che terrò. Era il regalo che il babbo fece alla mamma quando nacqui io.

– Maria? – disse Clementina.

– Io di gioielli non ne voglio. Non li indosso e non so che farmene.

– Maria, vedi che è per i bambini. Ne teniamo tre per loro, per quando saranno cresciuti, – le sorrise Anna.

Maria si lasciò cadere sul divano e si guardò le unghie sporche di farina; la cucina era la sua passione e la sua condanna, sapeva sempre quando il cibo stava finendo e quando era costretta ad aggiungere ingredienti avariati in tavola. – Tengo le perle della mamma, quelle della domenica.

– Tu, Tina, scegli con calma –. Anna le mise una mano sulla spalla. – Non i regali di Cesare cara, non farti questo.

Clementina le sfilò piano la mano. – Ora devo uscire. Ho una questione da risolvere.

Le ceramiche raffiguranti teste di bambini erano appese fuori dal negozio, ognuna con un ghigno differente.

– Il tuo capo c'è? – domandò Clementina al giovane apprendista che stava lavorando la cera nella piccola bottega che affacciava sul vicolo, prima di piazza Sant'Oronzo.

– Torna a breve, *signò. È iuto a fa' na cunsegn*, – le disse quello con un marcato accento del foggiano. – Spostatevi

un poco che c'è la *furnac dà, c'a v'arrucnat* tutta sennò –.
Le fece cenno con la mano di mettersi in un angolo.

– Ci mette molto? – gli chiese mentre lo osservava mescolare la cera e aizzare ogni tanto il fuoco che col calore l'avrebbe modellata. Pensò che non dovesse avere piú di quindici o sedici anni anche se era già muscoloso come un uomo adulto. Chissà perché non era al fronte insieme agli altri.

– *'Nzapim signò*. Quello quando *adda turnà, torna*.

– Allora ripasso. Ho delle commissioni da sbrigare.

I gioielli di sua madre nella borsa sembrarono diventati macigni.

– *Lea dic* qualche cosa?

– Torno piú tardi.

– *Com vulit, signò*.

Il ragazzo si voltò verso di lei. Aveva una benda sul viso e mezza faccia ustionata. Clementina lo salutò e uscí.

Fatti pochi passi incrociò l'uomo che dai vestiti e dalla carriola vuota immaginò essere l'artigiano.

– Siete voi il padrone? – domandò indicandogli la bottega.

– Che vi serve? – L'uomo le rivolse un sorriso eloquente squadrandola dalla testa ai piedi.

– A me, nulla. A voi chiedo la cortesia di non dire parole che potrebbero turbare un bambino che passa davanti alla bottega vostra tutti i giorni.

– Ma che andate dicendo? – L'artigiano le si avvicinò.

Clementina non si mosse. – Mio figlio mi ha riferito che ieri l'avete appellato in modo sgradevole e inappropriato.

– Ah, lo stecchetto è vostro figlio? Io lo *sacciu* chi siete voi. Siete la vedova, la *figghia de lu* viceprefetto –. L'uomo parlava a un palmo dal suo viso. – Su, non fate la *lisciusa*, che siete venuta fino a qui per farmi un rimprovero?

Clementina si irrigidí e si costrinse a non abbassare lo sguardo. Sapeva quello che avrebbe voluto gridargli ma non aveva piú saliva, né bocca o voce.

– Tutta a nero vestita. Vi sta bene *lu neru*, – l'alito marcio dell'uomo le si insinuò nelle narici. Poi lui si allontanò.

Clementina rimase in mezzo alla strada stordita e umiliata. Sentiva le lacrime riempirle gli occhi e si odiò per aver permesso a quell'uomo di trattarla cosí e poi si odiò ancora di piú per non aver saputo tenergli testa, per aver deciso di andare a parlare con lui da sola e soprattutto per aver preso i gioielli di sua madre e averli messi in borsa come una ladra.

Maria, in piedi davanti al tavolo della cucina, stava impastando farina di castagne e acqua per il pane insieme alla domestica Pantalea. – Tina, che ci fai già a casa?

Clementina strinse con forza la sacca. – Anna dove sta?
– In camera sua. Hai fatto tutto?
– Pantalea, fai la cortesia di lasciarci un momento.

Anna entrò in cucina mentre Pantalea usciva.

Clementina svuotò la borsa sul tavolo. I gioielli erano ancora tutti lí.

– Non ci sei andata al monte dei pegni? – Anna sollevò un bracciale d'oro. Era stato di donna Emira, sua madre lo portava sempre ai ricevimenti.

– Li avevamo conservati perché erano i preferiti della mamma e li terremo, – disse Clementina. – Abbiamo già rinunciato a molte cose.

Anna le mise la mano sopra la sua. – Sei gelata. Come sempre.

– *Manu fridda, core caldu*, – si intromise Maria. – E i pagamenti? Il sollecito?

– Risolviamo.

In quel momento Emira entrò in cucina e corse dalla madre.

– Filippo non vuole giocare con me, – mugugnava.

– E tu gioca da sola. Non devi stare sempre appresso a tuo fratello, impara ad arrangiarti.

– Tina! – Anna si piegò sulla nipote. – Vieni con me, cara, andiamo a vedere se troviamo qualche nastrino.

Clementina, immobile, fissava i gioielli sul tavolo.
Maria si tolse il grembiule e lo posò accanto ai gioielli.
– Perché hai risposto cosí alla *piccinna*?
– Sto nervosa.
– La bambina tiene tre anni, non li capisce i problemi nostri.
Clementina prese il grembiule e lo ridiede alla sorella.
– Prima capisce che si deve arrangiare, meglio è.
Con un paio di falcate uscí dalla cucina.

Tu avresti fatto lo stesso, disse al ritratto di Cesare, quella sera, seduta alla scrivania. *E poi quelli erano anche i gioielli loro mentre le bocche in piú da sfamare sono le mie. Le nostre. Comunque, quegli orecchini che mi regalasti erano troppo vistosi.* Restò in attesa per vedere che sfumatura avrebbero preso gli occhi del marito. *E per quanto riguarda la faccenda con quell'omuncolo lí, l'artigiano, lo so che non sarei dovuta andare ma visto che tu non ci sei ho pensato che devo diventare anche un po' uomo. A te di certo non avrebbe alitato addosso e non ti avrebbe squadrato in quel modo disgustoso.*
Ho paura che come faccio sbaglio, anche con i bambini. Eppure io prego Dio tutte le sere e tutte le mattine per trovare una soluzione.
A volte mi chiedo dov'è, Dio. Dove sta Dio, Cesare? Non ci ha già messo alla prova? Non ha testato la mia fede?
Un rumore all'esterno della stanza la fece trasalire. Pareva, in quella casa, che tutti la spiassero.
– Chi c'è?
Nessuna risposta. Nessuna ombra lungo lo spiraglio della porta. Prese il lume e attenta a non far rumore si appoggiò al pannello di legno, era certa di sentire qualcuno respirare. Afferrò la maniglia e tirò forte. Si trovò davanti Filippo.
– Si origlia adesso? Dovresti essere a letto da un pezzo.
– C'è Francesco che piange.
– Non sento nulla.

– Perché è venuta la zia Anna a prenderlo.
Clementina lo scrutò. – Tutto qui?
– Quando iniziamo con le lezioni? Avevi detto a settembre e siamo già a metà del mese, – affermò sicuro, poggiandosi alla parete con le mani dietro la schiena.
– Hai ragione. Iniziamo da questo lunedí.
– E poi andrò in una vera scuola?
– Certo. Ne abbiamo già parlato. La primaria te la fai qui a casa con me e poi ti iscrivo al ginnasio. Ma non ci devi pensare adesso perché mancano ancora cinque anni. Cinque anni non sono pochi, fidati.
– Ho sei anni. Non sono piú un bambino, mamma, io ti posso aiutare.
– Tu già mi aiuti tanto. E mi aiuterai ancora di piú se ora ti vai a coricare.
– Ma…
– Obbedisci.
Filippo si girò verso il corridoio e fece per andare ma poi si bloccò di nuovo. – Mamma?
– Cosa?
– Con chi parlavi?
Clementina guardò suo figlio, magro e dritto, nel pigiama celeste cucitogli da Anna.
– Con il babbo. Ogni tanto ci parlo.
Filippo spalancò gli occhi. – E lui ti risponde?
– A me basta che ascolti.
– E come fai a sapere che ti ascolta?
– Quando preghi lo sai che il Signore ti ascolta. Quello mica ti risponde, tu però sai che lo fa. Per il babbo è lo stesso. Puoi parlarci pure tu se ne hai voglia.
Filippo le sorrise incerto.
– Va' a letto ora, – disse scompigliandogli i ricci. Poi chiuse la porta e tornò a sedersi alla scrivania. Guardò la fotografia e le sembrò che Cesare finalmente le sorridesse. *Chi ami non muore.*

- Che fai? - Emira si intrufolò piano nel letto del fratello. - Con chi parli che è notte?
 - Zitta. Torna a dormire -. Filippo si tirò la coperta sotto il mento.
 - Non mi piace dormire. E poi tu stavi parlando. Lo so perché ti ho sentito, ero sveglia, - esclamò rannicchiandosi accanto a lui.
 - Mi fai caldo cosí. Tu sei piccolina, non puoi capire certe cose, - chiuse gli occhi.
 - Io non sono piccolina, ho tre anni.
 - Mira, mi lasci dormire?
 - Solo se mi dici con chi parlavi -. Si tirò su e poggiò la schiena alla spalliera del letto.
 - E va bene. Ma promettimi che non lo dici a nessuno. Lei sorrise e gli porse il mignolino. - D'accordo.
 - Con il babbo, - rispose lui unendo il dito a quello della sorella.
 - Ma il babbo non c'è, - si staccò lei. - Il babbo è una stella ora.
 - Chi ti ha detto che è una stella?
 - La zia Anna. A me non mi piace che il babbo è una stella.
 Emira si rabbuiò, lui se ne accorse. - Che ti prende adesso?
 Emira sgattaiolò giú dal letto fino alla finestra. - Ci sono troppe lune. E le stelle sono nel posto sbagliato.
 Filippo le si avvicinò. I loro aliti appannarono un poco il vetro della finestra. - No, sciocchina. Quelle sono delle luci, - le disse mettendole una mano sulla spalla. - Vedi? Le stelle stanno piú su. Vieni, torniamocene a letto, - fece per prenderle la mano ma lei si impuntò: - Ti dico che le stelle sono nel posto sbagliato.
 - Se credi, - concesse lui rimettendosi a letto.
 Emira non si mosse. Rimase a osservare il cielo. Se suo padre era davvero una stella come le aveva detto la zia

Anna, allora le stelle mentivano. E poi che ci stavano a fare lí nel cielo, cosí lontane, tutte mescolate che era impossibile capire quale era suo padre?

Quella notte Emira decise che non avrebbe mai creduto alle stelle. Che quello starsene lí a brillare facendosi pregare da tutti senza curarsi di mandare un saluto, un cenno, le rendeva inutili e odiose. Le cose vere, pensava senza pensare, le devi toccare e sentire.

No, o il babbo non era una stella o le stelle erano tutte nel posto sbagliato.

Lecce, febbraio 1922

– Dovresti togliere il lutto, Tina. Tutto questo nero non ci fa bene.
Anna osservava sua sorella sulla sedia di vimini del salone che avevano acquistato al mercato del venerdí.
– Mira mi ha chiesto com'eri da bambina, – proseguí cauta.
– E tu che le hai risposto?
– Che bambina non lo sei stata mai.
Clementina abbassò il libro sulle gambe e la guardò con aria interrogativa.
– Comunque non sapevo cosa raccontarle. Alla fine le ho detto che eri come lei. È ancora piccola, cosa avrei dovuto fare?
– Non le somiglio affatto.
– Appunto.
– E lei che ti ha risposto?
– Nulla. Ma sembrava soddisfatta.
– Speriamo.
– Tua figlia ci muore appresso a te –. Anna cercava di infilare il filo nella cruna dell'ago. – Non ci vedo piú tanto bene da vicino, sai? – sfregò il filo sul palmo della mano. – Cosí dovrebbe entrare.
– È diventata un poco rigida, non credi? Emira, dico.
– Entrato! – Anna morse il filo soddisfatta. – Rigida, dici? È giudiziosa, direi.
– Da piccola era piú allegra.

– Ha nove anni.

– Sí, lo so, – sospirò Clementina mentre Maria entrava in salone tutta trafelata con il cappotto ancora addosso. – Qua state. *M'aggiu* congelata lí fuori!

– Che ti succede, cara? – Anna posò la tela del punto croce sul tavolino accanto a lei.

Maria la ignorò e si piazzò decisa di fronte a Clementina. – Passavo davanti a Santa Croce e la Lucia mi ha fermata, un *friddu* che non vi dico, *m'aggiu* ghiacciata tutta. Comunque, – proseguí senza prendere fiato, – quella mi ha domandato se potevo chiederti un piacere grande: la cortesia di far studiare a Oronzo suo assieme a te e a Filippo, al pomeriggio. Ha fatto intendere che sarebbe proprio una cortesia. Un regalo.

– E sei corsa a casa per riferire questa cosa? – le domandò Anna.

Maria tracannò l'acqua che nel frattempo le aveva portato Clementina. – Sono corsa perché tenevo le rape sul fuoco, fortuna Pantalea se n'è accorta. Comunque, Lucia dice che Filippo è il piú bravo della classe e che il merito è per forza tuo visto che ha studiato sempre e solo con te. Ha aggiunto che Oronzo, anche se l'ha fatto seguire da un precettore, non ci capisce *niezi*.

Clementina iniziò a camminare inquieta per il salone. All'improvviso si fermò a osservare il fuoco nel camino che andava spegnendosi. – Serve altra legna. Ne abbiamo?

– Tina, mi hai sentito? Quella ha detto che lunedí mattina ti aspetta all'entrata del collegio, alle otto precise, cosí le dici che hai deciso.

– Scusa, non può occuparsene lei? Mi sembra pure una donna istruita, – chiese Anna.

– *Cce sacciu*, – Maria si sfregava le mani vicino al fuoco.

Clementina continuava a fissare la fiamma che perdeva intensità. – Ne ha sette a cui pensare. Lo capisco se non riesce a stare dietro a tutti.

– Ci penserai almeno?

– Prima ne parlo con Filippo. Se devono studiare assieme deve essere d'accordo pure lui.

– Mi pare giusto, – replicò Anna. E riprese ad agucchiare il suo punto croce.

Il pomeriggio del venerdí successivo Oronzo venne fatto accomodare allo scrittoio di fianco a Filippo. Li aveva sistemati nello studio perché la cucina, la stanza piú calda della casa dove di solito studiava suo figlio, le era sembrata all'improvviso troppo intima, un luogo inadatto alla concentrazione.

I primi di settembre, a undici anni, Filippo era stato ammesso al Collegio Argento. Da quel momento Clementina aveva preso a seguirlo solo per i compiti del pomeriggio mentre la mattina si dedicava all'istruzione di Emira e di Francesco.

Oronzo la fissava sorridente da dietro le lenti spesse degli occhiali tondi. La madre l'aveva avvertita che il ragazzo era parecchio indietro e che i gesuiti minacciavano di fargli ripetere l'anno, e non c'era da stupirsene. Non riusciva a mantenere la concentrazione per piú di dieci minuti.

– Vostro figlio non sa le cose perché non si riesce a trovare un modo per fargliele ascoltare, – riferí alla donna quando tornò a prenderselo.

Lei la guardò con aria supplichevole. – Non ditemi pure voi che è un caso disperato.

– Non mi permetterei mai. Dopo una sola lezione, poi. Fatemi provare ancora per una settimana, cinque pomeriggi da lunedí a venerdí.

– Clementina, vi ringrazio assai, – Lucia le strinse la mano e si avviò verso la porta d'ingresso dove l'aspettava Oronzo. – Saluta alla signora Clementina e dici grazie.

– Grazie, – biascicò lui, che dal momento in cui la madre aveva messo piede in casa si era ammutolito.

– Tutti i pomeriggi? – si lamentò Filippo appena furono usciti. – Non riesco a concentrarmi, mamma, Oronzo fa

troppe domande. E poi non sta fermo mai, come in classe. Solo che lí i professori lo mettono in punizione dietro alla lavagna, – aggiunse addentando una mela gialla mezza marcia.
– Succede spesso?
– Sempre. A me fa pure pena, per questo gli passo i compiti di matematica.
– Dài, vai a sistemare le cose per domani.
Filippo non si mosse.
– Che c'è?
Notò che il figlio fissava il punto guasto della mela.
– Questo lo butto.
– Fa' vedere, – con i denti lei strappò via una piccola parte del frutto. – Questa è la piú dolce, – gli disse inghiottendo la fetta ammaccata.
– Potrei studiare in cucina, come sempre, mentre a lui lo aiuti nello studio.
– E a te chi ti controlla?
– Io mi controllo da solo.
Clementina ci pensò su. L'idea non era sbagliata. Seguiva Filippo piú per abnegazione materna che per il reale bisogno di lui che se l'era sempre cavata benissimo da solo.
– La sera, dopo cena, ricontrolliamo i compiti insieme.
Lui annuí compiaciuto.
– Ora vatti a sistemare e chiama i tuoi fratelli per la cena.
Lo osservò allontanarsi tranquillo con il torsolo della mela ancora in mano, i ricci arruffati che andavano tagliati. Le gambe magre e lunghe parevano steli di un fiore.

– Francesco!
Anna lo fulminò con lo sguardo ma l'irritazione le durò il tempo di un sorriso sornione di lui. – Non si fa quel rumore mentre si mangia la minestra, – aggiunse piú morbida. Non sapeva resistere al sorriso di quel nipote sempre allegro.
Clementina prese posto a capotavola. – Mi dovete spiegare cos'è questa fretta. Si aspetta che siamo tutti presenti prima di cominciare a mangiare.

- Passami il piatto, Tina, - Maria allungò la mano verso la sorella. - Pantalea, vedi che questo brodo mi pare un poco insipido.
La donna la guardò con aria interrogativa.
- Insipido. Manca *lu* sale, Pantalea. *Ddissapitu.*
- *Laggiu messu lu sale.*
- E mica ti devi offendere mo. Che pure le rape son *ddissapite*, - Maria le indicò il vassoio a centro tavola.
Pantalea andò a prendere un barattolo e glielo poggiò davanti. - *Maggiu fatto vecchia ma non cosí vecchia c'ha ma dimenticu lu sale e lu pepe!* - esclamò uscendo dalla cucina.
- Ma che si è offesa? - chiese Clementina.
Maria le fece segno di non pensarci. - Chi vuole ancora brodo?
- Lunedí Oronzo verrà qui a studiare con me, - dichiarò secca Clementina.
Anna declinò l'offerta del brodo. - È un impegno importante, Tina, sei sicura?
- Quello è pure *turdu*, - aggiunse Maria sottovoce.
Filippo scosse la testa. - Io me ne vengo a studiare qui in cucina, zia, come sempre.
- E certo, a zia. Se rimediamo lo zucchero ti faccio i biscotti alla cannella. Sto zitta zitta che non ti distraggo, lo sai. Sia mai.
- Hai deciso che lo aiuti? - domandò cauta Anna.
- Non ho deciso nulla. Mi sono data cinque giorni, e se capisco che non funziona venerdí ne parlo con Lucia.
- Vedi tu, cara, non è che ti dobbiamo dire noi cosa fare. È che già hai l'impegno di Emira e di Francesco alla mattina, e al pomeriggio segui a Filippo con i compiti.
- Filippo studierà da solo.
Clementina guardò il figlio che le sorrise tronfio. Sapeva che avergli accordato quella soluzione lo aveva riempito di orgoglio e che non vedeva l'ora che arrivasse lunedí per potersi misurare con la sua condizione preferita: la solitudine.

Dopo cena Clementina si chiuse come sempre nel suo studio.

Il ritratto di Cesare la fissava dalla scrivania. *Sono ancora molto indecisa, sai? Questa cosa di Oronzo è una responsabilità grande. E anche se ora le cose vanno un poco meglio, siamo ancora lontani da quello che ci siamo promessi. Ma ce la farò. In un modo o nell'altro ce la faremo. E poi sai quanto amo la storia e la letteratura, quindi in fondo io…*

– Si può sapere con chi stai parlando? – Maria la osservava sull'uscio della porta. Braccia incrociate sul grembiule sporco.

– E con chi devo parlare? Sola sto.

Maria ruotò lo sguardo nella stanza che un tempo era stata lo studio del padre, il viceprefetto della città, e che ora occupava la sorella maggiore. Era stato cosí da subito, da quando sei anni prima era arrivata da Roma con i tre bambini, e aveva preso in mano le redini di quella casa e di quella famiglia disgraziata. Solo una stanza non era stata occupata né sistemata. Clementina l'aveva chiusa a chiave per rispetto e timore: la camera da letto dei genitori.

Maria slegò il grembiule. – Ho mandato a letto Pantalea e ho steso l'impasto per domani. Mi vado a *curcare*.

– Buonanotte.

– Fai tardi?

– Devo dare un'occhiata ai conti del mese e poi ti seguo.

– Stai pensando a Oronzo?

Clementina si tradí guardando la fotografia di Cesare.

– Fino a ora hai fatto bene. Veniamo da anni brutti, Tina, *ogni petra azza parite*.

Quando Maria fu uscita Clementina prese la fotografia e la spolverò con la manica del vestito nero. Aveva ragione Anna, avrebbe potuto togliere il lutto che indossava da anni. Non aveva avuto il coraggio di dire nemmeno alla sorella che quella scelta la faceva sentire bene. Che il non dover piú pensare a cosa mettere, quali colori abbinare, le dava un senso di libertà. L'unica che aveva. Il nero non era piú un lutto. I vestiti scuri erano un proclama rivolto agli altri: ignoratemi. E non infastiditemi.

Fissò assorta il volto di Cesare: gli occhi grandi e profondi come quelli di Francesco, il naso aquilino che avevano ereditato Filippo ed Emira, i capelli mossi e morbidi che lei aveva amato spettinargli per scherzo una sera di molti anni prima. I suoi, di capelli, lei glieli aveva mostrati sciolti solo la prima notte di nozze e lui era rimasto incantato da quella chioma scura, profumata e lunghissima.

Si portò la fotografia al cuore e chiuse gli occhi: *La mantengo quella promessa. L'ho fatta prima a te e poi pure a me stessa. Siamo venuti a Lecce anche per questo.*

Caserta, 2 marzo 1907

Clementina percorreva la navata centrale della chiesa di San Michele Arcangelo al braccio del padre. Sorrideva, improvvisamente calma.
Il nodo allo stomaco che quella mattina le aveva impedito di mangiare era svanito. Avvertiva solo il peso della mano avvolta nel guanto in pizzo e stretta in quella del padre, Francesco Martello. Fluttuava, si sentiva una piuma ed era felice perché di solito il suo corpo non era affatto leggero, si caricava di tutto: gli umori della madre, la fragilità di Anna, le intemperanze di Maria e le rigide regole del babbo. Ora non lo sentiva affatto, nonostante la *guimpe* la comprimesse dal busto al collo come una corolla pronta a sorreggerle il volto.
A metà navata riuscí a scorgere la sagoma di Cesare fermo all'altare. Le venne da ridere, ricacciò l'impulso in gola deglutendo. Poi abbassò gli occhi e sollevò di nuovo lo sguardo solo quando furono l'una di fronte all'altro. Lui si sfiorò rapido il nodo della cravatta, le sorrise e sulle guance gli comparvero le due fossette che Clementina conosceva cosí bene.
Sedute al primo banco, Anna e Maria si tenevano la mano piangendo.

La camera da letto riservata agli sposi per la prima notte di nozze era quella degli ospiti, all'ultimo piano del villino di piazza Margherita, al centro di Caserta, assegnato alla famiglia per il nuovo incarico di Francesco Martello come viceprefetto della città.

Cesare uscí dal bagno e si guardò intorno. Di sua moglie non c'era traccia. Poi udí un lamento provenire dall'angolo della stanza. Si avvicinò allacciando la fettuccia dei pantaloni del pigiama che aveva appena indossato e si piegò a controllare. Clementina era rannicchiata per terra e si stringeva le ginocchia al petto.

Cesare le scivolò accanto mentre lei mormorava incerta: – Scusa.

– Di cosa?

Clementina si coprí la faccia con le mani. – Non lo so –. Si voltò verso di lui in un moto bellicoso. Cesare sorrideva. Le fossette gli animavano il viso ma lo rendevano anche piú smaliziato, meno sincero.

Clementina si calmò e allungò una mano per accarezzare le due piccole cavità ai lati della bocca. – Possibile che tu non sappia da chi le hai prese?

– Da piccolo mia madre mi diceva che erano stati gli angeli.

– Tu le credevi?

Cesare mise la mano sopra quella di lei. – Non ti sembro uno a cui gli angeli pizzicherebbero le guance?

Clementina sorrise. – Insomma… – sfilò via la mano dalla presa di lui.

Cesare si fece serio, le fossette scomparvero. – Tina, non deve per forza succedere stanotte.

– Sí, invece. Altrimenti il matrimonio non è valido.

– Chi lo dice?

– La mamma. E don Angelo.

Cesare si guardò platealmente intorno e sollevò il lembo del lenzuolo per controllare sotto il letto.

– Che fai?

– Cerco a don Angelo.

– Non prendermi in giro.

– A tua madre non la cerco. Che è capace che ci sta davvero sotto al letto.

– Smettila! – Clementina sorrideva ed era seria nello stesso momento. – Davvero possiamo aspettare?
Cesare si inclinò verso di lei. – È quello che vuoi?
– Non lo so quello che voglio.
– Non è da te.
– Ma tu che ne sai? – la voce le uscí piú dura di quanto volesse.
Cesare si alzò in piedi.
– Scusami, – ripeté ancora lei.
– Basta scusarti.
Gli occhi di lui erano velati. Clementina non capiva, ma sentiva che era desiderio e non tristezza il sentimento celato nello sguardo del marito. Erano mesi che lei aspettava quel momento, che fantasticava su quello che sarebbe successo. Ma ora si scopriva insicura e fragile, come mai prima. E la cosa peggiore era che si sentiva perfino offesa dalla proposta di aspettare. Non era piú sicura di nulla. Questo la infastidiva piú di tutto il resto.
– Me lo dici a che pensi?
Clementina prese coraggio e si alzò. Le gambe le facevano male. Si chiuse la vestaglia in seta che le arrivava fino ai piedi. – Non posso.
Cesare la seguí mentre andava a sedersi alla toletta e si scioglieva con cura la treccia che le avevano acconciato le sorelle, e i capelli, neri e lucenti, caddero dritti fino allo sgabello.
– Tu sei tutta gesti, Tina. Ma i pensieri, quelli che tieni nella testa, devi imparare a dirli.
Lei esitò. – Posso scriverli –. Pareva indecisa se parlare ancora. – Facciamo piano, ti va?
Cesare arrotolò i capelli di lei nella mano lasciandole il collo scoperto, si piegò e le appoggiò le labbra sulla nuca. Clementina chiuse gli occhi per un istante ma li riaprí subito. Cesare le slegò senza fretta la vestaglia e poi lasciò scivolare una mano nella camicia da notte, fino al seno. Clementina, che osservava i due corpi allo specchio, fu

sorpresa di trovarli belli. Le piaceva la sua immagine che non voleva mettere a fuoco, sovrapposta a quella di lui. Le piacevano i capelli neri e scompigliati che avvolgevano il braccio del marito.

Si ripeté le sue parole, «Sei tutta gesti», e ne fu felice. Perché i pensieri erano la cosa piú preziosa che aveva, e forse un giorno li avrebbe condivisi. Voleva farlo davvero. Ma quel momento non era ancora arrivato.

La mattina dopo Clementina e Cesare partirono per Roma. Avevano affittato una casa al numero 4 di via Conte Verde, nel quartiere Esquilino, a due passi dalle Ferrovie dello Stato dove Cesare aveva preso servizio da pochi mesi come ispettore generale. Era un appartamento al piano terra di un villino circondato dal verde lungo tutto il perimetro. Clementina lo immaginò da subito pieno di piante di gelsomino.

Delle quattro camere da letto, due erano comunicanti e divise da una parete sottilissima. Ogni porta in legno si apriva con un pomello d'ottone. Lei aveva subito fantasticato di manine di bimbo che lo facevano ruotare passando da un punto all'altro della casa. Cesare le aveva detto che la soluzione migliore per loro sarebbe stata occupare la camera piú lontana, per non essere disturbati, lasciando le stanze comunicanti ai bambini che sarebbero venuti e alla cameriera chiamata a prendersi cura di loro. La camera matrimoniale era la piú isolata in fondo al corridoio, e dotata di un bagno interno che scelsero di condividere.

La quarta stanza, quella centrale, sarebbe diventata lo studio in cui Clementina avrebbe potuto ritagliarsi del tempo per le sue letture. A Cesare non occorreva, aveva il suo presso la sede delle Ferrovie a pochi passi da casa, e lí trascorreva buona parte della giornata.

Era tutto come Clementina lo aveva immaginato in quei due anni di fidanzamento, quando sua madre, donna Emira, e le sorelle, l'avevano spronata a non desistere. Se fosse stato per suo padre avrebbe anche potuto rimanere zitella. Una volta lo aveva sentito dire, mentre parlava con sua madre: «Le ragazze di buona famiglia vanno a perderci nei matrimoni. Trovare un marito all'altezza è sempre piú arduo. Meglio suore. Integre badesse».

Clementina non era riuscita a sentire la risposta di donna Emira ma fortunatamente né lei né le sue sorelle erano state invitate a chiudersi in convento.

In ventitre anni non aveva mai temuto la rigidità di suo padre. Mai, fino al momento in cui aveva deciso che avrebbe sposato Cesare.

Il primo ricordo che aveva di lui sapeva di fichi e salsedine.

Una mattina di fine agosto di quattordici anni prima, nonostante il vento e il mare grosso, sua madre aveva insistito per portare tutti a fare una passeggiata sulla spiaggia della Purità, sotto i bastioni del centro di Gallipoli, in Puglia, la terra della loro infanzia. Sarebbero rientrati a Roma due giorni dopo e voleva che Maria, che fin da piccola soffriva di problemi alla tiroide, godesse dello iodio il piú a lungo possibile. Di malavoglia si era unito anche quel cugino lontano, che Clementina non vedeva da sette anni, perché da tempo non erano piú scesi a Lecce per via degli impegni lavorativi di suo padre. Era rimasta subito turbata alla vista di quel ragazzotto alto e magro, senza neppure un pelo, e con denti cosí dritti e bianchi che sembrava averli staccati alle perle indossate da sua madre la domenica. Le piacevano moltissimo le fossette sulle guance che si allargavano quando sorrideva, e che gli conquistavano la simpatia di tutti. Lui era stato incaricato di badare a Clementina e a Maria mentre le madri passeggiavano con la piccola Anna lontano dalla riva. Cesare, che a sedici anni avrebbe preferito fare altro, seguiva le due bambine annoiato, succhiando i fichi strappati poco prima da un albero lungo la strada. Per farsi notare,

Clementina si era messa a correre lungo la spiaggia con Maria spingendosi a vicenda in una danza accompagnata dallo scirocco che le alzava le vesti e le scompigliava i capelli. D'un tratto era inciampata sull'orlo della gonna ed era finita in acqua rotolando in un'onda che l'aveva trascinata con sé verso il mare aperto per poi rigettarla con forza sulla riva. Impanata di sabbia, con il sale che le appiccicava occhi e capelli, pareva un cespuglio di gaggia. L'acqua le era entrata nelle orecchie formando un tappo con la sabbia, e la voce di Maria distorta ripeteva frasi indecifrabili; temeva di essersi trasformata in un animale marino. Cesare l'aveva tirata in piedi afferrandola sotto le ascelle. Con un fazzoletto le aveva tolto la sabbia dal viso e con cura un'alga dai capelli, poi aveva fatto spazio a Maria che aveva preso a tastarla freneticamente e a parlarle con la voce ovattata dei pesci. Non ci stava capendo piú nulla, non vedeva piú Cesare farle ombra con il suo corpo magro allampanato che ai suoi occhi di bambina sembrava quello di un uomo già adulto. Era stato perché lui la guardasse che aveva preso a scalmanarsi con Maria, e per farsi vedere coraggiosa aveva messo i piedi nell'acqua che era calda come il brodo di pollo. Cesare si era avvicinato di nuovo: Clementina l'aveva capito dal suo respiro, che aveva il sapore dolce e legnoso del fico. Le aveva messo le mani ai lati del viso e con movimenti sicuri le piegava la testa da un lato e dall'altro per fare uscire l'acqua dalle orecchie mentre ordinava a Maria di correre a chiamare la mamma. Quell'episodio le aveva procurato una tale emozione che il resto della giornata si era perso nella memoria. Tra uno scuotimento e l'altro, nelle ore successive, prese a sentire un rimbombo sordo nella testa, qualcosa che faceva pensare a passi di gigante sulle scale, e tutto si fece chiazzato d'oro e di nero. Si era risvegliata il giorno successivo dopo ore di dormiveglia. L'unica cosa che in seguito ricordò di quella giornata fu il sapore della salsedine e il respiro al sapore di fico di Cesare.

Clementina aveva pensato spesso a lui ma solo molti anni dopo sua madre le aveva consegnato una cartolina di Cesare proveniente dalla Sicilia. Lui le raccontava degli studi di ingegneria a Palermo e della laurea che avrebbe conseguito entro due anni. Clementina si era mostrata entusiasta e per qualche mese fu affabile ma sfuggente. Poi le cartoline divennero lettere e dopo un anno di scambi epistolari decise che era arrivato il momento di confessargli che da quel giorno sulla spiaggia aveva sempre associato l'odore dei fichi al suo. Aveva atteso la risposta per settimane e quando la lettera era arrivata si era chiusa in bagno tremando: «... ricordo del gran vento, il mare grosso, e il tuo babbo che diceva che sarebbe stato meglio non andare mentre il mio mi mise in punizione per un mese perché ero stato incaricato di badare a voi e tu, per farti notare, eri quasi annegata...»

Clementina aveva accartocciato la lettera senza finire di leggerla. Quindi era questo quello che ricordava? Una ragazzina goffa e vanitosa? Per orgoglio da quel momento non gli aveva piú risposto.

Era stata Maria a farla ragionare.

«Sei esagerata, troppo rigida», la imbeccò una sera, pettinando i capelli di Anna.

«Gli ho scritto cose che una ragazza di buona famiglia non oserebbe e lui ignorandole mi ha umiliata. Non sono affatto esagerata».

Anna deglutí e si mise in mezzo cercando di fare da paciere. «Vieni qui, Tina, ti sistemo i capelli per la notte. Ci metto due gocce di lavanda», e prese a cercare la boccetta nel portagioie.

Clementina, con la veste da notte rosa che arrivava al pavimento, camminava inquieta per la stanza, scalciando via l'orlo che le finiva in mezzo ai piedi. «Grazie, Anna, ma sto troppo agitata. Tua sorella mi innervosisce».

Maria schioccò rumorosamente la lingua.

«Vi prego, non discutete, non discutiamo», supplicava Anna.

Maria le sfilò con forza uno spillo dai capelli.
«Ahi! Maria non prendertela con me! E tu, vieni qui al posto mio. Prima che lei mi mandi pelata».

Clementina sedette sbuffando davanti alla toletta e Maria per tutta risposta incrociò le braccia in segno di protesta. Anna la scansò dolcemente e prese ad armeggiare con i capelli di Clementina.

«Cesare ha scritto la verità, – disse Maria. – È stato per metterti in mostra con lui che a momenti annegavi. E poi, bella mia, tu e i tuoi libri, tutti quei romanzi che ti leggi, quelle storie che racconti e che scrivi, quella roba ti ha accomodato il cervello. Ora pensi che tutto è romantico, che Cesare è il cavaliere e tu la sua dama. Non è cosí, Tina».

«Mi hai preso per una scema? Perché è cosí che mi descrivi».

«Ti ho preso per la testona orgogliosa che sei».

Anna alzò gli occhi al cielo. «Santa Rita aiutaci».

«Tu adesso prendi carta e penna e gli scrivi, – disse Maria perentoria. – Gli racconti chi sei, perché non hai risposto piú alle lettere e perché dovrebbe continuare a scriverti. Senza imbellettare nulla. Gli devi parlare sincera. Come quei racconti che piacciono tanto al babbo. Se ci tieni davvero a lui, trovale queste parole che sai usare cosí bene».

«Mi stai facendo un complimento?»

Maria si voltò per dissimulare la risata che le stava montando nella pancia.

«Santa Rita ti ringrazio...» sussurrò Anna.

La prima uscita da donna sposata era stata sotto una pioggia battente che aveva allagato le strade dell'Esquilino e tutte le botteghe. Quando aveva bussato alla canonica della chiesa di Santa Bibiana era quasi completamente zuppa.

Le aveva aperto una fantesca anziana e scorbutica indicandole in malo modo una porta socchiusa, senza nemmeno domandarle di cosa avesse bisogno.

Il sacerdote stava sistemando i libretti del rito. Vide entrare a passo deciso una donna alta e magra, dalla postura elegante, che gocciolava sul tappeto.

– Padre, buongiorno, spero di non disturbare. Sono passata perché mio marito e io ci siamo trasferiti qui vicino e ho pensato di farle un saluto. Questa sarà la nostra parrocchia.

– Voi non sembrate romana.

– No, infatti, – gli rispose ferma in mezzo alla stanza, dritta davanti alla scrivania, fasciata nel suo vestito verde oliva scurito dall'umidità che non le donava per niente.

– Accomodatevi, signora. Signora?

– Martello. No, scusate. Salvi, – sorrise.

– Benvenuta. Io sono don Mariano, da tre lustri parroco di questa bella chiesa.

Clementina prese posto davanti a lui e si sentí improvvisamente fuori luogo, in quelle condizioni. – Mi ha colto il temporale. Sono uscita con il sole, e poi…

– Cosa posso fare per voi?

Clementina fissava gli occhiali del prete lievemente appannati, lui se ne accorse e se li sistemò sul naso.

– Devo confessare che sono qui anche per un altro motivo. Sto cercando una ragazza di buona volontà che mi aiuti nelle faccende domestiche e in cucina. Una giovane volenterosa da accogliere.

– Capisco. Avete figliuoli?

– Non ancora.

– Siete fortunata, ho la giovane che fa per voi: si chiama Teresa e viene da un paesino della costa. Il padre è il garzone del droghiere qui all'angolo e giusto una settimana fa è venuto a chiedere un impiego per la figlia. Mi appunto il vostro recapito e ve la mando quando vi è comodo.

– Grazie, Padre. Lunedí andrà bene.

Don Mariano attese qualche secondo con la penna in mano.

– L'indirizzo?

- Perdonatemi, - Clementina sentiva il vestito fradicio incollato addosso, non vedeva l'ora di tornare a casa.
- Siamo al 4 di via Conte Verde.

Don Mariano mise il foglio in un cassetto e poi si portò una mano sull'occhio. Gli era venuto un improvviso e fastidioso tremolio. Alla palpebra sinistra. - Mi perdoni, è la stanchezza, - le disse mentre si massaggiava l'occhio con energia. - Lunedí mattina Teresa sarà da voi. Posso chiedervi da dove venite?

- Ho vissuto a Roma tanti anni da giovane ma sono originaria di una città del Sud. Si chiama Lecce.
- Non ci sono mai stato. Mi duole di aver visto pochi posti in questa lunga vita. Mi son fatto *vecc* ormai.
- Siete emiliano?
- *Rumagnul!* - il sacerdote accentuò ogni sillaba. - Vengo da un paesino vicino al Rubicone, San Mauro di Romagna.
- Il paese del Pascoli!

Don Mariano si illuminò. - Signora, io lo conoscevo il *Zvaní*! Una famiglia disgraziatissima. Che il Signore li abbia in gloria! - alzò le braccia al cielo.

- Ammiro cosí tanto quel suo linguaggio unico, quel modo di disintegrare la poetica tradizionale. Riesce ad avvicinarla a tutti in maniera naturale e raffinata al tempo stesso.
- Signora, io non sono buono di parlare di queste cose. Ma vi racconterò di *Zvaní* bambino se ci sarà l'occasione.

Clementina era emozionata, per il suo ventiduesimo compleanno aveva voluto come regalo i *Canti di Castelvecchio*. Aveva letto le pagine fino a consumarle e la sua poesia preferita, *La cavalla storna*, la faceva piangere ogni volta.

- Avete voglia di visitare la chiesa?
- L'avrei, Padre. Ma non vorrei prendermi un malanno, - indicò la gonna fradicia e il pavimento bagnato.
- Che sconsiderato! Non vi ho offerto nulla di caldo, nulla per asciugarvi. Anche se in effetti qui dentro non ho nulla di tutto ciò. Tornerete?

– Potete contarci, – Clementina si alzò e si diresse verso l'uscita. Afferrò la maniglia e si bloccò. – Sapete, in fondo non sono poi cosí zuppa.

Il sacerdote sembrò felice come un bambino. La precedette verso la chiesa con un leggero affanno, lieto dell'interesse di lei. Era basso e tarchiato, eppure emanava una forza e un'energia che l'aveva subito fatta sentire a suo agio.

Mentre varcavano la soglia le raccontò dell'antica leggenda secondo cui l'edificio sacro era stato costruito sulle rovine della casa dove la giovane Bibiana, con la sorella Demetria e la madre Dafrosia, avevano subíto il martirio.

– Bibiana, – proseguí don Mariano, – a quindici anni appena, e dopo aver assistito alla morte cruenta di madre e sorella, decise comunque di non rinunciare alla propria fede nonostante il prefetto Aproniano le avesse promesso in cambio di risparmiarle la vita, e cosí l'uomo, offeso da quel rifiuto, la fece incatenare a una colonna e flagellare a piombate. Il martirio durò ben quattro giorni, – chinò il capo costernato. – E non è finita qui. Il corpo fu poi esposto fuori dalle mura della città e dato in pasto ai cani randagi che però non lo toccarono, lasciandolo inspiegabilmente intatto per giorni.

Clementina ascoltava il racconto rapita. – Direi non inspiegabilmente.

– Corretto. Non inspiegabilmente. Poi un prete di nome Giovanni la raccolse e la portò nei pressi della casa paterna dove rimase fino alla fine delle persecuzioni, custodita da una parente, la devota matrona Olimpia.

– Un prete coraggioso.

– In verità, questa è soprattutto una storia di donne coraggiose. Venite.

Don Mariano la condusse davanti a una colonna in marmo rosso antico avvolta da una grata in bronzo dorato. – Qui è dove è stata legata e flagellata.

Clementina si fermò a osservare la colonna, un brivido

la percorse dalla testa fino alla punta delle dita. Si sentiva strana, un'energia calda la avvolgeva stretta, impedendole quasi di respirare. Il dolore può impregnare le pareti, i pavimenti, gli arredi dei luoghi che ha travolto anche se sono passati secoli?

Don Mariano allungò un braccio per sostenerla. – Vi sentite bene? Venite, sarà il caso che usciamo.

Clementina continuava a fissare la colonna. – Se siete d'accordo, vorrei confessarmi.

L'uomo la scortò fino al confessionale, si sistemò dal lato opposto del divisorio, tirò la tenda rossa e si predispose ad ascoltarla in silenzio.

Uscita da Santa Bibiana, Clementina si diresse sicura verso casa.

Le strade erano ancora bagnate e le pozzanghere finirono di rovinarle il vestito. Quella sera avrebbe scritto alla madre, voleva raccontarle che era andata a visitare la sua parrocchia, proprio come lei le aveva suggerito, e che con ogni probabilità aveva trovato una domestica. Avrebbe aggiunto anche che aveva il controllo della casa e che a Cesare non mancava nulla. Le avrebbe scritto di don Mariano, chiedendole di riferire al babbo della conoscenza col Pascoli. Poi avrebbe sottolineato quanto le mancavano tutti, soprattutto le sorelle, a cui intendeva indirizzare una lettera a parte. A sua madre avrebbe riferito anche cose piú delicate: il sangue non compariva ormai da diverse settimane. Sapeva che la lettera avrebbe impiegato molto tempo ad arrivare, ma non avrebbe saputo a chi altro rivolgersi. A Roma non aveva relazioni intime, le sorelle erano state le sue uniche amiche, alleate e confidenti. Aveva solo Cesare.

Fu molto fortunata a trovare Teresa. Quella giovane cameriera di Anzio che le aveva mandato don Mariano era fattiva e discreta, parlava poco e teneva sempre un ghigno, un broncio, come ci fosse qualcosa che non funzionava o qualcuno che non le andava a genio. Non era un'espressione di disprezzo, piuttosto una conformazione del volto che la faceva somigliare a una gatta selvatica dal pelo sempre rizzato. In poco tempo Teresa le aveva suggerito il modo migliore per sistemare la biancheria e trattare il vasellame d'argento. Clementina le aveva chiesto meravigliata dove avesse imparato a lavorare cosí bene e Teresa le aveva raccontato di aver vissuto per anni nella villa di una nobildonna di Terracina che conosceva sua nonna perché le cuciva i vestiti e che l'aveva presa con sé quando la madre aveva avuto un attacco di nevrastenia dopo l'ultima gravidanza. Le aveva insegnato tutto quello che c'era da sapere su come mandare avanti una casa: «Perché per il cucito non hai testa, – le aveva detto. – Ma questo ti assicura un mestiere per sempre».

Teresa le aveva dato il coraggio di organizzare la sua prima cena. Avrebbe invitato nella nuova casa i colleghi di Cesare con le mogli. Ripassò mentalmente i consigli di sua madre e fissò una data per maggio, in occasione del compleanno del marito.

Lecce, febbraio 1922

– Che il Signore nostro vi abbia in gloria!
Lucia stringeva il braccio grasso di Oronzo rannicchiato sul divano di velluto verde del salone di casa Martello.
I pomeriggi che Clementina aveva riservato al ragazzo erano finiti e quella sera la donna, quando era venuta a riprendersi il figlio, l'aveva abbracciata commossa. – Voi c'avete la magia nelle parole, il dono! Sennò non si spiega mica come avete fatto con quel disgraziato di mio figlio.
– Mi spiace per il freddo, – disse Clementina, che si era accomodata sulla poltrona. – Di solito teniamo il camino acceso ma non ci siamo accorte che la legna stava finendo.
– Ma quale freddo e freddo, sono cosí contenta che sudo! Mi è venuto caldo, guardate, – la donna si sbottonò rapida il cappotto. – Sentite, non vi voglio rubare altro tempo, ma ora ve lo devo confessare. Se oggi mi dicevate che Oronzo non poteva piú venire io lo ritiravo da scuola e mio marito lo mandava a fare il sacerdote. Meglio un figlio prete che scemo.
Clementina sorrise a Oronzo. – Caro, perché non vai a cercare Filippo?
Il ragazzino si liberò dalla stretta di sua madre e a testa bassa sparí in corridoio.
– Sí, vai, Oronzo, che io e la signora Clementina dobbiamo parlare un poco. Ditemi, in che modo vogliamo accordarci?
– Il problema di Oronzo è la concentrazione. Una volta catturato il suo interesse quello si appassiona, si impegna,

vuole riuscire. Ma ha bisogno di pause frequenti. Bisogna starci un poco appresso, ecco.

Lucia annuí, impaziente. – Allora può continuare a venire. Me lo tenete, non è vero?

– E qui viene il fatto. Io a Oronzo ve lo terrei pure, il ragazzo è a modo, è educato e mi fa pure tenerezza, ma ve l'ho già detto, quello ha bisogno di qualcuno che si dedichi soltanto a lui. Serve una persona che lo sappia coinvolgere. Io alla mattina faccio lezione a Emira e tengo a Francesco, e al pomeriggio devo seguire Filippo… – lasciò la frase sospesa sperando che la donna recepisse il messaggio.

– Che mi state dicendo, che non me lo aiutate piú? Mio marito mica scherza, quello veramente me lo chiude in seminario.

– Vi consiglierei un precettore. Uno bravo.

– Ci abbiamo già provato! – Lucia si alzò in piedi di scatto. – Scusatemi, non volevo gridare. È che non è andata bene, Oronzo non si è trovato. Non gli veniva di parlarci. Mi ha riferito che nemmeno lo guardava negli occhi, al maestro che gli abbiamo messo.

In piedi davanti a lei la donna le sembrò ancora piú grossa.

– Vi pago!

Clementina la fissò allibita. – Ma che dite?

– Certo, che sciocca a non averci pensato prima, – Lucia si rimise a sedere e le sorrise entusiasta. – Clementina, senza che vi offendete, voi siete cosí brava, siete meglio di un precettore. Pago voi allo stesso modo in cui avrei pagato a lui.

– Lucia, voi capite bene che io questo non lo posso accettare –. Clementina prese a camminare avanti e indietro per il salone. – Non ho nessun titolo per poter insegnare e poi… – l'imbarazzo le seccava la gola.

– Che c'azzeccano i titoli, scusate, – obiettò Lucia, riallacciandosi il cappotto. – Lo avete dimostrato con i figli vostri. La ragazza, Emira, che fate studiare voi, e il piccoletto che parla meglio di me, senza contare Filippo che, permettetemi, fa paura per quanto è serio. Oronzo mio in cinque giorni pare rinato. Anche il professore, quello francese, quello bello, – sussurrò sottovoce, – pure lui mi ha detto che l'ha interrogato ieri mattina ed è rimasto senza parole. Che già era pronto a mandarlo a sedere, e invece Oronzo ha risposto quasi a tutto. Per questo gli serve di studiare con voi. Non mi dite di no, ve ne prego. Il prezzo lo fate voi.

– Io non saprei nemmeno cosa proporvi. E vi ho detto che ho un problema di tempo.

Lucia fece per dire qualcosa ma ci ripensò. – Capisco. Vi lascio, non voglio disturbare oltre.

Clementina la scortò nel corridoio.

In attesa del ragazzo non parlarono. Lucia si fissava le scarpe amareggiata e Clementina non capiva se sentirsi piú offesa o in imbarazzo.

Oronzo arrivò seguito da Filippo che prima salutò Lucia e poi, con una pacca sulla spalla, il compagno di classe. – A lunedí, *beddhru!* – aggiunse prima di scomparire in cucina.

– Caro, copriti che fuori ci sta il gelo, – Clementina allungò la sciarpa a Oronzo, – non che qui faccia caldo, – aggiunse sottovoce.

– Grazie, signora maestra Clementina, ci vediamo lunedí! – Oronzo la fissava da dietro le sue spesse lenti.

– In verità, no…

– Niente lunedí, niente martedí, niente di niente! La signora Clementina non può farti lezione.

Lui non disse nulla, non un gesto di fastidio o di tristezza. La reazione di chi è abituato a soccombere, a non averla vinta, ad arrendersi.

– Su, vieni, – Lucia lo tirò a sé. – Arrivederci Clementina, siete stata buona con noi, tanto paziente. Ve ne sono grata assai. Davvero lo dico.

Il rancore si era già un po' dissolto.

Prima di chiudere la porta, a Clementina sfuggí una smorfia simile a un sorriso. Era affranta per Oronzo, ma quello che la donna le aveva proposto era impensabile. Non poteva inventarsi maestra cosí da un giorno all'altro, non le sembrava corretto né onesto.

Maria entrò in casa che lei stava ancora fissando la porta d'ingresso. – Che è quel muso lungo che tieni?
– Non mi ero accorta che eri uscita.
– Ho incrociato a Oronzo mogio mogio, Lucia mi ha detto che non viene piú.
– Mi ha proposto di seguirlo tutti i giorni. Come un precettore. Ha detto che questa settimana il professore Germain, l'insegnante di francese, le ha fatto i complimenti per l'interrogazione del figlio. L'avevamo preparata mercoledí pomeriggio assieme.
– Tina, ma quello è un impegno. Seguire al ragazzo tutti i giorni, dico. Vieni, accompagnami che mi devo lavare le mani.
Clementina non si mosse. – Ha detto che mi paga.
Maria si voltò di scatto. – E quanto ti dà?
– Non gliel'ho chiesto.
La sorella le piazzò il naso davanti alla faccia. – E che ci sputiamo sui soldi, adesso?
– Che vai dicendo, Maria, proprio a me parli di soldi? – abbassò la voce. – Lo so che i soldi ci servono.
– Ti ricordo che Filippo dovrà andare all'università. O te lo sei scordata? Poi ci sta Emira. E a Francesco dove lo mettiamo? Che fai, testa o croce? Tu sí e tu no?
– Abbassa la voce, – le intimò Clementina. – Vedi che non ci si inventa insegnanti dall'oggi al domani. Io non tengo la preparazione per farlo.
– Perché, che hai fatto con Filippo in questi anni? E che fai con Mira e con Francesco ora? E mi pare che stiano riuscendo tutti molto bene.
– Quelli sono i figli miei. Li conosco. Posso improvvisare.
– Ma quando mai improvvisi, tu. Che ti pensi, che non ti ho vista di sera tardi a leggere quei manuali? Che non ci

siamo accorte che studi e ripassi come a una scolara? Sei piú maestra tu di quei preti lí.

Anna si affacciò dalla camera aggiustandosi i capelli con un fermaglio d'avorio che non si voleva fissare. – Che fate qui in corridoio a bisbigliare come ladre?

– Da' qui, ci penso io, – Clementina afferrò il fermaglio, grata per quell'interruzione.

– Succede che Lucia le ha proposto di insegnare a Oronzo, e di aiutarlo nei compiti tutti i pomeriggi.

Anna fissò Maria mentre Clementina le lisciava una ciocca di capelli. – È un impegno grande, Maria, io la capisco se non se la sente.

– E certo. La solita pavida, tu. È che quella le ha detto che la paga.

Clementina infilò con forza il fermaglio tra i capelli di Anna.

– Dici che dovresti accettare? – le domandò Anna.

Clementina non rispose.

– Tina, tu lo devi decidere.

– Io a voi lo chiedo. Se mi prendo questa responsabilità la dovete condividere con me. Lo facciamo insieme.

– Facciamolo! – esclamò Maria.

– Però le ho detto di no. Che figura ci faccio?

– Si può cambiare idea, – Anna le prese la mano e afferrò anche quella di Maria. – Un'entrata ci alleggerirà il cuore.

Emira, seduta a leggere in camera sua, le sentiva sussurrare in corridoio. Alzò gli occhi dal libro di mitologia che stava studiando e le osservò attraverso la porta aperta della stanza: sua madre aveva lunghe trecce nere raccolte e il solito vestito, nero pure quello. Era sempre magra ma ora piú del solito, con quella postura eretta che le dava un'aria eterea e distaccata. Poi la zia Anna, piú pallida di lei. Sapeva che da giovane era stata molto bella, l'aveva vista in fotografia. Era bella pure adesso ma molto meno che nei ritratti. Maria era di spalle, il fisico appesantito rispetto alle sorelle. Erano alte uguali, e seppure diverse nel volto e nei modi, le sembrarono parte di un'unica entità magica e indefinita. Immaginò fossero le figlie di un ciclope, uno di quegli esseri mitologici di cui leggeva nei libri. Sua madre di sicuro proveniva da altri mondi. Una volta si era intrufolata nella sua camera da letto e l'aveva osservata mentre dormiva. Per un momento aveva pensato di rannicchiarsi accanto a lei ma non ne aveva avuto il coraggio. Poi Clementina aveva cominciato a lamentarsi, a digrignare i denti e a muovere senza grazia la testa sul cuscino. Emira le aveva sfiorato la mano, voleva svegliarla da quell'incubo, forse lo stesso che l'aveva fatta sobbalzare pure a lei poco prima. Clementina si era calmata ed Emira si era convinta che il merito fosse suo. Era tornata altre volte a osservarla nel sonno, poi era successo che Clementina si era svegliata all'improvviso mentre lei era seduta sul letto. Sua madre non aveva detto nulla e dopo poco aveva richiuso gli occhi. Emira non era piú entrata nella sua stanza.

Quella notte Clementina si rigirò nel letto inquieta. Non riusciva ad addormentarsi. Aver preso quella decisione l'aveva scombussolata piú di quanto pensasse. Nella vita che le era piombata addosso nel momento in cui tutto era cambiato si era inventata insegnante per i suoi figli. L'aveva giurato a Cesare e non era mai stato un peso. Amava indirizzare e preparare i suoi bambini nelle materie che aveva studiato da ragazza. Negli anni trascorsi con Cesare non avrebbe mai avuto il coraggio di immaginarsi cosí. Si sentiva in difetto anche solo a pensarlo. E c'era stata un'altra vita ancora, prima di Cesare, prima della maternità, in cui aveva istruito le sue bambole, le pezze con gli occhi di bottone cuciti da Pantalea.

Si sforzò di ritrovare quel tempo. Frequentava la scuola delle suore dorotee. Un regalo accordato solo a lei, alla primogenita. La mente tornò ai pomeriggi nella sua casa romana dei Monti Parioli. Sistemava le bambole sul letto per insegnare loro quello che aveva appreso la mattina a lezione. A Maria e Anna era concesso assistere purché non la interrompessero, cosa che Maria faceva regolarmente, finché non arrivava Pantalea a chiamarle per la merenda.

Ogni settimana scriveva su «Cenerentola», un giornalino illustrato per ragazzi, per risolvere gli indovinelli che venivano posti ai lettori. Indovinava sempre. E poi aveva scritto il suo primo racconto: la storia di un canarino fuggito che, dopo aver scoperto il mondo, aveva preferito tornare nella sua gabbietta. L'aveva letto davanti alla famiglia e agli ospiti alla vigilia di Natale.

Si alzò decisa dal letto, il freddo umido della stanza non la fermò. In punta di piedi per non svegliare nessuno si diresse nel suo studio, alla libreria in cui teneva i pochi volumi che era riuscita a portarsi da Roma e dove aveva raccolto anche quelli di suo padre. Frugò tra gli scaffali per qualche minuto. Era stato suo padre a far stampare i suoi racconti una primavera di molti anni prima. Stava per desistere e tornarsene a letto quando lo vide. Il volumetto era in basso, impolverato e nascosto tra due manuali di Diritto civile.

Cominciò a sfogliarlo. *Altri fogli del quaderno di Tina*, Roma, Tipografia delle Mantellate, 1902. Sul frontespizio c'era una dedica: «A voi, Maria, Anna, Emilia, dilette sorelle mie».

Emilia. Il nome della sorella perduta le serrò lo stomaco. Richiuse con forza il libricino e lo rimise senza cura al suo posto. Prima di uscire gettò un'occhiata al ritratto di Cesare sulla scrivania: *Mi farò pagare per insegnare a un ragazzino*, disse sprezzante al volto gentile di lui. *Te lo ricordi quando passavo i pomeriggi a scrivere, a inventare storie e a leggere? Ma da oggi basta. Non ho piú il tempo e intorno a me non c'è nulla degno di essere raccontato. È giusto cosí.*

Restò qualche minuto ferma, in attesa di una risposta di lui. Gli occhi di suo marito rimasero immobili. Clementina sospirò, svuotata, e tornò a letto.

– Signora Salvi? Madame? Signora Salvi, un momento per cortesia.

Il professor Germain, l'insegnante di storia, geografia e francese, la raggiunse nel cortile interno del Collegio Argento.

– Perdonatemi, madame, vorrei rubarvi qualche minuto se me lo concedete.

– È per Filippo?

– No, non è per lui. Vostro figlio è un gioiello. È per Oronzo.

Clementina trattenne il respiro. Quel precettore alto e barbuto la intimoriva.

Era certa che l'avrebbe rimproverata per essersi inventata insegnante in quei quattro mesi. Le avrebbe detto che Oronzo non era migliorato affatto e che lei sarebbe stata più adatta al découpage. Tutto il caldo appiccicoso di quella mattina di giugno le piombò addosso facendola sentire all'improvviso debolissima.

L'uomo le si piazzò davanti. – Vi sentite bene? Siete pallida.

La sovrastava di almeno dieci centimetri.

– Sí, sto bene, – rispose con la bocca impastata tirando fuori il ventaglio.

– Se volete seguirmi ci accomodiamo dentro, al fresco di un'aula vuota. Che ne dite? – le propose arrotando ogni *erre*.

Di lui Clementina sapeva che era originario del Sud della Francia e che dopo alcuni anni a Milano si era trasferito a Lecce per insegnare nel collegio della città.

Gli andò dietro senza proferire parola, a testa bassa. Una volta dentro si accomodò nel primo banco. – Sono interrogata? – domandò con finto divertimento. Dentro si sentiva morire. Iniziò a sventolarsi forte col ventaglio a fiori verdi e blu.

– Come interrogata? No di certo, madame. In verità vi

cerco perché siamo stupiti, parlo di tutti noi insegnanti, per la metamorfosi di Oronzo. *Inexplicable!* O per lo meno cosí credevamo, fino a che sua madre non mi ha detto di voi.
 Clementina deglutí. – Posso chiedervi un bicchiere d'acqua?
 – Certamente.
 Appena il professor Germain uscí dall'aula, Clementina si alzò. Non era a suo agio seduta dietro a un banco, messa lí per essere giudicata da un uomo cosí colto.
 – Madame, – Germain le porse un bicchiere bello pieno. – So che Oronzo studia con voi il pomeriggio.
 – Sono un'impostora, – ammise tornando a sedersi.
 Lui scoppiò a ridere. Una risata gutturale, calda e profonda.
 – Ridete di me?
 Germain si grattò la barba e non rispose. Non doveva avere piú di cinquant'anni. Clementina lo trovò bello, e si vergognò di quel pensiero. Il professore aveva un fisico asciutto, gli zigomi alti e definiti, occhi a mandorla che sembravano usciti da un altro mondo.
 – È iniziata per caso, – si giustificò lei. – La signora Rocchi mi ha chiesto il piacere di farlo studiare con Filippo per aiutarlo a rimettersi un poco in pari. La prima volta non è andata bene, Oronzo si distraeva, stava tutto agitato.
 – Ha problemi a concentrarsi. Però qui, madame, non si fanno sconti. Chi resta indietro si perde. È successo spesso.
 – Io lo so qual è il rigore vostro. Con Filippo funziona pure bene. Ma i ragazzi non sono tutti uguali.
 – Certo. Tuttavia la qualità dell'istruzione che offriamo non può essere messa in discussione.
 – Assolutamente. Io non mi permetterei mai di giudicare.
 – Non voleva essere un rimprovero.
 I denti bianchi, leggermente accavallati, spiccavano luminosi dietro la barba folta. – Avete fatto un lavoro

eccellente. Volevo dirvelo. E volevo capire come ci siete riusciti.

Clementina percepí distintamente l'odore di lui: un miscuglio di miele e mandarino. Immaginò che qualcuno li vedesse dall'esterno: due figure alte e magre, entrambe vestite di nero, l'una di fronte all'altra in un'aula vuota. Quella vicinanza la irrigidí. – Non ho un metodo preciso.

Un moscone entrò dalla finestra aperta e prese a ronzare intorno a loro.

Il professor Germain lo allontanò senza agitarsi troppo. – Dovreste di certo strutturarne uno. È la base di qualunque disciplina. Se manca il metodo non può esserci studio. La scienza, senza metodo, sarebbe una sequela infinita di interrogativi privi di risposta.

– Temo di non riuscire a separare il ruolo di madre da quello di insegnante. Per questo mi sento una ciarlatana che si spaccia per ciò che non è.

– Ma vi piacerebbe insegnare. È cosí?

Clementina non sentiva piú il profumo di miele e mandarino. Pensò di essersi assuefatta. Si alzò e andò a spalancare la finestra. La mosca, che aveva preso a sbattere sempre sullo stesso vetro, volò via. – Mi è piaciuto aiutare Oronzo. Vederlo riuscire piano piano, con gli strumenti che io gli stavo dando –. Fuori dalla finestra passavano due gesuiti nel cortile.

– Mi incuriosisce il vostro approccio. Devo confessarvi che ho messo alla prova Filippo molte volte nel corso dell'anno, sapevo che era stato istruito a casa e quel suo temperamento svagato mi ha tratto in inganno. Vostro figlio è molto preparato e il merito è vostro.

Clementina tornò al banco dove aveva appoggiato la borsetta. – Ora devo proprio andare.

Germain iniziò a chiudere le finestre, con precisione mise i lucchetti per bloccarle e poi sistemò le sedie che aveva spostato. – Vi accompagno.

Si diressero insieme verso l'uscita, in silenzio. Sulla

soglia del portone, Clementina fece un passo indietro per permettere all'inserviente che lavava il pavimento di passare tra loro. – Allora arrivederci a settembre.
– Madame, – la trattenne lui. – Vorrei chiedervi il permesso di indirizzarvi dei ragazzi. Sono giovani che avrebbero bisogno di un aiuto, un supporto in vista della ripresa scolastica.

Le *erre* erano sempre piú marcate.

– Voi mi lusingate. Ma come vi ho già detto non sono un'insegnante.

– Però avete anche detto che vi è piaciuto aiutare Oronzo. E pensate ai risultati che sta ottenendo Filippo.

– Quello è solo merito suo.

– Si tratterebbe di un impegno di pochi mesi, – insisté lui.

Clementina si voltò contrariata verso la strada.

– *Pardonnez-moi*, – chiuse il discorso il professor Germain, – non voglio insistere. Vi chiedo solo di pensarci.

La settimana seguente Clementina irruppe in cucina interrompendo Maria che strofinava via lo sporco dalle meloncelle. – Sta il professore di Filippo, si è presentato senza preavviso.

– Che *mazzaro* a insistere cosí…

– Per favore non mi lasciare sola, raggiungimi in salotto, – disse Clementina mentre la sorella si sfilava il grembiule.

– *Aggiu capito Tina, sciamu* –. Maria la precedette in corridoio. – Ma non teniamo nulla da offrire. Presentarsi cosí, senza dire niente. Saranno modi francesi?

Clementina scosse la testa. – Mantieniti.

– Professore, questa è mia sorella, la signorina Maria Martello –. L'uomo, che era in piedi davanti al divano, le porse la mano.

– *Enchantée!* – disse Maria improvvisamente serena. – Siete francese, vero? – lo invitò ad accomodarsi.

Clementina la guardò stupita per quella metamorfosi improvvisa: continuava a fissarlo incantata.
– Di Carcassonne. È un paesino del Sud della Francia. Sento arrivare dalla cucina un profumo delizioso, mi ricorda gli aromi di casa. Conoscete il cassoulet e il Minervois?
– Sono vostri parenti?
Clementina crollò sulla poltrona.
– Oh no, – rise di gusto lui. – Sono una pietanza tipica della mia zona e un ottimo vino rosso per accompagnarla.
– Che sciocca che sono… – rise di rimando Maria.
Clementina sentí che l'aveva persa.
– Ho dei biscotti caldi caldi alla cannella, se volete assaggiarli. Vi preparo a un caffè? Dell'acqua magari?
Clementina cercò, invano, di attirare l'attenzione della sorella.
– Non vi disturbate per me. Sono stato scortese a presentarmi qui in questo modo, vi prenderò poco tempo, – si voltò verso Clementina.
Maria non intendeva essere esclusa dalla conversazione. – Sono certa che sapresti rifare questa cassoletta di cui parlavate meglio di vostra madre, – disse.
– Maria!
– Oh, beh, meglio di mia madre certamente. Non credo sia entrata una sola volta in cucina in tutta la sua vita.
– Perdonateci, è che qui non ci si trattiene quando si parla di cibo –. Clementina fulminò la sorella con un'occhiata.
– A dire il vero mi piacerebbe poter assaggiare un giorno un vostro cassoulet.
– Cassoulet… – ripeté lei sventolandosi con la mano. – Che nome elegante. Deve essere un piatto difficile, raffinatissimo.
– Temo di non conoscerne la ricetta ma posso affermare con certezza che non vi è nulla di raffinato: si tratta di carne e fagioli. Probabilmente quello di Castelnaudary è piú raffinata.

Maria schiuse appena la bocca, in cerca di parole che non arrivarono.
Germain fece cenno con la mano di non pensarci. – È una vecchia disputa tutta francese.
Nel salone calò un lungo silenzio.
– Filippo è tanto intelligente vero? – disse all'improvviso Maria.
– Molto, – le sorrise l'uomo. – Filippo ha stupito tutti noi.
Clementina si rilassò un poco.
– A proposito di questo, sono venuto a perorare la mia causa, – riprese lui.
– Non vi arrendete.
– Mai.
– Io sono d'accordo con il professore, – si intromise Maria. – Sapete che *l'aggiu* convinta io con Oronzo?
Clementina sgranò gli occhi. Germain l'aveva conquistata.
– Anna e i ragazzi dovrebbero rientrare a breve –. Clementina sentí la necessità di prendere tempo. – Filippo sarà felice di vedervi e potrei presentarvi Francesco che spero di mandare da voi tra qualche anno.
– Mi piacerebbe molto ma non posso fermarmi.
– Preparerò ciceri e tria per pranzo, – insisté Maria. – È una pasta che friggo, poi ci ficco dentro i ceci. Ma a descriverla cosí non rende, la dovete assaggiare.
– Clementina –. Il professore esitò sull'uso del nome di battesimo, che era un'impertinenza. – Madame Salvi, – si corresse. – Si tratta di tre ragazzi, due della classe avanti a Filippo e uno dell'ultimo anno. Sarebbe un impegno grande, lo capisco bene, ma pensate che scambio interessante potrebbe esserci. E se si spargesse la voce per voi sarebbe, come dire…
– Cosa sarebbe?
– Sarebbe una buona cosa, anche economicamente.
Clementina non riusciva a parlare, tanto insensata le sembrava la proposta.

– Non volevo essere offensivo. *Je vous demande pardon.*
– Non è che se lo dite in francese mi commuovete, – gli rispose lei alzandosi.
Lui si tirò su e riprese in mano il cappello.
– E va bene.
Germain e Maria si girarono entrambi verso di lei.
– Ma prima voglio conoscerli.
– *Ma sta ccunti seriamente*, Tina?
– Visto che è stata una conversazione indiscreta da parte di tutti, – disse rivolta a Maria, – penso che possiamo essere sinceri: sí, abbiamo bisogno di soldi. E non per vanità, per imbellettarci a noi. Che come noterà, professore, di bello abbiamo davvero poco. Ci servono i soldi per il futuro dei ragazzi nostri.
– È una scelta saggia, madame. E coraggiosa.
– Non una parola, – disse Clementina che aveva sentito il trambusto di Anna e i ragazzi al di là della porta. – Parlerò con loro piú tardi.
Pantalea si affacciò dalla cucina e gridò: – Le meloncelle sono per il pranzo o per la cena?
– Pantalea è calata di udito ultimamente, – si giustificò Maria.
– Vi contatterò nei prossimi giorni –. Il professore chinò il capo verso Clementina. – Per darvi il tempo di organizzare.
Maria lo seguí con lo sguardo, imbambolata, mentre usciva dal salone. Dietro di lui andava Clementina, scuotendo la testa.

I bastoncini di liquirizia erano ancora sul tavolo della cucina.
Solo Francesco aveva tentato di afferrarne uno ma subito era stato redarguito da Filippo. Era bastato uno sguardo. Emira non l'avrebbe mangiata comunque. A lei la liquirizia non piaceva. Strano che la madre non lo ricordasse.

Clementina non riusciva a tenere ferma la gamba, un tic nervoso le faceva vibrare la gonna. Aveva convocato i suoi figli per parlargli dell'impresa della scuola, della decisione di tenere a lezione dei ragazzi, in casa, per tutta l'estate. Aveva comprato della liquirizia.
Afferrò un tronchetto. – Se non la mangia nessuno... – la succhiò. Era amara, forte. – Buona, – sentenziò.
Francesco si passò la lingua sulle labbra e lei gli allungò un bastoncino. Quando fece per afferrarlo, Filippo si alzò.
– Tu non sei una vera maestra!
Clementina si disse che la cioccolata sarebbe stata piú indicata. – Per questo mi serve il vostro aiuto.
Emira si accigliò. – Non siamo maestri manco noi, mamma.
– Bambini...
– Io non sono un bambino! – Filippo afferrò la liquirizia che Clementina aveva allungato a Francesco. Dopo averla masticata la sputò nella mano. – Non sta bene che lavori, – si incupí. – Posso imparare un mestiere, portare i soldi a casa.
Francesco trattenne una risata.
– Che ridi tu? Vedi che io sono il primogenito.
Clementina accavallò le gambe per fermare il tremolio nervoso. – Tu devi pensare solo a studiare.
– A me sta bene, mamma –. Francesco si stiracchiò verso la porta, impaziente di tornare a giocare.
Emira cominciò a strapparsi le pellicine del pollice. – Con noi sei brava come maestra, – guardò con dolore le liquirizie sul tavolo.
– Perché siamo figli suoi, – ribatté Filippo.
– Hai ragione, infatti non lo so se sarò capace.
– E farai venire degli estranei qui in casa nostra? – le domandò ancora Filippo.
Francesco si illuminò.
– Sono ragazzi come voi. Sentite, se non siete d'accordo non se ne fa nulla, – li sfidò.
Filippo si avvicinò alla madre. I riccioli gli coprivano

gli occhi. Clementina fece spazio sulla fronte del figlio.
– Mi serve il tuo aiuto per la matematica. Posso contarci?
– Le zie che dicono? – intervenne Emira.
– A loro sta bene.
Francesco raccolse i quattro bastoncini di liquirizia rimasti sul tavolo e li distribuí, uno per ciascuno. – Facciamo il patto della liquirizia?
Filippo sbuffò in direzione del fratello e tornò a sedersi.
– Stupidaggini... Solo perché te la vuoi mangiare.
– Dici bene! – Francesco si voltò verso Clementina.
– Mamma, sbagli a chiederci il permesso. Il capo sei tu.
Filippo posò i gomiti sulla tovaglia.
– Ma io sono un sovrano illuminato! – scoppiò a ridere lei. Nessuno la seguí. Si ricompose. – Allora?
Francesco alzò il suo tronchetto di liquirizia, Emira fece lo stesso. – A me fa schifo, comunque... – bisbigliò per non farsi sentire da Clementina che aggiunse il suo bastoncino a quello dei figli.
Filippo non si mosse. Ma quella postura eretta, il broncio, le labbra increspate mal si accordavano al suo temperamento. Clementina ne ebbe pena. Sapeva che si stava forzando e ne conosceva la ragione. Era lacerante sapere che le attitudini di suo figlio e il ruolo che si era dato dalla morte del padre erano incompatibili. Gli fece cenno, un abbozzo di sorriso per incoraggiarlo. Filippo cedette.
Tutti unirono i loro bastoncini.
La gamba le tremava ancora, ma meno.

– Mi dite voi dove vi sentite meno sicuri. Io pensavo di iniziare con un ripasso di storia.
I tre ragazzi ridacchiarono. Palmiro alzò la mano per primo. – Vi dobbiamo chiamare maestra, professoressa o signora?
– Maestra andrà bene –. Erano nello studio da nemmeno dieci minuti e già si era pentita di aver accettato la proposta di Germain.

– Maestra, – annuí Palmiro. – E voi spiegate le cose meglio dei professori che già tengo?
– È che quelli non ti sopportano piú! – Egidio gli diede una gomitata e rise cercando la complicità di Paolo, alla sua sinistra. Anche Palmiro scoppiò a ridere. – *'Stu fessu!*
– Bene, signori. Se vogliamo iniziare.
– Vogliamo? E non lo so se vogliamo, *mescia*, – parlò ancora Palmiro. – Io veramente me ne vorrei stare alla Poesia, a tuffarmi di capa nella grotta e a mangiarmi la puccia di mia nonna. Tu, Paolí?
– E pure io. La puccia di tua nonna no, però, con tutto il rispetto.
Clementina scattò in piedi e i tre all'unisono smisero di sghignazzare. Fece per dire qualcosa ma richiuse la bocca e tornò a sedersi. Li osservò seduti lí davanti a lei sulle sedie buone che aveva preso dal soggiorno. Le crebbe dentro una furia improvvisa. Voleva cacciarli, urlargli contro che pure lei avrebbe preferito il mare, che nessuno, men che meno lei, li obbligava a starsene seduti a sentire le sue spiegazioni su materie che probabilmente non conosceva nemmeno cosí bene. Si sentiva insicura, e questo la innervosiva ancora di piú.
– E dài, Palmiro, fai il bravo. Lasciamola parlare alla maestra, che cosí a settembre quelli sono contenti e non ci bocciano, – Egidio le fece l'occhiolino.
Quel ruolo scomodo non le si addiceva per niente. Le mancava Oronzo, il bambino dolce, e insicuro come lei, che pendeva dalle sue labbra.
Prese coraggio. Il professore Germain le aveva detto che i tre avevano problemi con la storia e l'italiano. Inspirò e iniziò a parlare della Rivoluzione francese. I tre rimasero in silenzio ma lei non si fece alcuna illusione. Alla fine della lezione avrebbe potuto giurare che non avevano ascoltato nemmeno per un minuto.
Dopo averli accompagnati fuori le venne da piangere. Ignorò le domande di Anna e Maria e si chiuse nello studio.

Aveva bisogno di riappropriarsi della sua tana e riflettere in pace. Si disse che l'indomani, se mai fossero tornati, li avrebbe fatti accomodare in salone. Solo l'impegno che si era presa, la parola data che non poteva piú rimangiarsi e la dignità che le rimaneva, le impedirono di scrivere a Germain di non mandarle piú né quei tre né nessun altro.

Il pomeriggio successivo, se possibile, andò ancora peggio.

I ragazzi, ormai consapevoli di averla in pugno, le facevano domande insensate interrompendola continuamente. Si fingevano interessati ma solo per chiacchierare, per perder tempo, e per testarla.

Quando se ne furono andati, Clementina corse alla scrivania. Se dovevano essere la sua croce, allora l'avrebbe condivisa con chi gliel'aveva caricata sulle spalle.

Lecce, 15 luglio 1922

Professore Germain,

Mi vedo costretta a scriverle perché ciò che piú temevo si è avverato: gli studenti che mi avete mandato si sono accorti che sono un'impostora e mi trattano di conseguenza. Non posso dire che sono maleducati perché si fermano sempre prima di passare il segno, ma di certo non hanno intenzione di ricavare nulla da queste mie lezioni. Continuare con loro sarebbe come rubare. Il mio tempo e i loro soldi.

Credo che la cosa migliore sia scrivere alle famiglie e ammettere l'errore. Il vostro. Non sono una maestra. Sono una madre che si è improvvisata tale per necessità, e che ora è punita. L'avidità è stato il mio peccato.

Aspetto vostre notizie quanto prima.

Clementina Salvi

Germain bussò alla porta della casa di via Guariglia la domenica seguente.

Clementina lo guardò incredula: – Non vi aspettavo.

– Dalla lettera che mi avete mandato non sembrava. Ci tenevo a parlarvi di persona, ma se non è un buon momento me ne vado.

I due si studiarono, poi Clementina spalancò la porta e lo invitò a entrare. – In Francia non si usa avvisare? Su, venite, Maria ha fatto una limonata con la menta.

– Preferirei parlarvi, prima.

– Vedete che se non la salutate si offende. E alla domenica pomeriggio facciamo merenda tutti insieme, con i ragazzi.

Clementina gli fece strada in cucina.

– Il professore e io dobbiamo discutere di alcune cose, – disse dopo che tutti l'ebbero salutato con calore. Maria in modo particolare. – Se avete bisogno siamo nello studio.

– E la limonata? – le domandò lui in corridoio.

– Meglio se prima parliamo.

Clementina accostò la porta del suo studio.

Germain sedette davanti a lei, accavallò le gambe e si poggiò comodo allo schienale. Indossava pantaloni leggeri e una camicia chiara sotto la giacca beige. Lei, come sempre, vestiva di nero. Si disse che lui doveva aver pensato che tenesse sempre lo stesso vestito. Non era cosí, ne alternava tre, tutti neri, ma con cuciture e decori diversi. Solo pochi e attenti osservatori avrebbero saputo distinguerli.

– È qui che fate le vostre lezioni?

– Professore, non prendiamoci in giro che non ne ho piú la forza. Né il tempo. Siete venuto per dirmi che gli avete scritto? Alle famiglie intendo. Domani non verranno. Non è cosí?

Germain si guardò intorno, ignorò la macchia di muffa che si allargava sul soffitto e si soffermò sulla libreria alle sue spalle. – Avete molti volumi.

– Non siate crudele, non tenetemi sulle spine.

– Madame, – Germain cambiò l'incrocio delle gambe. – Io credo che vi stiate sabotando da sola.

Clementina sussultò appena. La confidenza le parve eccessiva e per riflesso si rifugiò nel ritratto di Cesare.

– Non lo sto facendo affatto, credetemi.
– Io vi ho mandato quelli incapaci, svogliati. Non crederete che abbiano bisogno di voi solo i mansueti, quelli un po' scemi, per intenderci.
– Professore.
– Germain. Vi prego di chiamarmi Germain.
– Germain, dunque. Poco fa mi avete accusato di essere una sprovveduta, una sciocca che non riconosce chi le si para davanti. Non vi pare di esagerare?
Germain congiunse le mani sotto il mento. – Non è quello che ho detto.
– No?
– Non vi considero una sprovveduta. I tre che vi ho mandato non sono in difficoltà perché non capiscono, o perché non hanno un metodo di studio o problemi di concentrazione, come Oronzo. Quelli non riescono perché hanno tutto già pronto. Lo studio non aggiungerà nulla alle loro vite a parte un titolo. Per questo non gli interessa applicarsi. Vogliono solo passare gli esami cosí, senza sforzo. Se dipendesse da me, li boccerei tutti.
– E proprio a me li dovevate mandare?
Germain si sporse in avanti, Clementina sentí netto l'odore di mandarino e miele.
– E a chi, se non a voi?
Si osservarono per qualche secondo in silenzio. Poi lei si alzò, andò davanti alla libreria e finse di sfogliare un volume, lui rimase immobile sulla sua sedia. La calma dell'uomo la agitava, iniziò a sudare. Dalla porta accostata proveniva un chiacchiericcio lontano.
– Ebbene, Germain. Siete venuto per dirmi che mi sto sabotando e che a quei tre studiare non interessa. Ora sí che affronterò con vigore la settimana che mi aspetta.
Germain scoppiò a ridere. La stessa risata calda e gutturale che aveva sentito il mese prima quando si era presentato a casa loro.
– Siete fortunato. Vi divertite con poco, voi, – gli disse

tornando a sedersi. – Cos'altro? – domandò passandosi il pennino da una mano all'altra.
– Clementina.
Lei si immobilizzò. Era certa di non avergli accordato il permesso di chiamarla cosí.
– Madame, – proseguí lui, – se non ci credete voi per prima, come potranno farlo tutti gli altri?
– E voi allora? Voi perché ci credete?
Si pentí subito della domanda. Per quella confidenza che entrambi si erano presi. Lui nel giudicarla, lei nel farsi giudicare.
– Io non sono un ragazzo. Questo dicembre compirò quarantacinque anni e sono venti che insegno. Certe cose le capisco subito.
Invece di esserne rincuorata, la risposta la irritò. – Quali sono le cose che capite?
– Potete rilassarvi. Io non vi giudico, vi ammiro e basta. Per questo sono venuto qui oggi di persona. Credo fermamente che possiate riuscire. E ve lo dico guardandovi negli occhi. Che a scriverle, le cose, viene piú facile, ma forse ci credete di meno.
Clementina fu colpita dall'ultima parte della frase. I primi mesi di matrimonio scriveva a Cesare dei bigliettini, delle cartoline che lasciava in giro per casa. Erano pensieri per lui, osservazioni che non riusciva a fare a voce alta ma che non poteva nascondergli. A volte erano cose belle: gli scriveva di quanto le piacesse slegargli la cravatta alla sera, al ritorno dal lavoro, o quanto avesse apprezzato il modo in cui aveva ripreso il fornaio che le aveva dato il resto sbagliato. Lei i soldi, all'epoca, non sapeva proprio maneggiarli. Altre volte gli parlava di quello che la faceva stare male: quando lui dimenticava di salutarla, la mattina, quella sera che era uscito con i suoi colleghi di lavoro e non si era preoccupato di lasciarla a casa ad annoiarsi. Gli scriveva che avrebbe desiderato viaggiare di piú, andare a Parigi e pure a Londra. Che la sua immaginazione aveva bisogno di

alimentarsi e che stare a casa tutto il tempo non le piaceva affatto. Ripensò con affetto alla Clementina di quel tempo, ai capricci, alle pretese di cui Cesare poi la obbligava a parlare. Un esercizio sentimentale che all'inizio la sfiancava ma che a mano a mano aveva saputo conquistarla.

Fissò Germain. Era vero che a scriverle le cose vengono piú facili.

In quel momento Francesco spalancò la porta: – La zia Maria dice che se volete una fetta di torta è ora o mai piú!

– Non è una torta vera, – sussurrò Clementina. – È un intruglio dolce che fa Maria con uova, miele e buccia di limone.

– Non posso rimanere, – Germain si voltò verso la porta. – Aspetto una vostra risposta, d'accordo? – si affacciò in cucina e salutò tutti, congedandosi.

Ancora quell'odore di mandarino e miele, mentre Germain usciva.

Il lunedí successivo Clementina aspettò i tre ragazzi seduta al tavolo del soggiorno. Li scrutò in volto, sorrise, offrí l'acqua col limone e li invitò a sedersi. I tre cominciarono con la solita tiritera, ridacchiando, bisbigliando e facendo a gara per la battuta piú stupida.

– Sapete cos'è la sorte?

– Quella che ci è capitata questa estate. Non una bella sorte, con tutto il rispetto, eh –. Palmiro si arrotolò le maniche della camicia.

– Corretto, Palmiro. Bravo. Sapete che sorte vi toccherà se a settembre non avrete recuperato?

– No, maestra. Ma siamo certi che ce lo direte voi –. Paolo le sorrise. La peluria sul volto diceva che l'inverno l'avrebbe fatto uomo.

– Io, dici? Oh no, io no di certo. Ve lo dirà il professore Germain quando sarete bocciati.

I tre rimasero interdetti. Dov'era finita la vedova insicura dei giorni passati?

– Che fate, ci ricattate adesso?
– Signor Scorsoni, Egidio. Non mi permetterei mai. Vi ho solo ricordato quale potrebbe essere la vostra sorte se non arriverete preparati a settembre. Ghigliottina, – si portò una mano all'altezza del collo.
Egidio deglutí. – Che siamo, Luigi XV?
– E voi chi siete, Maria Antonietta? – domandò Paolo.
– Se fossi Maria Antonietta voi sareste Luigi XVI. Conoscete Marat?
– Chi?
Clementina si alzò e si incamminò lenta alla porta. – Ora seguitemi.
I tre non si mossero.
– Su, forza, venite.
Palmiro fu il primo a mettersi in piedi. – Ci vuole mica chiudere in uno sgabuzzino? – sghignazzò mentre le si avvicinava. Anche Egidio e Paolo le andarono dietro.
Clementina percorse in silenzio e a passo sicuro il corridoio verso la cucina. Una volta dentro, i tre ragazzi trovarono Maria con il mattarello in mano e Pantalea al suo fianco che li osservava schifata.
Clementina porse a ognuno un grembiule bianco. – Tenete. Mi spiace, sono logori e vecchi, ma mia sorella quelli nuovi non ve li ha voluti dare.
Maria mostrò il mattarello. – Chi mischia la farina? Me ne serve uno con le mani forti.
– È uno scherzo? – disse Paolo. – Maestra, vi state divertendo?
Egidio buttò il grembiule sul tavolo e Palmiro lo annusò. – Il mio puzza.
Clementina batté le mani. – Su, non perdiamo tempo che la pasta non si prepara da sola.
Maria si avvicinò ai ragazzi. – Mi dovete dire chi impasta, chi tira la sfoglia e chi dà la forma.
I tre indietreggiarono appena.
Egidio tolse il grembiule dalle mani di Palmiro e lo buttò

sul tavolo accanto a quello che aveva lanciato poco prima.
– E mica siamo femmine che dobbiamo stare qui a cucinare.

Maria gli si fece sotto. – L'educazione *se no lla tei, no la poi ccattare* –. E mise una sacca di farina sul tavolo.

I tre si aggiravano inquieti per la stanza. Egidio si voltò verso la porta. – Io me ne vado a casa, *mescia*.

– Arrivederci signor Scorsoni. E tanti auguri per l'esame.

Egidio strinse la maniglia con forza. – A me non mi minacciate.

– La porta è in fondo a destra. Paolo e Palmiro, mia sorella qui vuole sapere chi impasta e chi stende.

Egidio non si mosse.

– Io preferirei stendere, – bisbigliò Paolo a occhi bassi.

– Se cucinare non vi piace, avete sempre la possibilità di tornare nell'altra stanza e ascoltare la storia che stavo per raccontarvi.

Palmiro riprese il grembiule dal tavolo e lo porse a Clementina. – Per me va bene la storia. Qualunque sia.

– Anch'io, maestra. Davvero, dico. La voglio sentire a questa storia –. E pure Paolo consegnò il grembiule.

Clementina sorrise. – E lei, signor Scorsoni, è ancora qui?

Egidio, fermo sulla porta, aveva le guance rosse di rabbia. – Che bella tarantella che avete messo su, *mescia*.

– *Menah* Egí, non farci perdere tempo –. Palmiro allargò le braccia.

Egidio scosse la testa e sbuffò, poi andò a prendere il grembiule che Clementina gli aveva assegnato e glielo riconsegnò.

– Mi spiace, Maria, noi andiamo a fare lezione. La pasta toccherà prepararla a te e Pantalea pure oggi.

Roma, maggio 1907

La cena per il compleanno di Cesare sarebbe stata due giorni dopo.

La portata principale era decisa: un arrosto accompagnato da fagiolini, asparagi e patate preceduto da un antipasto di canapè ricoperti di burro e farciti con salame, gamberi e cetrioli; dei vol-au-vent ripieni di formaggio e funghi e delle crudités con frutta caramellata e vinaigrette. Rimaneva il problema del dolce. Clementina si era impuntata sul fruttone, una torta di cioccolato e amarena tipica di Lecce che Maria si divertiva a preparare insieme a Pantalea ma che Teresa non conosceva. La cameriera si era rifiutata categoricamente di cimentarsi in quell'impresa nonostante Clementina si fosse fatta spedire la ricetta da sua sorella. Alla fine avevano deciso per una crema inglese.

Cesare quella sera non aveva fatto in tempo nemmeno a posare la borsa sulla sedia accanto alla porta che Clementina gli aveva messo sotto il naso un foglio con la lista degli ospiti. L'aveva scortata in salone mentre lei continuava a elencare nomi e cognomi.

– Tieni, beviamo un goccio prima di metterci a tavola, – Cesare le porse il bicchiere con il nocino che preparava Teresa.

– Secondo te le tende sono stirate? A me non sembrano.
– Da quand'è che ti interessi alle tende?
– Tu dimmi se sembrano stirate.

Cesare osservò le lunghe cadute di tessuto color panna ai lati delle finestre. – Decisamente sí.

Clementina afferrò il nocino e lo mandò giú in un sorso solo. – Bene.
Cesare sorrise.
– Cosa? – chiese lei.
– Vedrai, ci divertiremo.
– Tu di certo. Sono amici tuoi quelli che ho invitato.
– Aspetta, ho una sorpresa per te, – tirò fuori dalla tasca della giacca due biglietti.
– *La Traviata!*
– Domani sera.
Clementina sentí qualcosa che le si scioglieva dentro, dal ventre alle gambe. Si allentò il colletto e un istante dopo lui la tirò a sé.

Non osava guardare il corpo nudo di Cesare addormentato accanto a lei.
Fissava il soffitto con la coperta stretta tra le mani appena sotto il mento e continuava a pensare che ogni volta suo marito era diverso. La sorprendeva l'abilità con cui le slacciava i bottoncini del corsetto sfilandoglielo con cura ed esperienza. Ne aveva aperti molti? Invece di esserne gelosa, quest'idea la faceva sentire stranamente sicura. Ogni volta sentiva gli occhi di lui addosso e anche questo non corrispondeva affatto al suo temperamento ingannevolmente ordinario. Le sembrava non volesse finire mai, e questo l'agitava perché a lei, abituata a tenergli testa, non restava altro da fare se non lasciarlo condurre. Avrebbe voluto chiedere: Va bene che io stia ferma? Gli occhi chiusi o aperti? Le mani devo muoverle o lasciarle lungo i fianchi? È bene o male per una femmina ansimare un poco come fai tu, ed è giusto muovere il bacino? Ma non aveva il coraggio di dire nulla perché quella danza, in cui lei era ballerina senz'arti, la deresponsabilizzava a tal punto da renderla una pagina bianca nelle mani di lui, e questo le piaceva parecchio.

Il giorno seguente Clementina si svegliò prestissimo smaniando. Per lei era la prima volta all'opera da quando era tornata a vivere a Roma con suo marito.

La sera Teresa l'aiutò a vestirsi. Il lungo abito blu le avvolgeva il corpo magro e longilineo e il colletto in pizzo, mantenuto rigido da invisibili stecche, le conferiva un portamento altero. Si era fatta acconciare i capelli in uno chignon alto e tirato, e aveva deciso d'indossare gli orecchini decorati da rosette di diamanti e rubini che le aveva donato sua madre. Non aveva mai tentato prima una mise cosí ambiziosa. Dal sorriso quasi incantato di Teresa capí di aver centrato l'obiettivo.

– Signora, non me sembrate manco voi –. Il sorriso le accentuava la smorfia della bocca.

– È un complimento?

– L'ingegnere sarà il piú invidiato della sala.

Arrivati al teatro Costanzi, Clementina alzò la testa ammaliata dalle figure allegoriche sulla cupola.

Nel momento in cui Alfredo inveí contro Violetta alla festa di Flora Bervoix, all'apice del coinvolgimento, si voltò verso Cesare. Lui era altrove. Gli posò una mano sulla gamba e solo allora parve tornare in sé.

– Ti annoia?

– L'ultimo atto sarà straziante, – sorrise lui stringendole la mano.

Rientrati a casa, Cesare si chiuse nella biblioteca. Lei provò a distrarsi con la solita lettura serale ma continuava a rileggere sempre la stessa riga, cosí decise di andare a prepararsi un infuso che bevve rapidamente, ustionandosi la lingua, sul tavolo in ferro battuto della cucina. Nemmeno quello riuscí a calmarla e a un quarto all'una, si ritrovò a bussare alla stanza dov'era chiuso il marito.

Cesare era avvolto da una nube di fumo. Per un istante Clementina rivide suo padre, la stessa scena che si ripeteva sempre nel suo studio, l'aria nebulosa e densa come i suoi pensieri.

– Ti disturbo? Non riesco a dormire.
Cesare alzò la testa dal foglio. – Sarà l'emozione per l'opera. Domani è il grande giorno, devi essere riposata.
– Ora è certo che non dormirò. Mi metto un poco qui, sto zitta, non ti do fastidio, – si accasciò sulla poltrona davanti alla scrivania. – Certo che ne fai di calcoli, riesci davvero a concentrarti a quest'ora? – si chinò sui fogli sparsi sul tavolo. – Scusa, – si pentí ritraendosi, – non parlo piú.
– La prossima sarà una settimana intensa e preferisco portarmi avanti con il lavoro. Non voglio lasciarti sola questo fine settimana, – iniziò a sistemare meccanicamente le carte.
– Non volevo interromperti, me ne torno a letto.
– Aspetta.
Clementina si strinse la vestaglia. Un gesto familiare che la faceva sentire al sicuro quando era nervosa.
– Non sono calcoli, in effetti. Si tratta del babbo. Di tuo padre –. Fissò per un attimo lo spazio vuoto davanti a sé e poi proseguí cauto: – Non è stato bene.
Clementina si agitò sulla poltrona. – Il babbo? Ma la mamma mi scrive sempre, e anche Anna e Maria... Me l'avrebbero detto.
– Il cuore, Tina, – la interruppe brusco lui. – Ma ora sta bene, – si affrettò ad aggiungere. – Dicono che è fuori pericolo.
– Chi è che lo dice?
– Be', i medici, naturalmente.
Il tono accomodante di lui la irritò.
– I medici, naturalmente, – ripeté, alzandosi in piedi. – E tu, scusami tanto, da chi hai avuto tutte queste informazioni? – Le nocche posate sulla scrivania erano sbiancate. – Ma soprattutto, quando le hai avute?
– Non volevamo farti preoccupare.
– Da quanto lo sai?
– Che si è ripreso? Da questo pomeriggio.

Clementina tornò a sedere. La vestaglia si era aperta lasciando intravedere la camicia da notte bianca, i piccoli seni e il ventre piatto. Lui non riuscí a distogliere gli occhi dal suo corpo e lei si ricoprí con uno sguardo sfidante.
– Quando è successo?
– Due settimane fa, ma la lettera è arrivata solo domenica. Tua madre mi ha esplicitamente chiesto di non dirti nulla. Pensava saremmo partiti subito e poi...
– È naturale che saremmo andati! O forse non me l'hai detto perché il tuo lavoro è piú importante?
– Sei ingiusta, ora, – Cesare si poggiò allo schienale della poltrona, aprí un cassetto e tirò fuori la lettera. – Eccola. Leggila pure.
Clementina per poco non gliela strappò dalle mani.
– Ti ho ripetuto le esatte parole di tua madre, – l'anticipò lui.
Lei scorse le prime righe. – Crede che io sia incinta e non sia nella condizione di viaggiare? – la voce le uscí stridula.
Cesare alzò le mani in segno di resa. – Non farla piú grave di quello che è. Io comunque non le ho detto nulla, figurati se scrivo a tua madre.
– Anche perché non c'è nulla da dire! – sbottò lei nonostante fosse quasi certa di essere incinta.
Gli occhi stanchi di Cesare non la commossero, si sentiva tradita, di nuovo una bambina da proteggere. Questa volta era ben decisa a comportarsi diversamente.
– Avresti dovuto parlarmene subito. Sai che odio le bugie.
– Non ti ho mentito.
– Nascondere la verità è la stessa cosa.
– Piú o meno.
– È per questo che mi hai portata all'opera? Perché ti sentivi in colpa?
– Volevo solo regalarti un ricordo felice nel caso in cui...
Cesare non terminò la frase e iniziò a massaggiarsi le tempie. Sembrava invecchiato di colpo.

Le lacrime presero a scenderle sulle guance senza che nemmeno se ne rendesse conto. Eppure non voleva piangere davanti a lui. Doveva tenere il punto, farsi vedere forte, reagire a quell'ingiustizia, e invece era lí a urlargli addosso, singhiozzando. Proprio come una bambina.

– Tina, per favore –. Cesare tentò di prenderle le mani, lei indietreggiò.

– No –. Uscí di corsa e si chiuse la porta alle spalle con un colpo fortissimo.

La mattina dopo, a colazione, Cesare fissava cupo il suo caffè.

Clementina appena sveglia era andata a chiudersi nello studio saltando la colazione. Aveva preso carta e penna e buttato giú una lettera indirizzata alle sue sorelle, certa che l'avrebbe letta anche la madre. Aveva protestato per essere stata tenuta all'oscuro delle notizie sulla salute del babbo, e per aver lasciato che la mamma decidesse per lei e per tutti quanti, babbo compreso. Nella parte piú dura aveva scritto che era pentita di aver confidato tutto della sua vita, del resto le amava cosí tanto da considerarle prolungamenti di sé, soprattutto dopo quello che avevano passato. La delusione maggiore era quella che provava nei loro confronti, complici alle sue spalle di un'ingiustizia materna che solo il tempo e la buona salute del babbo avrebbero alleviato. Mise nero su bianco che non era affatto incinta come sospettava sua madre, e che anche se lo fosse stata la decisione di partire sarebbe spettata a lei e a nessun altro.

La fece spedire senza nemmeno rileggerla. All'ora di pranzo se n'era già pentita.

Il campanello suonò per la prima volta alle venti e trenta.

L'abito di Flora, la moglie dell'ingegner Franchi, direttore di Cesare, era di un azzurro cosí intenso che Clementina si rammaricò di aver scelto d'indossare un vestito sui toni del viola, che al cospetto di quella luminescenza sembrava spento e non faceva che sottolineare la sua aria stanca, frutto della notte insonne. Arrivarono poi altri colleghi di Cesare, i suoi superiori diretti e diversi dirigenti della nuova borghesia dirigenziale romana che si era insediata nei villini dell'Esquilino e del rione Monti dopo la nazionalizzazione delle Ferrovie.

A Clementina sembravano molto distanti dalle persone che avevano frequentato la casa romana dei suoi genitori quando il padre era il viceprefetto della città e veniva trattato da tutti con reverenza. Trovava quei nuovi ospiti piú disinibiti, come se le cene o le feste fossero il loro pane quotidiano mentre per lei era tutto nuovo.

Flora Franchi, che viveva vicino a piazza del Popolo, appena messo piede in casa le aveva detto freddamente che mai si sarebbe trasferita in quella zona.

– Una donna deve essere soddisfatta della propria abitazione e del vicinato e credimi, mia cara, a Roma il quartiere conta. Qui è tutto cosí nuovo, cosí moderno... – aveva detto facendo oscillare i due enormi zaffiri contornati da diamanti che portava alle orecchie; al collo aveva una treccia di acquamarina che si abbinava perfettamente al tono dell'abito e agli occhi. Sembrava un'amazzone nordica e dimostrava al massimo quarant'anni. Eppure doveva averne, secondo i calcoli di Clementina, almeno quindici di piú.

– Conosco Roma piuttosto bene. Io e la mia famiglia abbiamo vissuto qui per quindici anni. Eravamo ai Monti Parioli, mio padre era viceprefetto.

– So tutto di voi, cara. Mio marito ha incontrato vostro padre in diverse occasioni. Avete fatto bene a tornare a Roma, vedrete che Cesare avrà una brillante carriera e voi avrete quel che desiderate.

– Quel che desidero?

La frase le era sembrata fuori luogo, tanto piú pronunciata da una sconosciuta.

Si guardò intorno e vide che le altre donne la osservavano di sottecchi bisbigliando tra loro.
– Chiedo scusa, – si congedò alzandosi.
Flora le posò addosso quei suoi occhi acquosi e giudicanti. – Se tu sapessi com'è bello, ragazza mia...
– Cosa?
Flora Franchi finí di bere ciò che restava del Sauternes che aveva voluto appena arrivata. – Lascia perdere. Vai pure, tieni a bada le belve feroci! – Il suo cenno stanco col bicchiere poteva sembrare un brindisi come un invito a togliersi dai piedi.
Si accertò che tutti parlassero tra loro, cercò Cesare con gli occhi e lo vide in compagnia di tre uomini che gli davano grandiose pacche sulle spalle. Li sentí complimentarsi per la casa.
– Una benedizione, Clementina! – Una donna di cui non ricordava il nome la sorprese alle spalle. – Il cortiletto che avete, dico. Quando ci saranno i bambini vedrete che sollievo farli sfogare un poco fuori. Certo, che peccato che oggi piova cosí forte.
– Posso unirmi a voi? – disse una donna posandole una mano sul braccio. Clementina avvertí una leggera scossa.
Lei le sorrise. Occhi, naso, bocca: tutto era piccolo e definito sul suo viso. – Dev'essere questo velluto, – sussurrò la giovane donna. – Mi rende elettrici persino i capelli.
Cesare le aveva detto che si chiamava Agata e che era la moglie di Augusto Bucchi, uno stretto collaboratore del suo capo. Non aveva nemmeno vent'anni, mentre Augusto aveva superato i cinquanta da un pezzo. Chiacchierava con disinvoltura con tutti, ammiccando civettuola agli uomini presenti come una formichina laboriosa, un momento era lí, quello successivo dalla parte opposta del salotto.
– Clementina, ditemi, quand'è che pensate di allargare la famiglia? – le chiese sfacciata. Aveva un accento che non aveva mai sentito prima. – Augusto mio non ha fretta. Del

resto gli uomini possono fare figli a qualunque età, mentre noi avvizziamo.
– Probabilmente sí.
– La madre di Augusto mi ha fatta visitare prima del matrimonio. Il dottore ha detto che devo fare attenzione perché ho fianchi stretti e vita sottile. L'avete visto Augusto com'è grosso? – Agata le indicò con il bicchiere il marito che rideva sguaiatamente a qualche metro da loro.

Una donna le venne in soccorso. – Lo suonate voi quel bel pianoforte lí? – chiese indicando il Mach in mogano all'angolo del salone.
– Non bene. Lo suonava mia sorella Anna.
– Avete una sorella? – chiese Agata.
– Ne ho due, a dire il vero.

Agata si portò il bicchiere alla bocca. – Augusto mi aveva detto che eravate in quattro.

Clementina sentí la nausea montarle in gola. Cercò d'incrociare lo sguardo di Cesare oltre il viso supponente di Agata ma stava conversando fittamente con qualcuno.
– C'è qualcosa che vi turba? – Agata era vicinissima al suo orecchio e le alitava sul collo. Forse era in punta di piedi, perché prima le era parsa minuscola e ora le sembrava di avercela tutta addosso. Sentiva quel visino da insetto scrutarla.

Un braccio le cinse forte la vita. Cesare fece cenno al cameriere di avvicinarsi e di riempire i calici delle signore.
– *L'acqua marsisse i pài*, – esclamò Agata porgendo il bicchiere al ragazzo.
– Tina, vieni, ti reclamano a gran voce. Signore, ve la rubo per un momento –. Senza aspettare risposta Cesare la scortò fuori dal salone verso la sala da pranzo apparecchiata e vuota.
– Va tutto bene? – le chiese.

Clementina scosse la testa piú volte. – Quell'Agata.
– Immaginavo si trattasse di lei.
– Perché?

– Flora Franchi. Mi si è avvicinata e mi ha sibilato di andarti a salvare da «quell'insensato spettacolo di stupidità». Le sue esatte parole.

A Clementina venne da ridere e Cesare approfittò di quel piccolo buonumore per abbracciarla. Sapeva di tabacco e di alcol, era quasi piacevole.

– Smettila, non ti ho perdonato, – gli disse sottraendosi all'abbraccio.

– Ma lo farai.

– Cosa te lo fa credere?

– Perché ti conosco, – puntava l'indice sulla sua testa e sui mille pensieri lí dentro.

Clementina sentiva la schiena sudata. – La sera delle nozze mi hai detto che sono *tutta gesti*, te lo ricordi?

– Certo. E lo sei. Ma io sono testardo quanto te, e la testa tua sto imparando a conoscerla.

– Buona fortuna.

Cesare le sistemò un ciuffo di capelli sfuggito all'acconciatura, poi le prese il viso tra le mani e la baciò.

Teresa, affacciata alla soglia della porta, si schiarí la voce: – Signora, siamo pronti per servire la cena.

La settimana seguente Augusto Bucchi e sua moglie li invitarono per una colazione. Clementina non ne fu affatto sorpresa. Era decisa a rifiutare ma Cesare insisté: Bucchi era un pezzo grosso ed era prematuro, nella loro posizione, cominciare a negarsi.

E cosí, la domenica successiva a mezzogiorno, Clementina e Cesare varcarono la soglia di casa Bucchi: un grande appartamento all'ultimo piano di una villa settecentesca, con uno splendido terrazzo affacciato sul Colle Oppio.

Clementina non riusciva a togliersi il cappellino, lo spillone tra i capelli faceva resistenza.

– Volete che vi aiuti? – disse Agata, fasciata in un abito rosa antico che sembrava rendere ancora piú fluidi tutti i suoi movimenti. – Un attimo, – aggiunse armeggiando con lo spillone. – Dev'essersi incastrato –. Si sollevò sulle punte e Clementina abbassò la testa. – Ecco qui, ce l'ho fatta! – esclamò vittoriosa. – Cappello delizioso, ne vorrei uno simile, adoro il lillà. Avete dei capelli davvero splendidi, cosí scuri e senza nemmeno una striatura di bianco.

Clementina si sentiva a disagio. – Anche i vostri sono molto luminosi.

La giovane donna si avvicinò alla grande specchiera all'ingresso aggiustandosi lo chignon. – La mia fortuna è che sono cosí chiari che quando sarò vecchia non si vedrà la crescita grigia. La trovo orribile –. Poi le andò vicino e le diede una piccola gomitata al fianco. – Guardate lí quanta ce n'è, – mormorò indicando le tre signore sedute in fondo alla stanza. Poi la prese sottobraccio, trascinandola verso di loro. – Sentite, – le avvicinò le labbra all'orecchio, – mi spiace se l'altra sera vi ho turbato. Sono una sciocca, Augusto me lo dice sempre. Vorrei esservi amica. Oggi sembrate cosí stanca, date l'impressione di poter svenire da un momento all'altro. Avete gli occhi cerchiati. Non volevate venire, non è vero?

Nell'ingresso c'era un gran trambusto. Augusto Bucchi urlava il nome della moglie.

– Sono qui, Augusto. Possibile che non mi veda? – e poi, sottovoce, rivolta a lei: – *A chiolà ghe manca un bojo.*

– Oh, eccoti mia cara. È arrivata Flora, vai a riceverla, Clementina, la scuserete...

Flora Franchi entrò in salone e il mormorio divenne piú intenso. Indossava un abito verde smeraldo, e di smeraldi era letteralmente coperta, alle orecchie ne portava due, un collier le incorniciava la scollatura generosa e al dito medio della mano destra ne aveva uno enorme che Clementina non riusciva a smettere di fissare mentre si rigirava il suo, regalo di fidanzamento di Cesare, che, seppur dignitoso, era di dimensioni decisamente piú ridotte.

Flora sorrise benevolmente a tutti senza salutare nessuno. Individuò Clementina vicino alla vetrata che dava sul terrazzo e le andò incontro spedita, lasciandosi dietro Agata.

– Eccovi qui –. La squadrò da capo a piedi. – Sono venuta solo per voi, cara. Venite, vi mostro la casa –. La prese sottobraccio e la scortò sul terrazzo come se ne fosse la padrona. – Augusto è ricco di famiglia. Questo villino è suo. L'ha fatto dividere e si è tenuto il piano di mezzo e quello superiore, con questo splendido affaccio. Il piano terra lo affitta a uno strambo professore, un certo Taroli, lo conoscerete, è di là. Con mio marito si conoscono da ragazzi, hanno studiato insieme, per questo gli è affezionato –. Pareva che Augusto Bucchi non avesse altri meriti se non quello di un'amicizia giovanile sapientemente coltivata.

Clementina si soffermò sulla buganvillea che cresceva accanto alla porta finestra. – Agata è cosí giovane, – disse.

– Giovane non significa nulla. Mi piace la vostra compagnia, sapete? Lasciate che vi dica una cosa, promettetemi che non vi offenderete.

Il silenzio di Clementina doveva esserle parso un sí.

– State attenta ai vostri occhi. Sono occhi da strega, profondi e misteriosi. Ho avuto un brivido quando mi avete guardata l'altra sera, – le disse scansandole un moscerino dal viso.

Clementina si innervosí. Prima Agata a sottolineare le sue occhiaie e ora quella donna che si permetteva di darle della strega. Si morse la lingua. Flora Franchi era una donna potente. Avrebbe potuto arrecare danno a Cesare.

– Quanti anni avete?
– Venticinque.
– Non siete giovane.

Flora sembrò voler aggiungere qualcosa. Cambiò idea.
– Venite, rientriamo.

Poi, però, non appena Clementina si mosse, riprese a parlare. – Agata viene da un paesino in provincia di Treviso. Non chiedetemi dove o in che modo Augusto l'abbia conosciuta. Aveva sedici anni, e a diciassette l'ha sposata. Sua madre, la vedova Bucchi, si è rifiutata di partecipare al matrimonio ed è morta una settimana dopo maledicendo la poveretta in lingue sconosciute. Sono andata a farle visita, negli ultimi giorni. «Quella si porta dietro il demonio», diceva.

Clementina si voltò verso di lei, con un'espressione genuinamente stupita.

– Presto o tardi lo scopriremo, – tagliò corto Flora.

Nella sala da pranzo dei Bucchi un enorme lampadario a dodici luci in vetro di Murano sovrastava la lunga tavola apparecchiata per la colazione della domenica.

Clementina, che aspettava indicazioni per prendere posto, notò che gli altri invitati si avviavano sicuri. – Dovremmo sederci? – chiese sottovoce a Cesare che temporeggiava incerto anche lui.

– Dovrebbe essere Agata a dircelo.

Dal capotavola Augusto urlò: – Cesare, vecchio mio, cosa fai lí in piedi? Amedeo! – E si rivolse a un uomo calvo sulla cinquantina con grandi occhiali tondi. – Fai accomodare i nostri nuovi amici!

– Sí Buccone, che bischero che sei! Ci penso io a loro –. L'uomo, che si era già seduto, si alzò e spostò la sedia accanto invitando Clementina. Cesare si accomodò al lato opposto rimasto libero. L'uomo allungò la mano. – È un piacere conoscervi, sono Amedeo Taroli, abito qui di sotto, per questo sono stato invitato in mezzo a cotanti ganzissimi ingegneri, – aggiunse sghignazzando. Poi si rivolse a lei: – Siete originaria del Salento?

– Sono nata a Lecce ma ci abbiamo vissuto davvero poco.

– *'Aspiterina*, amo il Meridione! Io invece sono del Nord. La *mí* nonna era genovese, io sono nato a Grosseto, un paesello di poche anime sante, ma mi sposto spesso giú per conferenze, ho visitato Bari, Foggia e Taranto, Lecce mai.

Le cameriere cominciarono a servire la portata principale, anatra brasata con lenticchie. Quando Agata iniziò a tagliare la sua fetta, Amedeo Taroli se ne mise in bocca una intera, grasso compreso. – Signori, ma lo vogliamo fare un commentino sui fatti di oggi in Europa del Nord? – disse rivolto alla tavolata.

Augusto Bucchi buttò giú d'un fiato il vino. – E dicci, Amedeo, dicci.

Taroli indicò Clementina con la forchetta: – Sentite qui, l'ho letto stamattina, un trafiletto piccino sul quotidiano: le donne, caro Augusto, votano in Finlandia. Sai dove sta?

Augusto Bucchi scoppiò a ridere: – Il Granducato di Finlandia. Mangiano pesce crudo laggiú.

Clementina fece per replicare ma sentí un piccolo calcio alla caviglia. Veniva dritto dritto da Cesare.

Flora Franchi, imperscrutabile, alzò il suo calice. Il marito glielo riempí e intervenne nella conversazione rivolgendosi al padrone di casa: – Questi sono affari dello zar. Non parliamo di politica, Augusto, ci sono delle signore.

Flora Franchi annuí soddisfatta.

– Io invece vorrei saperne di piú –. Tutti si voltarono verso Clementina.

Un giro di sguardi passò da Augusto Bucchi a Cesare, e da Cesare al suo superiore. Amedeo Taroli si voltò verso la cameriera per avere ancora un po' d'anatra.

– Il Granducato è molto lontano? – domandò Clementina.

– Sai bene dov'è la Finlandia, mia cara, – disse Cesare con voce calma.

Sí, Clementina sapeva perfettamente dove fosse, eppure voleva sfidarlo. Sapeva che era ingiusto farlo proprio lí, davanti ai suoi colleghi, in mezzo alla gente con cui lavorava. Ma non riusciva a trattenersi. – Dev'essere un paese interessante. Potremmo andarci in villeggiatura.

Cesare si allungò per versarle del vino, ne versò un po' anche per sé e mostrò le fossette alla tavolata. – Mia moglie è sempre stata molto curiosa.

Augusto Bucchi, che si era fatto serio dopo il rimprovero del dottor Franchi, borbottò: – Caratteristica interessante in una donna –. Fece cenno alla moglie di tornare a mangiare.

Clementina avrebbe voluto dare fuoco a quella tavola, a quell'anatra, a quella giornata primaverile cosí bella.
– Credo sia una cosa giusta. Per noi donne, dico.

Nessuno rispose.

Non intendeva lasciar correre ma la nausea la travolse di nuovo. Bevve un goccio d'acqua preparandosi a parlare ancora, ma in quel momento Augusto Bucchi fece tintinnare il bicchiere e si alzò in piedi: – Signori, visto che qui siamo tutti amici, colgo questa bella occasione per annunciare che la mia adorata Agata mi renderà padre per Natale...

Un coro di congratulazioni si alzò nella sala, venne dato ordine di portare dello champagne per festeggiare. «Pensate sia un maschio?» «Siete cosí magra». «Ora dovete mangiare per due». «Che benedizione, un bambino è proprio quello che mancava in questa casa».

Clementina udiva come ovattato il mormorio delle donne, tutte rivolte verso Agata.

I bicchieri di cristallo furono riempiti fino all'orlo e tutti si alzarono in piedi. Augusto sorrideva tronfio, Agata sorrideva imbarazzata e come sorpresa, fissando il piatto davanti a sé.

Flora Franchi beveva, ruotando lo sguardo compiaciuta su tutti i presenti.

Quel pomeriggio, esausta, Clementina decise di mettersi a letto.

Si voltò nervosa sul fianco sinistro e l'occhio le cadde sulla fotografia posata sul suo comodino, e sul rosario che la avvolgeva. Ricordava bene il giorno in cui era stata scattata: una mattina di novembre, a Roma, faceva freddissimo e sua madre aveva accompagnato lei e le sorelle da Toncker, lo storico fotografo di corso Vittorio. Ne parlava da settimane e aveva scelto con cura i vestiti che avrebbero dovuto indossare e le pettinature per quella che sarebbe stata la cartolina da indirizzare ai parenti di Lecce per gli auguri di Natale. L'aveva spedita a dicembre del 1900. Non poteva immaginare che sarebbe giunta a destinazione appena prima del telegramma funebre che furono costretti a mandare in tutta fretta.

Un conato la riscosse da quel dormiveglia carico di ricordi. Con una mano davanti alla bocca si diresse svelta in bagno.

Non avrebbe mai pensato che il corpo umano potesse compiere un'azione meccanica come quella di rimettere infinite volte senza disgregarsi. Era scossa dai brividi e sudava freddo, a ogni conato. Cesare fuori dalla porta chiedeva se avesse bisogno di aiuto ma la voce le arrivava lontana. La sua mente viaggiava mentre la sua mano stava ferma, davanti alla bocca. Arrivò a immaginare che Agata, con quel suo visino da rapace, le avesse avvelenato il pranzo. Calcolò che i loro figli sarebbero nati nello stesso periodo. Lo stesso giorno, magari, e l'idea la disturbò.

Dopo un tempo che non avrebbe saputo definire e persa ormai ogni inibizione, lasciò entrare Cesare. Lui rimase fermo un istante, colpito da quella scena. La raccolse dal pavimento freddo e le pulí delicatamente la bocca con un panno imbevuto d'acqua. Le sfilò la camicia da notte, la sollevò e la immerse nella vasca lavandola con cura. Clementina, stremata, lasciò che si occupasse di lei, che la vedesse in quello stato pietoso, facendo cose che – secondo suo madre Emira – un marito non dovrebbe fare.

– Faccio venire un dottore, – disse Cesare accompagnandola in camera da letto.

– Il dottore mi serve. Ma solo per confermare quello che già penso.

Cesare l'aveva abbracciata e lei aveva inspirato forte l'odore di lui affondando le narici nel suo collo. Poi lo aveva allontanato. – Siete stati meschini, oggi a pranzo.

– Meschini, Tina? Quella è gente di una certa età, con certe idee che non gli cambierai né tu né nessun altro. Sei stata sciocca a esporti in quel modo. Non sono amici nostri. Sono colleghi di lavoro.

Clementina, all'improvviso, si era vergognata. Cesare le aveva preso la mano e gliel'aveva posata sulla pancia, insieme alla sua. – Se è femmina, la porteremo fino in Finlandia.

Lo aveva abbracciato ancora. Gli invidiava quel suo modo di fare: saper smussare la sua intemperanza, riuscire a farla ragionare sulle cose con una lucidità da matematico. In quel momento la gratitudine che provava per lui era piú forte di qualsiasi umiliazione subíta.

La mattina dopo si alzò decisa ad andare a trovare don Mariano.

– Non sarebbe meglio che riposassi? – le disse Cesare, già sull'uscio di casa.

– Non sono malata. Andrò da don Mariano a fare quello che farei qui: poltrire sul divano, proprio come faccio ogni lunedí, – gli rispose infilandosi i guanti. – Teresa, passami il cappello in tulle per cortesia, quello con la rosa centifoglia.

Cesare scosse la testa. – La tigna che tieni… Ti accompagno prima di andare al lavoro.

Clementina passò nelle mani della cameriera un biglietto. – Teresa, fa' spedire questo per piacere.

– Lo mandi a Lecce?

– Non ancora. È per Agata Bucchi. Vorrei invitarla qui a casa per un caffè.

Cesare alzò gli occhi al cielo. – Non vorrai mica dirle del bambino?

Clementina scosse la testa. – Figurati. Ma ieri mi è dispiaciuto che il marito abbia fatto quell'annuncio cosí plateale. Non credo che lei se lo aspettasse.

Cesare le tenne aperta la porta. – Fai quello che credi. Come sempre, d'altronde.

Di don Mariano si intravedeva solo un ciuffo bianco che spuntava dalla pila di libri depositati sulla scrivania. La statura dell'uomo traeva in inganno, in molti lo credevano seduto quando in realtà era già in piedi. Celebrava messa sul palchetto per osservare meglio i fedeli, oramai l'età non lo aiutava piú e la sua schiena faticava a stare dritta.

Il prete salutò calorosamente Cesare, poi scortò Clementina in canonica.

– Siete piú pallida del solito. Le gradireste delle ciambelline? E un caffè? Bello forte, magari.

Clementina accettò. Entrata in canonica prese ad armeggiare impaziente con il cappellino.

Don Mariano notò che era agitata. – Che vi succede? Non vi ho visti domenica, alla messa, ed è un peccato perché mi sono superato, sapete?

Clementina sedette sulla poltroncina davanti alla scrivania e si sfilò i guanti. Le mani, lievemente arrossate, erano secche.

– Perché non mi aiutate voi con l'omelia della prossima settimana? Vorrei dedicarla alla figura di Maria di Magdala, contrapporla a Eva: la donna che annuncia la vita e quella che porta la morte.

Clementina si sistemò a sedere comoda e lo fissò. – Ma voi lo sapete che nel Granducato di Finlandia le donne possono votare, e possono pure essere elette in parlamento?

Don Mariano versò del caffè caldo da una caraffa in due tazze e ne passò una a Clementina. – Ed è una cosa bella? – Non c'era giudizio nella sua domanda. Solo sincera curiosità.

Clementina afferrò la tazza con entrambe le mani, assorta. – Non ne ho idea. Credo di sí però. Anzi, ne sono sicura.

– Se voi dite che è una cosa buona, allora lo è pure per me. Il Signore ci ha fatto uguali, a voi e noi, e questo pare che se lo siano scordati tutti.

– Non siamo uguali.

Don Mariano sorrise e Clementina proseguí. – Io non sono uguale a mio marito e nemmeno a voi. Perché voi potete fare tante cose che a me non sono concesse.

Il prete assaggiò il caffè. – Scotta. Pazientate un momento.

Clementina soffiò con vigore e bevve il caffè.

– Mia cara Tina, io sono solo un vecchio parroco a cui è stato concesso l'onore di avere in cura una chiesa cosí bella. Non sono intelligente come voi, sono solo un contadino di Dio. Ma una cosa ve la voglio dire, perché sono tanti anni che parlo con la gente, che mischio parole e preghiere: Dio ci ha creato uguali, dal fango e dalla terra. Poi ci ha lasciati liberi. Questo è il piú grande atto d'amore che ci sia.

– Chi piú, chi meno.

– Siete testarda, mia cara.

– La tigna.

– Cosa dite?

– Nulla, – sorrise Clementina. – Non ci pensate. Io lo capisco quello che dite e sono d'accordo con voi. Amo Dio e lo ringrazio ogni giorno per quello che mi ha dato. Sí, insomma, quasi ogni giorno.

Il viso del prete si allargò. – Ci vuole tempra per pregare con coscienza. Ciambelline, ne volete?

Clementina rifiutò. Ripensava alle parole di poco prima. Anche se aveva detto al prete che pregava Dio quasi ogni giorno, nel dirlo si era sentita in difetto perché sapeva di essere mancante nell'intenzione. Pregava cosí come si lavava la faccia al mattino, perché le era stato insegnato a farlo, perché trascurare quel dovere era sbagliato. Non era certa di aver mai pregato davvero. Ne fu turbata, e decise di chiudere lí quell'argomento.

– Padre, vorrei dirvi una cosa che sento da un po' di tempo ma di cui ho avuto conferma solo ieri –. I grandi occhi cerchiati di viola si fecero piú intensi. – Siete il primo a cui ne parlo.

Don Mariano posò la tazza di caffè sopra i libretti del rito. – Vi ascolto, mia cara.

Clementina si toccò il ventre, il parroco le andò vicino e sorrise. Poi si fece serio e gli occhiali si appannarono. Clementina glieli alzò sulla testa. Due lacrime rigavano le guance rosse del suo amico.

Lecce, 1923

Clementina aveva aperto la grande camera da letto dei genitori. La polvere ricopriva ogni cosa come un velo, una protezione.
Entrando nella stanza per la prima volta dopo tanti anni le era sembrato di sentire l'odore di sua madre. Aveva tolto il telo dal grande specchio e aveva sperato di vederci riflessa donna Emira. Voleva un segno, una rassicurazione: adibire la stanza ad aula scolastica era stata una decisione meno sofferta di quanto pensasse. Escluso il salone era la stanza piú grande della casa, la piú adatta a quella missione. Ma ora che era dentro non lo sapeva piú. Si sentí piccola e non le piacque. Con furia sollevò le lenzuola dai mobili e aprí le tende. La polvere che si era alzata era tale che prese a tossire e lacrimare. Si rannicchiò ai piedi del letto, sopra i teli che aveva gettato in terra. Osservò la stanza, i fasci di luce che entrando dalle fessure delle finestre illuminavano i granelli di polvere. Si rese conto che i suoi genitori non erano piú lí. Era sola e ne fu felice.
In poche settimane la rivoluzionò: per le pareti scelse il color indaco e al posto del letto sistemò tre file di banchi doppi con seggioline in legno che le avevano donato i gesuiti.
Dove un tempo era sistemata la toletta della madre adesso si trovava la cattedra, una scrivania in legno di rovere con il fondo in pelle e due cassetti, che poggiava su un tappeto fiorito nei toni del blu e del verde. Aveva poi vuotato il grande armadio in legno massello che occupava la parete destra per adibirlo ad attaccapanni. Era tutto

efficiente e funzionale ad accogliere i ragazzini che aveva preso in carico. Alcuni li aiutava con i compiti, fornendo i chiarimenti necessari, altri li accompagnava nelle materie previste per le prove finali; poi c'erano quelli, pochi, che si preparavano privatamente tutto l'anno fino agli esami di giugno. Il pomeriggio, dal lunedí al venerdí, era dedicato a loro, dalle quindici alle venti, con mezz'ora di pausa alle diciassette. La mattina invece era riservata a Emira e Francesco. Per loro due, che avevano dieci e otto anni, Clementina preparava lezioni a parte. La sera, dopo cena, era il momento di Filippo. Gli controllava i compiti e lui tentava di spiegarle la matematica.

Erano passati sei mesi in questo modo e nella nuova routine familiare ognuno faceva la sua parte: anche Maria, Anna e Pantalea si davano da fare, ciascuna come poteva, per mantenere la casa viva e in ordine e non spezzare il delicato equilibrio che quella nuova attività comportava. Anna seguiva i nipoti il pomeriggio mentre Clementina era impegnata con i ragazzi, e Maria, aiutata da Pantalea, si occupava della spesa e dei pasti: se le capitava una giornata buona sfornava biscotti alla cannella per tutti. Per la Pasqua appena passata aveva preparato la cuddhura e fritto pittule tutto il giorno. Si era commossa quasi alle lacrime quando Clementina le aveva consentito di ordinare l'agnello per il pranzo della domenica. Significava che le cose si stavano finalmente mettendo bene, che quell'idea della scuola in casa, che tanto aveva agitato sua sorella, era stata invece l'intuizione giusta.

– Signor Marchello! Mettete giú i gomiti e state un poco dritto, che non si dica che qui vi è venuta la scoliosi a forza di studiare.

La pausa pomeridiana era conclusa. Clementina riprese posto dietro la cattedra.

Appena aveva messo piede nella stanza il silenzio si era fatto assoluto. Tenere a bada nove ragazzini adolescenti era stato inizialmente difficile: chi veniva dal Collegio Argento era abituato all'intransigenza, ma la quietezza in aula era dovuta piú al terrore degli insegnanti gesuiti che a vero rispetto. Mentre quelli che a scuola non ci erano andati, ed erano stati seguiti da precettori privati, erano abituati ad averla vinta sia sugli orari che sugli argomenti da studiare. A casa sua non c'erano né scorciatoie né preti, c'era lei sola, una donna, e aveva dovuto conquistarsi la loro fiducia.

Clementina non ambiva a essere temuta, il suo obiettivo era far sí che quei giovani uomini la rispettassero. I ragazzi sentivano a pelle che la donna vestita di nero, dallo sguardo severo ma dai modi gentili, era diversa dalle madri, zie o sorelle. Lo percepivano con quell'istinto ancestrale della giovinezza che con l'età si va perdendo: non c'era nessuna ragione per temerla, visto che non aveva mai accennato a punizioni o ceduto al ricatto della vendetta. Li trattava da uomini.

Le regole erano soltanto tre, le stesse che aveva dato ai figli: il silenzio assoluto durante la lezione, il mantenimento dell'ordine e l'onestà. Le bugie non erano ammesse, nemmeno quelle a fin di bene. Se qualcuno non capiva doveva dichiararlo, cosí pure se non aveva preparato una lezione o svolto un compito assegnato. Lei si sarebbe arrabbiata solo di fronte a una bugia.

– E non illudetevi che non vi scopra, – ribadiva sempre.

Loro le credevano, perché non credere a quegli occhi cosí grandi, immobili, quasi spiritati, sembrava peccato e gli veniva quasi impossibile.

– Riprendiamo, – disse aprendo il libro. – Valenti, volete raccontarci cosa pensate del brano che abbiamo letto prima?

Antonio Valenti, tredici anni, sedeva al secondo banco a sinistra, accanto a Michelino Saragoni, che di anni ne aveva appena compiuti sedici. Michelino studiava la mattina dai gesuiti mentre Antonio era un privatista che Clementina seguiva da ottobre.

Antonio Valenti cercò scampo guardando fuori dalla finestra.

Clementina sapeva che aspettare era inutile, che l'attesa non faceva che accrescere la tensione.

Michelino alzò la mano insieme a Giuseppe Truppo, del banco davanti, e a Carlo Alberto Deioanni, seduto in fondo sulla destra.

Clementina li ignorò. – Valenti, ricominciamo. Scandite bene e riflettete su quello che state leggendo.

Antonio Valenti si schiarí la voce e col dito prese a scorrere il rigo: – *Renzo intanto, girando con una curiosità inquieta, lo sguardo sugli altri oggetti, vide tre o quattro infermi, ne distinse uno da una parte sur una materassa, involtato in un lenzuolo, con una cappa signorile indosso, a guisa di coperta: lo fissò, riconobbe don Rodrigo, e fece un passo indietro; ma il frate, facendogli fortemente di nuovo sentir la mano con cui lo teneva, lo tirò appiè del covile, e, stesavi sopra l'altra mano, accennava col dito l'uomo che vi giaceva.*

– Va bene cosí, – lo interruppe Clementina. – Ora proseguite in silenzio. Fatelo pure voi, – si rivolse alla classe, – con calma, decifrando le parole, cercando di comprenderne il significato d'insieme.

Aspettò dieci minuti, poi andò a mettersi davanti alla cattedra. – Tobia Terracina –. Il ragazzo si alzò in piedi. – Introducetemi il brano.

– Sí, maestra. È il capitolo trentacinque de *I promessi sposi* del Manzoni. Renzo ha cercato la Lucia a casa di donna Pressede.

– Prassede, – lo corresse Clementina. – Proseguite.

– E ora la va a cercare per lazzaretti perché a Milano muoiono tutti per la peste e chi non muore, be', quelli poi c'hanno fame, perché ci sta pure la povertà.

A Clementina venne da ridere ma non un muscolo del suo viso si mosse.

– Quindi, forse, se muori subito di peste, non ti va tanto male, – proseguí Tobia.

Qualcuno sghignazzò, bastò uno sguardo di Clementina per far ripiombare l'aula nel silenzio. Fece cenno a Tobia di proseguire.

Quel pomeriggio anche Francesco era stato fatto unire al gruppo perché *I promessi sposi* secondo lei erano un'opera imprescindibile, e prima l'avesse scoperta meglio sarebbe stato.

– Alla fine Renzo incontra a padre Cristoforo, che stava male pure lui, e tra un appestato e l'altro, quello lo porta fino a don Rodrigo, che a Renzo ovviamente gli era rimasto *'mpurbiato*, e sappiamo bene perché.

– Non fate il giullare, Terracina, che tra due mesi avete un esame fondamentale. E se gliele raccontate cosí le cose non ci fate una bella figura.

Tobia la divertiva moltissimo, però non glielo diceva mai perché aveva capito che lui era fin troppo sicuro di sé.

– Mettetevi a sedere. Il confronto tra Renzo e padre Cristoforo è importante. E anche molto bello, se lo capite. Chi vuole provare a parlarne? Valenti, me lo dite voi che ne pensate, ora che l'avete riletto?

Il ragazzo rispose: – Maestra, io non lo so se sono d'accordo con quello che ha detto Cristoforo –. Si fermò un momento a pensarci e prese in mano il testo: – *Può esser gastigo, può esser misericordia*, – lesse. – Però che c'azzecca la misericordia, maestra?

Clementina fece il giro della cattedra e tornò a sedersi. Con la penna si appuntò accanto al nome di Antonio un punto esclamativo. – Qualcuno vuole provare a dare un'interpretazione?

Ernesto Taccari, dal primo banco, alzò la mano. – Il cassstigo, – disse calcando la *esse* per via del suo sigmatismo, – è la fine che merita e che tutti assspettavamo. Ma la misssericordia, quello non è il Manzoni maesssstra, quello è Dio.

– Il tuo o il mio? – sussurrò da dietro Tobia.

– Ce n'è uno sssolo, – rispose l'altro rimettendosi a sedere.

– Grazie Taccari. Qualcun altro? – Clementina appuntò una stellina accanto al nome di Ernesto.

– Non ne sono sicuro, – Giuseppe Truppo obiettò timidamente. – Non capisco perché padre Cristoforo non si fa i fatti suoi, perché non lascia Renzo cercare alla Lucia in santa pace?

– Discutiamone, – li incalzò Clementina.

Il dibattito si fece animato. Francesco, seduto di fianco alla porta in fondo alla stanza, osservava attento quei ragazzi, che a lui parevano grossi e formati, dibattere con passione su argomenti che trovava difficilissimi.

Quando il clima si fece troppo concitato Clementina si mise in piedi.

– *Tutto sarà castigo*, – disse a voce alta, – *finché tu non abbia perdonato in maniera da non dover mai piú dire: io gli perdono* –. Cercò con lo sguardo l'attenzione dei ragazzi. L'aveva. Proseguí: – Secondo voi, quell'uomo moribondo e ormai cieco, che ha il corpo martoriato di pustole nere e di vesciche dolorose, don Rodrigo, ha davvero bisogno del perdono di Renzo?

Ci fu un mormorio, alcuni fecero cenno di no con la testa, altri dischiusero la bocca per dire qualcosa ma non aggiunsero nulla.

– Vedete, don Rodrigo se la vedrà a breve con Dio, – continuò lei, – padre Cristoforo questo lo sa. Ma Manzoni, tramite lui, fa un dono a Renzo: portarlo al capezzale di Rodrigo e farlo pregare per lui è insegnargli un metodo. Quel perdono serve a Renzo, non a Rodrigo. Solo cosí il giovane imparerà a sostituire, nel suo cuore, l'amore all'odio, il perdono alla vendetta. Perché Cristoforo sa bene cosa significa essere divorato dal rancore, ci è passato e ne è stato annientato. Quella ruggine se l'è mangiato. Chi se lo ricorda?

Il dibattito proseguí un'altra ora, fino a che Clementina non decise di passare alla storia, e cosí si collegò facilmente alla guerra dei Trent'anni, che andava preparata da programma per quelli del secondo anno. Le sue lezioni fluivano cosí, raccordando un argomento all'altro.

La signora Luciana, in affanno per via del peso che aveva messo su dopo la terza gravidanza, tentennava sull'uscio. Era andata a riprendere il figlio ed era salita in casa, come faceva sempre, solo per saldare la quota del mese.
Clementina infilò la busta nella casacca e le fece un sorriso tirato. – Carlo Alberto è sotto che aspetta?
Luciana esitò ancora. – Non li contate?
– Sono certa che siano giusti.
La donna fece per uscire, poi rientrò e si accostò la porta alle spalle. – Vorrei parlarvi un momento.
– Per vostro figlio?
– È per la femmina.
Clementina controllò l'ora sull'orologio a muro appeso all'ingresso. – Prego, venite.
Luciana la seguí. Clementina sentiva il respiro pesante della donna dietro di lei.
Una volta in salone la fece accomodare sul divano in velluto verde. Luciana sembrava nervosa. – È una casa molto grande.
Clementina era impaziente. Doveva ancora sistemare l'aula, correggere i compiti per il giorno seguente e controllare i figli. – Dite, Luciana, come posso aiutarvi?
La donna congiunse le mani all'altezza del petto. – Signora Clementina, la mia Lisa può studiare con vostra figlia Emira, alla mattina?
Le spiegò che a vedere la ragazzina in casa a far niente tutto il giorno le prendeva una malinconia che la portava a mangiare piú di quanto non facesse già d'abitudine. E la figlia aveva preso a mangiare appresso a lei. Le serviva una distrazione, qualcosa che la impegnasse, e perché non lo studio, si era detta, visto che le suore da cui era stata mandata per l'istruzione complementare le avevano detto che la ragazza era attenta e disciplinata?

Clementina si irrigidí. – Lisa non ha già quattordici anni?
Luciana si agitò sulla sedia. – E mezzo. Quello, il padre, non la vuole mandare al liceo femminile, dice che la scuola delle suore è stata pure troppo –. Si tamponò il viso sudato con un fazzoletto.
– Emira ha dieci anni. E stiamo iniziando ora il programma del ginnasio. Lisa non si troverebbe bene.
Luciana rimase in attesa, gli occhi tondi e leggermente sporgenti.
– Come lo convincete a vostro marito?
La donna le fece cenno di non preoccuparsi. – A quello ci penso io –. Poi si sporse lievemente nella sua direzione. – La verità, Clementina, è che voglio dare alla Lisa mia la possibilità di andare all'università come ai fratelli suoi.
Clementina si alzò di scatto e la donna reagí allarmata. – Ve l'ho chiesto perché so quanto siete seria. Quanto impegno ci mettete.
– L'università è un traguardo difficile da raggiungere.
La proposta della donna l'aveva turbata. L'università era anche la sua ambizione per Emira. Nel suo caso il problema non era la volontà, ma il denaro.
– Non lo so se vostra figlia è capace.
Luciana gonfiò il petto e posò le mani sulle cosce. – E voi mettetela alla prova.
Clementina prese in mano il registro su cui segnava le iscrizioni e finse di sfogliarlo. Aveva già deciso.
– Per il costo ci regoliamo allo stesso modo di Carlo Alberto, o risparmio qualcosa?
– Uguale. Mica perché è femmina vale meno.

Quella sera Clementina andò nella stanza della figlia e le spiegò che a partire dalla mattina seguente con lei a fare lezione ci sarebbe stata una ragazzina di nome Lisa, ma non doveva preoccuparsi perché non sarebbe cambiato nulla.
– E Francesco?

– Lui può rimanere, per ora, – le rispose la madre tentando di scioglierle le trecce. – Che ci hai fatto a questi capelli?
– Sono ispidi mamma. Sono brutti.
– I capelli sono lisci o ricci, crespi o morbidi. Non ne esistono di belli o brutti.
– Belli sono quelli lisci e morbidi, per me. Come i tuoi. Come quelli di Francesco. I miei sono orribili e pure quelli di Filippo, che stanno tutti scombinati.
– Se non ti piacciono li tagliamo, cosí non ci pensi piú. Vedi che sono fesserie, queste.
– *Cce facite* voi due, che si è fatta l'ora di andare a dormire, qui?
Maria era entrata nella camera da letto di Emira. Da un paio d'anni la ragazza dormiva sola nella stanzetta che un tempo era stata della cameriera.
Clementina baciò la figlia sulla fronte e sulla testa.
– Un bacio anche a voi, capelli brutti. Mo fai la preghiera e coricati.
Emira si inginocchiò ai piedi del letto.
– Tina, non puoi dire alla piccina che sono *fesserie*, – le fece notare Maria una volta fuori dalla camera.
– Non può distrarsi con queste sciocchezze. E non è piú tanto piccina.
– Tiene dieci anni. E tiene pure ragione sui capelli suoi. Ma vogliamo parlare di quanto stai fissata tu con i tuoi, che te li spazzoli, te li curi, te li adori tutti? – bisbigliò alla sagoma di Clementina.
La sorella si allontanò senza replicare.

Clementina si chiuse nello studio, come ogni sera, quando tutti si coricavano per la notte. Uno sbadiglio le deformò il viso. La tentazione di andare a dormire era tanta, si sentiva le ossa intorpidite come quando da bambina le veniva la febbre e la madre la metteva a letto. Sospirò. Si stropicciò gli occhi e tirò fuori dal cassetto il quaderno nero su cui annotava il bilancio delle lezioni, chi pagava e quanto, chi era in ritardo con il mensile, e chi portava cibo al posto dei soldi. Dopo un'ora di calcoli e appunti fu evidente che le ragazze avrebbero dato un contributo essenziale per accrescere i guadagni. L'ultimo mese era stato fortunato, erano in pari, un filo sopra la linea rossa che delineava il confine del reddito minimo indispensabile. Ma era riuscita a mettere da parte pochissimo. Il suo obiettivo era quello di risparmiare ogni mese una piccola cifra per finanziare gli studi dei figli, ed era ancora lontano.

Chiuse il quaderno sconfortata e se ne andò in camera da letto.

Covava da tempo l'idea di istruire anche le ragazze ma non aveva osato pensare davvero di metterla in pratica, e figurarsi proporla. La sua istruzione, anni prima, si era interrotta all'improvviso. Il padre l'aveva ritirata dalle suore dorotee. Era un pomeriggio di maggio, Clementina stava rincasando da scuola accompagnata dalla cameriera. Un giovane di bell'aspetto aveva alzato il berretto al suo passaggio in segno di saluto e l'aveva seguita desideroso per tutto il tragitto. Aveva dodici anni. La cameriera era corsa a riferire l'accaduto al viceprefetto che si era così turbato da decidere in fretta e furia che la figlia avesse studiato a sufficienza. Clementina sarebbe uscita in futuro solo accompagnata dalle sorelle. «L'istruzione in una donna può essere volgare, mia cara», le aveva detto il padre quando lei lo aveva supplicato di permetterle di tornare a scuola.

«Col carattere che ha, sarebbe stata un maschio perfetto», aveva sussurrato poi alla moglie, una mattina a colazione. Donna Emira non aveva replicato e si era portata la tazzina alla bocca. Quel pomeriggio aveva bussato al suo studio e gli aveva portato il caffè. «Se pensi davvero che sarebbe un maschio perfetto, allora forse dovrebbe studiare con te, visto che di maschi non ne teniamo e non ne terremo mai».

Il viceprefetto aveva posato la pipa, piccato. «Le permetto di scrivere quei suoi racconti. Mi pare sufficiente».

Donna Emira non aveva aggiunto altro. Sapeva bene che suo marito aveva un debole per quella figlia intelligente e testarda che gli ricordava sé stesso da giovane.

La sera, a cena, Francesco Martello annunciò a Clementina che a partire da quel sabato avrebbe curato personalmente la sua istruzione.

– Questa la devi dare al professor Germain.

Clementina allungò una lettera a Filippo che faceva colazione. Comunicava al docente la decisione di istruire anche le femmine. Sperava, come in passato, nel suo aiuto e nei suoi consigli.

– Martedí ci stanno i colloqui, puoi dargliela tu stessa.

– E che ci va a fare tua madre a questi colloqui, che ogni volta le dicono *che bravo, che educato*. Una noia mortale! – Maria schioccò un bacio sulla fronte del nipote. – *Menah*, vai, svelto!

In quel momento entrò in cucina Emira. La tazza di Francesco, che stava bevendo il latte, gli sfuggí dalle mani. – Mira, ma che hai combinato?

– Uh, Gesú mio! – Maria accorse al fianco della nipote mentre Anna si portò le mani alla bocca. Pantalea si accasciò sulla sedia accanto a Clementina. – *Facitemi sedere prima c'a muoro*.

Clementina e sua figlia si fissarono. Emira, che era entrata baldanzosa in cucina, perse coraggio. Lo sguardo divenne incerto. Poi gli occhi le si riempirono di lacrime. Si toccò la testa e i pochi capelli su cui non si era accanita.

Clementina le girò intorno a passo lento. Sfiorò con le dita le ciocche su cui Emira non aveva infierito. Le lisciò un poco e le scompigliò: quel che restava dei capelli della figlia pareva venuto fuori da un gomitolo riavvolto in malo modo.

Osservò la forma della testa di Emira, rimasta ormai quasi nuda, e notò che era allungata, irregolare. Un'immagine si sovrappose a quella che aveva davanti: un capo biondo, liscio e tondo. Si costrinse a scacciare quel ricordo ingiusto e si piegò davanti a Emira che respirava in affanno. Si sentí in colpa per quella figlia che aveva tenuto in grembo mentre il suo cuore marciva dal dolore. Aveva sempre avuto timore di averla danneggiata tanta era stata la disperazione. Alla fine però era nata lo stesso. Le avevano dato il nome della nonna e anche se le cose si erano messe male pure dopo, la serietà della bambina, la sua tempra forte e decisa, l'avevano rincuorata. Forse lei non sarebbe stata fragile. E piú il tempo passava, piú Clementina si convinceva che quella sua scorza l'avrebbe salvata.

Le alzò il mento e nessuno in cucina aprí bocca. Persino Francesco era ammutolito.

– Molto meglio, – le sorrise Clementina. – Mo però andiamo in bagno a sistemare questi ciuffi qui, – e le sfiorò con dolcezza la testa. La prese per mano e insieme uscirono dalla stanza.

Lecce, settembre 1925

Il ragazzo si presentò con il padre in una mattina umida di inizio settembre.
Gianni, questo era il nome, le ricordò inspiegabilmente il suo di padre. Un'associazione tanto improvvisa quanto immotivata. Quel ragazzino di tredici anni, dallo sguardo insolente e i modi bruschi, si portava dietro una bellezza cosí manifesta da risultare conturbante. L'uomo che l'aveva accompagnato era diverso al punto che Clementina quasi non gli credette quando lo presentò come suo figlio. Provenivano da Squinzano, un paese alla periferia di Lecce, ed erano arrivati a lei tramite il farmacista che ne aveva sentito parlare dalla cognata.
– Quando *mujèrima* si deciderà a crepare non avrò piú a questa croce qua –. L'uomo, scuro e tarchiato, indicò i libri sul tavolino accanto al divano. – Quella è fissata con lo studio e manco ha mai aperto un libro in vita sua.
Gianni non si era voluto sedere ed era rimasto in piedi accanto al camino spento.
– E perché siete venuto, se l'istruzione non vi interessa? – Avrebbe volentieri sbattuto quell'uomo fuori casa ma il ragazzo la incuriosiva.
– Avete sentito quello che ho detto? È la madre che si è fissata, – batté il pugno nel palmo della mano. – Quella è *caputica* uguale a esso. Me lo tenete o no?
– Senta, io tengo già a nove ragazzi che cominceranno a metà mese. Mi dovete spiegare un poco di cose prima

che decida il da farsi, – si avvicinò a Gianni e sentí che profumava di confetto.

– E voi domandate, che io vi spiego, – l'uomo si grattò forte la testa. I capelli neri erano grossi, lucenti e puliti, in evidente contrasto col resto del corpo.

Clementina aprí la finestra e poi tornò a sedersi di fronte a lui. – Mi dovete dire dove ha studiato fino a oggi.

– È andato alla scuola del paese nostro. Poi s'è *mmattutu* in un guaio e l'hanno *scacciatu* in malo modo –. Fece cenno al figlio di avvicinarsi ma quello non si mosse. – Per i soldi, come c'aggiustiamo?

– Non mi sono spiegata bene. Non ho ancora deciso se lo tengo o no. E tu, in che guaio ti sei cacciato? – si rivolse a Gianni.

Il ragazzo fece per aprire bocca ma il padre lo anticipò. – Nulla, maestra. Cose da *piccinni. S'íanu ccurdati e s'íanu strinte le mànure. Mescia*, io non tengo tempo da perdere. E manco voi. *Lu piccinnu* è sveglio, la madre si è andata fissando che deve terminare la scuola, e visto che quella sta *muriendo* io gliel'ho promesso.

I lineamenti del viso del ragazzo, squadrati e perfetti, si contrassero a quelle parole. Persino gli occhi verdi sembravano spenti, vuoti.

– Col programma del secondo anno sei in regola?

Gianni si passò una mano nei capelli e andò a poggiarsi con le spalle al muro accanto alla finestra. – Credo di sí.

Clementina si rivolse al padre. – Portatemelo questo sabato che viene, alle dodici in punto, con l'ultima pagella. Fino ad allora non prenderò nessuna decisone, – si alzò e l'uomo fece lo stesso. In piedi era molto piú basso di lei.

– *Sciamu Giova'*, – disse al figlio.

– Gianni, – replicò lui.

– *A sabbatu*, – bofonchiò l'uomo imboccando il corridoio.

Clementina raggiunse i figli in cucina. Filippo stava scrivendo, Emira leggeva e Francesco era stato messo a decorare i biscotti da Maria.

Clementina si massaggiò le tempie. – Mi ci mancava giusto l'emicrania.

– Com'è andato l'incontro? – le domandò Maria tirando la pasta col mattarello.

– Con questa riforma della scuola pensavo sarebbero aumentate le richieste. Invece i ragazzi arrivano all'età dell'obbligo e poi rinunciano. Questo Gianni mi incuriosisce. Devo capire se è davvero determinato a concludere gli studi. Vedremo. Anna ancora dorme?

– No, vedi che quella è uscita da un pezzo.

– E dov'è andata?

– *Cce sacciu*, si è lavata nel profumo e se n'è uscita.

Filippo chiuse il quaderno e la guardò speranzoso. – Questo pomeriggio viene Vincenzo, studiamo insieme e facciamo una passeggiata in centro.

– In centro dove?

– Porta Napoli e dintorni.

Emira alzò gli occhi dal libro. – Vanno a cercare alle ragazze.

Filippo la fulminò. – Pensa ai fatti *toi*.

Francesco ridacchiava accanto a Maria.

– Dài mamma, ho quattordici anni. E mica sono solo, ci sta Vincenzo.

– Vincenzo è pure piú serio de *iddhru*, – provò a convincerla Maria.

– Prima fate i compiti che lunedí riprende la scuola.

– E quello lo sa, figurati, preciso com'è, – disse Maria. – Francesco, Ninni mio, *none* a zia tua! Se mi metti tutta questa uvetta il biscotto si rapprende. E non è che ce la regalano...

Francesco guardò supplicante la madre.

– Dài, vai di là, tu!

Clementina nemmeno aveva finito la frase che quello si era tolto il canovaccio legato ai fianchi ed era corso via.
– Ingrato! – gli gridò Maria raccogliendo il panno buttato per terra.

Il sabato successivo Gianni suonò il campanello alle dodici in punto.
Clementina lo fece accomodare in cucina. – Tuo padre?
– Torna a prendermi tra un'ora.
– La vuoi un poco di minestra?
– C'è odore *de lientu*, – rispose lui sedendosi.
Clementina ignorò la provocazione e gli preparò una porzione abbondante di zuppa. – Quella che non ti va, la lasci, – gli piazzò il piatto davanti insieme a mezzo bicchiere d'acqua, un tovagliolo e il cucchiaio.
Gianni puntò i gomiti sul tavolo.
Clementina sedette di fronte a lui. – Hai un colore degli occhi molto particolare.
– *Lo sacciu.*
– A lezione niente dialetto.
– E mo mica siamo a lezione.
– Te lo dico casomai ti prenda.
– A me, che mi prendete o meno, non m'importa *nietu*.
– Vedi che a me importa meno che a te.
Emira entrò in cucina e si bloccò. – Ciao... – mormorò titubante verso Gianni.
Lui le rispose con un cenno della testa, senza voltarsi.
– Che *mazzaro*, – bisbigliò lei.
– Vedi che ti sento, – Gianni si voltò. – E meno male che qui niente dialetto.
Clementina lo stava studiando. Decise di non intervenire.
– Io ho scelto di dire *mazzaro* apposta. Cosí mi capisci meglio, – rispose piccata Emira mentre riempiva la brocca d'acqua.
– *Sií nna musimmuttata* tu!

Emira guardò la madre in attesa di un rimprovero per quello sfacciato. Clementina le indicò con un cenno la porta. - A l'una e trenta ci mettiamo a tavola.
- *Mangiapane a tradimentu*, - bofonchiò Emira sottovoce, passando vicino a Gianni prima di uscire. Quello era l'unico modo di dire leccese che le era venuto in mente in quel momento.
- Mi piace tua figlia. È decisa. Ma le femmine sono tutte sceme, - aggiunse lui succhiando la minestra. - *Ogni ssira me ncardasciu de pitate ndillissate*. Questa zuppa è buona proprio.
Clementina si morse la guancia per non ridere. - La pagella me l'hai portata?
Gianni tirò fuori dalla tasca dei pantaloni un foglio ripiegato male. - Vedi che mio padre ti paga. Ha venduto un terreno e ora i soldi li tiene. E quelli che tocca lui sono gli stessi che tocchi tu.
- Voi. Che toccate voi, - lo corresse Clementina. - E sarà meglio che mi paghi. Non faccio mica beneficenza.
Non era vero. Ma non voleva darla vinta a quel bovaro del padre.
- Se ti prendo, ti faccio diplomare da privatista, - gli disse mentre leggeva la pagella.
Gli occhi di lui si fecero immensi. - Giuratemelo.
Clementina si alzò, prese il piatto sporco e lo mise nel lavello, poi gli si piazzò davanti e gli porse la mano. Gianni ne fu sorpreso: si mise dritto e impettito di fronte a lei e ricambiò la stretta.
- Te l'ho promesso e ti deve bastare. Io non giuro mai.

- Muoviti, invece di fissarmi, - disse Clementina a Maria mentre a passo svelto camminavano verso la bottega alimentare.
Maria le trotterellava accanto. - *Face un friddu...* - si strofinò le mani fra loro. - Tina, dobbiamo fare qualcosa, - aggiunse con il fiato corto.

– Adesso non abbiamo tempo per pensarci, prima prendiamo il cioccolato. E affrettati che se troviamo chiuso glielo dici tu a tuo nipote che ti sei scordata. Quello una cosa ci ha chiesto per la festa sua.

Erano uscite a cercare della cioccolata. Il giorno seguente Francesco avrebbe compiuto dieci anni e aveva chiesto a Maria di preparargli il fruttone, ma questa si era dimenticata di prendere l'ingrediente fondamentale e in fretta e furia stavano cercando di rimediare.

Il vento freddo proveniente dai Balcani disordinava alle due donne i capelli e i pensieri.

– Vedi tu se mi devo *scrufulare*, – balbettò Maria in affanno. – Non fare finta di non capire, – le disse aggrappandosi al suo braccio. – Dobbiamo intervenire noi. È responsabilità nostra.

– Se non ce ne ha parlato lei non possiamo interrogarla noi, non siamo mica...

– Quello è uno stregone! – la interruppe Maria. – O un delinquente. Se è un mascalzone e non intervengo all'inferno mi vieni a trovare.

– Che vai dicendo, Maria? Anna ha solo un corteggiatore. Non la possiamo chiudere in casa –. Si fermò di colpo.

– E mo che fai, rallenti?

– Mi stai facendo venire pensieri con le tue congetture.

– È bene che ti vengano. Non posso mica preoccuparmi sempre da sola. Su adesso, andiamo.

Clementina, ferma in mezzo alla strada, pareva una statua. – È vecchia per il matrimonio.

– È piú giovane di te. E pure di me.

Ripresero a camminare. Il vento si fece piú pungente.

– Domani è novembre, e siamo messi cosí. Un *friddu* che manco a gennaio.

– Ha trentanove anni, – continuò perplessa Clementina. – A quell'età sei vecchia, no? Io ne tengo quarantatre e mi sento una bacucca.

– È perché lo sei! – scoppiò a ridere Maria. Il freddo

le si conficcò in gola. Richiuse rapida la bocca. – Ma poi quello lí non fa nulla, che le sta appresso tutto il tempo? Non ce l'ha un lavoro o una casa, *cce sacciu*?
– Non dovremmo chiamarlo quello lí. Vieni, – Clementina entrò in bottega e si ritrovò davanti Germain carico di buste.
– Clementina! – Il professore si scostò di lato per farle passare e chinò lievemente il capo in segno di saluto. – Signorina Maria...
Maria si sfilò rapida il guanto e gli porse la mano. – Professore, ci avete svaligiato l'emporio? – gli sorrise indicando le sporte piene.
Germain sembrò infastidito. – Sono regali. Io non mangio dolci.
– Andiamo, Maria, – Clementina guardò Germain. – Se la cioccolata è finita verrò a barattarla da voi. È per la torta di Francesco, che domani fa dieci anni.
– Auguri.
– Volete passare per un assaggio? Faccio il fruttone, – aggiunse svelta Maria.
– Il professore ha appena detto che i dolci non li mangia.
– Questo perché non ha mai assaggiato il fruttone mio.
– Vi ringrazio ma domani ho già un impegno, – Germain le salutò e si congedò svelto.
Appena il professore fu uscito Maria sfiorò la guancia di Clementina con la mano ancora libera dal guanto. – Sei fredda.
– Si gela.
– Si, ma te stai *fridda* fuori e pure dentro, una *mòscia fridda*!
– Il professore aveva già un impegno.
– Certo, come no, – Maria si avvicinò al banco e salutò il droghiere. – Due etti e mezzo di cioccolato, – poi si voltò verso Clementina. – Dobbiamo intervenire prima che Anna diventi una *ffaccitosta* appresso a quello lí.

Quello lí era l'uomo che da qualche mese ambiva al cuore di Anna: Pietro Sacco.

Quello lí l'aspetta sotto casa. Quello lí le ha regalato un profumo nuovo. Ci presenterà a quello lí? Quello lí le chiederà di sposarlo?

«Pare che ti vergogni che non ce lo vuoi far conoscere», le aveva detto Maria a mezza bocca una mattina a colazione.

Anna aveva sorriso. «Affacciatevi oggi alle cinque. Discrete».

All'ora prevista Clementina e Maria si erano avvicinate alla finestra. Avevano notato subito un uomo con una folta barba rossa, grosso il doppio della sorella, che alzava lo sguardo sbuffando il fumo del sigaro nella loro direzione. Anna accanto a lui sfoderava un sorriso sornione. Lui le aveva cinto forte la vita. Clementina, e soprattutto Maria, si erano sporte dalla finestra quasi a cascare di sotto, ma i due si erano allontanati rapidi svoltando l'angolo di via Guariglia.

Le due donne avevano aspettato che Anna rientrasse a casa ma quella tardò.

«Non sta bene che te ne vai in giro da sola per Lecce a quest'ora della sera». Clementina l'aiutò a sfilarsi il cappotto. «Vieni in cucina, Maria ti ha messo da parte la cena».

«Ma ho già mangiato, Tina mia».

Clementina si bloccò. Anna le andò vicino e le prese la mano. «Mi aiuti con i capelli?»

«Quanto profumo!»

«Che dici, Tina! È la mia essenza di peonia. La uso sempre».

«E mo mi pare che ne usi troppa».

Anna le lasciò la mano. «Mi aiuti o no?»

Il sorriso compiaciuto di sua sorella la irritò. «Sono stanca. È stata una giornata molto pesante», disse.

Anna non smise di sorridere. Anzi, le sembrò accentuasse la gioia a ogni sua parola. Non riusciva a controllarsi. «Dove siete stati?» le chiese.

Anna cominciò a sfilarsi i fermagli dai capelli. «Dobbiamo stare qui impalate all'ingresso o possiamo andare in camera?»

Maria le raggiunse in corridoio. «Ci sta la cena!»

Clementina le si piazzò accanto. «Eh no, Maria. Tua sorella ha già mangiato. Fesse noi che l'abbiamo aspettata».

Anna sembrò vacillare. «Mi spiace non avervi avvisate. Un po' di fame ce l'ho, andiamo in cucina».

Maria fece per muoversi ma Clementina la trattenne. «Lo voglio conoscere. Pensi che gli farebbe piacere prendere un caffè con noi?»

Anna tornò a sorridere. «Ne sono certa».

«Bene. Andiamo, ti aiuto con i capelli».

Maria rimase immobile mentre le sorelle si incamminavano verso la camera da letto. «Vado a sistemare in cucina, allora», tremava ma nessuno se ne accorse.

Il 1° novembre del 1925 Francesco soffiò sulla candelina che Maria e Pantalea avevano piantato al centro del fruttone. Il pranzo era appena terminato e tutti avevano consegnato il loro regalo al bambino. Dieci anni, aveva detto Clementina, sono un traguardo importante. Anna gli aveva cucito dei guanti bluette per l'inverno, Filippo aveva usato i suoi risparmi, accumulati aiutando Clementina con le lezioni di matematica, per comprargli le liquirizie, ed Emira, infine, gli aveva consegnato una lettera su cui aveva scritto una poesia in rima a lui dedicata costringendolo a leggerla a voce alta davanti a tutti:

Oh Ciccino,
sei ancora carino,
nonostante il golfino piccino,
che ti mette in risalto il pancino.

*Oh Ciccino, oh Ciccione,
in questo giorno d'amore,
mangiati questo bel fruttone.*

– Emira! – Clementina allargò le braccia rassegnata verso la figlia. – *Oh Ciccione?*
– Non sono ciccione! – si lamentò Francesco. – Sono forse ciccione, mamma?
– Niente affatto.
Emira fece una smorfia impertinente. – Era per la rima con fruttone.
Filippo, preso da un attacco di ridarella, sputò il boccone sulla tovaglia bianca tirata fuori per l'occasione. Maria e Anna gli andarono dietro e cosí anche Emira e dopo poco Clementina.
– Non sono ciccione! – urlò Francesco mentre si portava alla bocca un boccone scavato col cucchiaio da una grossa fetta di dolce. – Proprio no, – borbottò tra sé.
In quel momento entrò Pantalea, l'occhio le cadde subito sulla tovaglia macchiata. – *Che scuncigliatu!*
– Tieni, Pantalea, – Anna le tagliò una fetta di torta.
La donna declinò l'offerta del dolce e andò a scoccare un bacio sulla testa di Francesco. – Mi vado a *curcare*, – e uscí claudicando verso la sua stanzetta sul retro.
Emira smise all'improvviso di masticare e si toccò il pube. Nessuno fece caso a lei che era rimasta immobile, occhi sulle cosce, finché Maria non le tolse il piatto da davanti. – Be', che tieni? Questa te la devo conservare?
La nipote sembrava perduta.
– Mira, stai bene? Mi devo preoccupare?
Emira le piazzò davanti alla faccia le dita ricoperte di sangue.
– Uh, Gesú mio! La *piccinna* è ferita, Tina! Aiuto!
Tutti scattarono in piedi, compresa Emira che aveva le lacrime agli occhi. – Non sono ferita...
Filippo e Francesco fissavano la gonna macchiata della

sorella. – Che schifo! – esclamò Francesco. – Mira si è fatta la cacca addosso.

Emira lo fulminò. – Non è cacca, stupido!

Clementina si avvicinò svelta alla figlia, Anna le passò una tovaglietta che lei legò alla vita di Emira. – Da oggi ci sono quattro donne in questa casa. Anzi, cinque con la Pantalea! – esclamò scortandola verso il bagno.

Filippo si avvicinò a Francesco. – Tanti auguri a noi, – e gli passò la fetta di torta di Emira.

Per quasi tre mesi Anna era uscita ogni sabato mattina e tutte le domeniche pomeriggio. L'invito a prendere un caffè era stato declinato con delle scuse. Clementina non aveva insistito. Poi Anna aveva smesso di uscire e pure di cospargersi di profumo.

Clementina era andata a sedersi vicino a lei che cuciva in salone accanto al camino acceso. – Volevo dirti che se ne vuoi parlare io sono qui.

Nell'ultima settimana l'aveva vista spenta e curva, proprio lei che era sempre stata la piú sottile, la piú dritta di tutte.

Anna sorrise senza smettere di cucire. Era la sua caratteristica: sorrideva per incoraggiare, sorrideva se era imbarazzata, sorrideva anche quando si arrabbiava, sorrideva per il nervoso e sorrideva se era triste, per scacciare via lo sconforto, o almeno per provare a farlo. Solo Maria e Clementina sapevano riconoscere le sfumature del suo sorriso. Ma quella sera Clementina non riuscí a decifrarlo.

– Non c'è molto da dire. O almeno non piú.

– Che intendi?

Anna non rispose. Per un po' fissò la legna che bruciava, poi riprese a sferruzzare.

Clementina aspettò in silenzio fin quando la pazienza glielo permise. – Perché non mi parli? Mica sono Maria, che ti faccio il terzo grado.

Anna la guardò dritta negli occhi. – Io non ti chiedo nulla di Germain.

Clementina strinse i pugni.

In quel momento entrò Maria. – Mira mi ha appena detto che per Natale vuole una gonna a fiori. Fiori grandi, ha specificato pure. Quella si è montata la testa mo che si è fatta signorina.

Le sorelle rimasero mute e immobili.

– Embè, che è qui? – domandò Maria.

Anna tornò al cucito. Clementina si poggiò con decisione alla spalliera del divano.

– Quindi?

Anna posò il punto croce sul comodino. – Adesso vuoi parlarne? Ora che non c'è piú niente da dire? Scusate, ho mal di testa. Mi vado a stendere, – uscí.

Maria si rivolse a muso duro verso Clementina. – Che le hai detto?

– Non mi sono tenuta, le ho domandato di Pietro.

Maria si lasciò cadere sul divano accanto a lei. – Lo vedi che non mette piú il profumo, non si incipria il naso e ha ripreso a vestirsi di scuro. *Nu fantàsema quello lí.*

Clementina si diresse al camino. La fiamma si stava spegnendo. – E io per questo ho domandato.

– Comunque meglio cosí, non mi è mai piaciuto quello lí.

– Non l'abbiamo nemmeno incontrato. Forse si è sentito giudicato ed è sparito. Magari lo abbiamo spaventato noi.

– Tu di sicuro. Spostati, – Maria le si avvicinò e le tolse un ciocco dalle mani. – La legna va messa sotto, non lanciata cosí, *a buecchiu*, come capita!

Clementina osservò la sorella armeggiare con l'attizzatoio nel camino.

– Ma adesso cosa le hai detto, che quella teneva un muso lungo fino a terra? – le domandò Maria impugnando il tondino.

– Che se voleva parlare ero qui. E lei mi ha guardata in un modo che non te lo puoi immaginare.

Maria sembrò pensarci su. – Dici che ci odia?

- Siamo state superficiali e sciatte. Dovevamo chiederle di piú, insistere per conoscerlo.
- Senti Tina, tu è già tanto che respiri ancora con tutte le cose che fai. Mo non è che ti puoi fare il cruccio. Che sennò mi viene pure a me. Ma peggio –. Maria tornò a sedere accanto a lei. Puzzava di fumo. – Lascia che le parli io.

Clementina ignorò la gelosia che le stava montando in gola. – Ma tu, dimmi sincera, ci credevi davvero che se ne poteva andare via con quello lí?

Gli occhi grandi e gentili di Maria si velarono leggermente. – E come potevo anche solo pensarci, Tina? Ho fatto finta di nulla. Se uno alle cose non ci pensa, quelle poi smettono di esistere. Forse è per questo che è sparito. Perché ci pensava solo lei. E lei, senza di noi, non è mica tutta intera. Se ci avessimo pensato tutte e tre, Pietro magari ora stava qui.

Era la prima volta che lo chiamava col suo nome.

- Vado a sistemarmi per la notte, – disse alzandosi. Con un movimento deciso liberò la sua mano da quella di Clementina. Un attimo dopo le lacrime presero a scorrerle sul viso.

Germain si presentò in casa Martello il pomeriggio della vigilia di Natale. Clementina gli indicò la solita poltrona davanti alla finestra del salone. Prima di sedersi lui le allungò un pacchetto avvolto in carta verde. In quel momento entrò Anna, e Clementina ritirò svelta la mano. Sua sorella salutò il professore con calore. Per cortesia l'uomo si informò su Maria e sui ragazzi. Anna gli rispose che stavano tutti bene. – Vado a preparare il caffè, – disse congedandosi.

Germain le porse nuovamente il pacchetto verde. – È per voi.
- Non dovete farmi regali.
- È solo un libro.

Clementina lo posò sulle ginocchia. – E quando mai un libro è solo un libro?
– Non lo aprite?
– Lo aprirò domani.
Mentí. A costo di risultare scortese era decisa a non scartare quel regalo davanti a lui e di certo non lo avrebbe fatto davanti ai suoi figli.
– Ho portato anche delle matite per i ragazzi.
Germain sembrava sempre a suo agio ma Clementina non riusciva a togliersi dalla testa la battuta che Anna le aveva rivolto qualche sera prima: «Io non ti chiedo nulla di Germain». Ma non c'era proprio nulla da chiedere, pensò stizzita. Aveva trascorso del tempo con lui per necessità, non certo per piacere, per permettere alla sua scuola di nascere e definirsi. Passavano dei pomeriggi insieme, spesso nello studio di Clementina, ma sempre con la porta aperta.
– *Le Centaure*.
– Come dite?
Germain indicò il pacchetto verde che Clementina stringeva senza volerlo. – È il titolo del libro che non leggerete.
La carta verde con cui era stato confezionato era rovinata. Germain doveva avere incartato il volume che era stato suo. Si sentí avvampare perché ancora una volta lui l'aveva indovinata. Tacque per dignità.
– Parla della nostalgia per la nostra vita prenatale. Il tempo in cui navigavamo felici nell'inconsapevolezza, prima di uscire dalla caverna. Prima di affacciarci alla vita, – disse lui.
– Prima di scoprire il dolore…
– *Prochainement j'irai me mêler aux fleuves.*
Clementina si diresse al tavolino su cui aveva sistemato la brocca dell'acqua. – Avete sete?
– Significa: «Presto tornerò a mescolarmi ai fiumi».
– Vi ho chiesto se avete sete.
Germain le si avvicinò. Clementina non si mosse. – Non leggo in francese da tanto tempo.

Quel maledetto odore di mandarino e miele. Germain le tolse il bicchiere dalla mano. – Se volete, potrei aiutarvi a ricordare.

Clementina si costrinse a osservarlo. Sapeva che le sue guance non sarebbero arrossite e che lo sguardo non avrebbe tradito la sua anima. Li aveva allenati, gli occhi e l'anima, a starsene ognuno per conto proprio. Provò tenerezza per sé stessa e pure per quell'uomo di cui aveva scelto di non sapere nulla. Clementina non voleva scoprire perché Germain, che era un uomo colto e affascinante, non avesse moglie né figli. Entrare nella sfera intima di lui era impensabile. E inutile. Solo una volta gli aveva domandato come avesse superato le atrocità della guerra, della trincea, della morte inflitta per dovere. Lui le aveva detto che non era certo di poterlo spiegare, ma che di sicuro non era stata la fede a salvarlo. Per Germain la fede era un'utopia, una maschera che serviva agli uomini per proteggersi da loro stessi. Clementina aveva accettato quelle parole senza ribattere nulla. Non poteva condividere con lui i suoi dubbi. Non avrebbe parlato apertamente delle sue ferite, specie lí, nello studio che era stato del padre, davanti al ritratto del marito che, ogni volta che Germain entrava, lei girava appena verso di sé. Non avrebbe messo in discussione la sua fede davanti a nessuno. E se dentro di sé aveva gridato spesso contro Dio, l'aveva implorato o odiato, non per questo era disposta ad ammetterlo. Era grata a Germain. Ma la riconoscenza non l'avrebbe trasformata in una donna scontata e il dolore che portava dentro, quello che le aveva fatto dubitare in segreto di Dio e di sé stessa, se lo sarebbe tenuto cucito insieme, tra il sangue e la pelle, come i ricami che faceva sua sorella.

– Maestra, Felice oggi non viene, e credo manco domani. Il padre, da quando l'hanno eletto al parlamento, non fa che dire che lo vuole alla fabbrica al posto suo. Dice che quello si deve imparare il mestiere, che studiare non gli serve, che tanto lui tiene i soldi.

Clementina, ferma sulla soglia della stanza, aveva appena accolto i ragazzi per la lezione del pomeriggio. – E perché me lo dite voi?

Luigi Rota la guardò incerto. – Casomai chiedevate di lui.

Clementina gli fece un cenno con la testa. – Andate a sedervi.

Chiuse la porta e indicò a Gianni il posto di Felice. – Svelto! Che non mi piace avere un banco vuoto in prima fila.

Gianni, che si era appena seduto in fondo all'aula, obbedí. – E Felice?

– Non viene piú a lezione.

Mimmo, il ragazzo alla sinistra di Gianni, sorrise amaramente. – Quello tiene cento proprietà, non gli è mai piaciuto studiare.

Gianni si staccò una pellicina intorno all'unghia e la sputò a terra. – Io, se fossi ricchissimo, ci verrei anche piú convinto. Perché non terrei altri pensieri.

Clementina aprí il registro. – Che pensieri?

– A volte mi dico che il posto mio è in campagna, con le dita in mezzo alla terra.

– Il posto vostro è su questo banco qui. Davanti alla faccia mia.

– Voi non sapete nulla della terra.

Clementina intrecciò le dita delle mani e vi si poggiò sopra con il mento. – Mi ci manca solo la terra, a me.

Gianni abbassò lo sguardo sul quaderno.

– Che c'è?

Quello scosse la testa.

– Gianni, spiegatemela voi qualche cosa sulla terra.

– Lasciate perdere, che non sono cose per voi –. Il ragazzo si guardò le unghie, che erano mangiucchiate ma pulite. – Gratto con i denti sotto le unghie per togliere *lu lurdu*. Lo sapevate che il governo non vuole piú che

si coltivino i mugnoli o le meloncelle? Vuole solo il grano. Nella campagna nostra sono venuti pure gli ispettori a controllare.
— Non ne capisco di queste cose.
Gianni le sorrise come per rassicurarla. — È giusto, *mescia*. Mica la dovete coltivare voi, alla terra.
L'insofferenza che le montò nel petto all'improvviso quasi la spaventò. Sapeva che dipendeva da questo e da altro. — Oggi ripassiamo le guerre puniche.
Un mormorio di insoddisfazione si diffuse nella stanza. Clementina batté una mano sulla cattedra e tutti tacquero.
— Silenzio! Che abbiamo chiacchierato pure troppo. Anzi, chi vuole dire qualcosa a riguardo?
Luigi alzò subito la mano ma fu Gianni a parlare. — Annibale è il piú grande condottiero della storia. Per me è meglio di Alessandro Magno, e pure di Giulio Cesare.
Luigi gli toccò la spalla da dietro. — Lo sai, sí, che quello odiava Roma?
Gianni si voltò di scatto. — E pure io.
— Statti calmo, però. E poi non sta bene dire questo.
— Annibale si è bevuto il veleno perché non voleva che Roma lo comandasse. È il coraggio che fa grande un uomo.
— Quello aveva solo paura. Per questo si è ucciso. Perché Scipione l'ha umiliato.
Gianni strappò la penna dalle mani di Luigi. — Scipione è stato bravo. L'ha copiato bene, ad Annibale. Quello ha vinto solo perché era la sua copia, perché gli ha propinato le sue stesse strategie.
— Gli elefanti —. Clementina li interruppe e i ragazzi la guardarono, incuriositi.
— Scipione ha capito che, innervosendo gli elefanti, quelli si sarebbero rivoltati contro l'esercito che li guidava.
Gianni si agitò. — Proprio cosí, maestra. Scipione l'ha imitato ad Annibale. E lui è stato coraggioso ad ammazzarsi, a non cadere prigioniero.

– Le gesta degli uomini determinano la gloria in battaglia. Ma non c'è nulla di coraggioso nella guerra in sé, e questo voi non ve lo dovete dimenticare.

Mimmo si alzò e Clementina gli fece cenno di parlare.
– Con tutto il rispetto, maestra, voi dite cosí perché siete femmina, e le femmine non fanno le guerre.
– Sedete, Mimmo.

Il ragazzo obbedí.

– *Non crediate che la luce sia tutta riservata a voi*, – sussurrò Clementina. – Mi perdonerà Giovanna d'Arco se cito le sue parole per adattarle a questo mediocre contesto. E scusatemi pure voi, per non avervene ancora parlato, e io vi scuserò l'ignoranza. La guerra dei Cent'anni la studieremo a breve.

Ugo, il ragazzo dell'ultima fila, alzò entrambe le mani.
– Io so chi è! Mia zia Betta per la felicità si è ingozzata di carteddhrate quando il Papa l'ha fatta santa.

Clementina si alzò in piedi. – Che modo curioso... Comunque sí, esattamente cinque anni fa, bravo.

Ugo si guardò intorno compiaciuto ma nessuno dei compagni gli diede soddisfazione.

– E questa Giovanna d'Arco ha combattuto con i maschi, maestra? – chiese Mimmo divertito.

Gianni gli diede una pacca sulla spalla. – *E sine*, Mimmuzzo. Che la maestra ora ti fa rimangiare quello che hai detto sulle femmine.

– Io credo davvero che la guerra non è un affare da donne. Per voi lo dico, maestra, – scrollò le spalle Mimmo.

Clementina era davanti alla cattedra. – E pure io lo dico per voi. Suvvia Mimmo, non mi fate credere che siete cosí noioso. Ascoltate: Zenobia, regina di Palmira, Budicca degli Iceni, Tomiri dei Massageti, Artemisia di Alicarnasso.

Qualcuno dei ragazzi ridacchiò, altri scossero la testa.

Mimmo non si trattenne. – *Mancu la cagna mea!* Ma che nomi sono, maestra?

– Quelli delle donne che vi avrebbero inforcato.

Tutti tacquero, increduli alle parole della maestra sempre pacata e seria.

– Ragazzi miei, la storia insegna che sottovalutare una donna è da pavidi, oltre che da stolti. E, ve lo ripeto, sono convinta che le gesta dei singoli siano le uniche responsabili della gloria nelle battaglie quando si combatte per un ideale. Ma nella guerra in sé non c'è nulla di grandioso.

Luigi alzò la mano. Si era fatto tutto rosso e teneva il collo affossato tra le spalle. – Mio fratello Oreste era nella Brigata Brescia. È morto su una montagna col nome strano. Ora non me lo ricordo.

Clementina gli fece cenno di non preoccuparsi, di proseguire.

– All'inizio Oreste ci scriveva delle belle lettere dicendoci che a combattere c'erano tanti di giú, come lui, e che questo lo faceva sentire meno solo. Dopo però le lettere sono diventate sempre piú corte, solo poche frasi. Io ero piccolo ma ricordo bene la mamma che urlava al babbo che ci sarebbe dovuto andare lui a fare la guerra, non il suo bambino. Ma il babbo non aveva la gamba, per questo era rimasto a casa, mica perché era codardo.

Gianni si voltò verso il ragazzo e gli restituí la penna che gli aveva preso.

– Nell'ultima lettera che abbiamo ricevuto ci ha scritto del fango e del freddo. Solo questo. «C'è fango e c'è freddo». Poi abbiamo saputo che l'avevano ammazzato.

Clementina si accorse che il ragazzo tratteneva il respiro. – Grazie, Luigi.

Lui abbassò gli occhi e tornò a fissare il banco. Gianni gli diede un colpetto sul mento e Luigi sollevò lo sguardo triste. – Oreste. Non me lo voglio scordare piú il nome di tuo fratello.

– Non lo so se è stato coraggioso come Annibale. O come a queste donne della maestra.

Gianni appoggiò la sua fronte contro quella di Luigi, e gli afferrò la nuca. – Oreste se l'è mangiata, quella montagna di cui non ricordi il nome, – disse piano. – Lui la gloria la porta nel petto.

Clementina immaginò Oreste sventrato in trincea, o sui campi di battaglia. Non vedeva gloria in questo, ma preferí che il fratello lo pensasse eroe, perché la guerra aveva portato la morte anche nel sangue dei vivi.

– Ragazzi, ora cambiamo argomento...

Fu interrotta da un paio di colpi all'ingresso. Maria si affacciò all'aula. – Maestra, vieni di là un momento.

In corridoio c'era Felice appoggiato alla parete. Appena vide la maestra si tirò su e le andò incontro.

– Felice, mi ha detto Luigi che ti ritiri.

Il ragazzo rimestò in una borsa in pelle che portava a tracolla per cercare qualcosa. – Tenete. Il babbo vi manda queste –. Le mise in mano una busta e una cartolina.

– Sei sicuro?

– C'ho la fabbrica, *mescia*. E il babbo dice che verranno anni importanti per il paese. Che io devo stare a comandare mentre lui sta a Roma.

Felice le arrivava alla spalla, era magro quanto il suo Filippo e teneva una macchia sulla punta del naso che era impossibile da ignorare. – Peccato.

– Grazie lo stesso.

– Stiamo ripassando le guerre puniche. Ho fatto mettere Gianni al posto tuo.

Felice la osservò. Pareva addolorato.

– Perché non vieni, stai fino a che la lezione non finisce? Cosí dopo ci salutiamo per bene.

Felice tentennò. – Grazie, *mescia*. Ma il babbo mi aspetta che domani torna a Roma e mi deve spiegare bene tutte le cose.

Clementina si sistemò i capelli nella crocchia: sentiva il fermaglio tirarle e la testa pruderle. Le venne un fastidio potente nei confronti del padre di Felice e dovette ingoiare con forza il commento che stava per uscirle. – Se vorrai tornare, anche solo per qualche ora, noi ti aspettiamo.

Finita la lezione Clementina chiese a Gianni di fermarsi.
Il ragazzo entrò in cucina. Salutò Maria, che rimestava qualcosa in pentola, e sedette al posto che gli venne indicato a capotavola.
– Si ferma a cena? – domandò Maria.
Clementina la ignorò e si accomodò davanti a lui. – Dimmi di questa cosa del grano.
Gianni affilò lo sguardo.
– Be'?
– Non li leggete i giornali, *mescia*?
Lei si innervosí. Non era l'impudenza a infastidirla, anzi. Ammirava la sicurezza di Gianni che sembrava essere sempre a proprio agio. Era infastidita da sé stessa. Dal fatto di non saperne nulla. – Niente dialetto.
– Maestra, io sto pensando a quello che ha detto Luigi su suo fratello.
– Fai bene. Ci penso pure io –. E siccome anche della guerra non ne sapeva molto e quel poco le bastava per non volerci pensare troppo, le venne male alla pancia dall'acido che si era accumulato in quella giornata.
– Comunque a cena ci resto volentieri.
Maria di rimando sollevò il coperchio della pentola.
– Ci sta pasta e patate.
– E quella la mangio pure a casa mia!
– Se vuoi restare, mi racconti la storia del grano, – insisté Clementina.
Gianni incrociò le braccia. Lei era consapevole che farsi vedere cosí interessata a un argomento di cui lui sapeva tutto l'avrebbe resa debole. Non le importava.
Maria si mise tra loro due puntando i pugni sul tavolo.
– Se vuoi te la spiego io la questione del grano, – disse.
Clementina si sentí bruciare dentro dalla vergogna. Anche sua sorella sapeva di quella faccenda. Se avesse seguito l'istinto sarebbe corsa in salone da Anna per chiederlo pure a lei. Inspirò con lentezza e si rivolse a Maria. – E allora me la racconterai tu.

Maria scosse la testa e tornò a girare il mestolo nella pentola. – *Cce sacciu* io che ti importava tanto *de lu granu*.

Gianni si alzò. – Io so solo che vogliono che coltiviamo grano. Il grano e nient'altro. Che manco io li leggo i giornali.

– Male! Tu invece li devi leggere.

Aprí un cassetto della credenza e tirò fuori un paio di monete. – Tieni. Con questi compri tutti i quotidiani che trovi, te li leggi con attenzione e se non capisci qualcosa vai alla biblioteca e chiedi. Poi vieni e mi racconti.

Gianni infilò i soldi in tasca.

– Oggi è lunedí. Per giovedí voglio sapere tutto del grano e pure di altro. Vedi che è un compito. Mo vai a casa a mangiarti le patate della campagna tua –. Lo spintonò verso la porta e il ragazzo uscí dalla cucina senza protestare.

In corridoio Gianni incrociò Emira. – Ciao, contadino! Gianni la ignorò e infilò la porta di casa.

– Mamma, quel cafone di Gianni sta piú strano del solito.

– E vedi, Mira, che tua madre sta piú *streusa* di esso, – le disse Maria facendo cenno di passarle il piatto.

Clementina si diresse alla finestra e si mise a guardare fuori.

– Che ne sai tu della faccenda del grano? – domandò a Maria appannando il vetro con il respiro. Le venne voglia di disegnarci sopra come da bambina.

Maria tirò fuori il mestolo dalla pentola, qualche goccia d'acqua cadde in terra. – *L'aggiu* sentito a *lu mercatu*. Me lo vuoi spiegare *cce te ne futte* a te de *lu granu* o devo pensare che ti sei ammattita?

Emira allungò un altro piatto alla zia e tornò nella sua stanza. – Vado a controllare che combina Francesco.

– Tina?

Clementina continuava a fissare fuori. La strada era buia e il cielo senza stelle. – Niente me ne importa, del grano.

Maria si avvicinò e Clementina indicò il mestolo. – Mi stai bagnando la gonna.

– Tanto è nera.

– Che vuoi?
– Che tieni?
– Lo vedi quel cane laggiú? Sta sdraiato e si gratta le zecche.

Maria strizzò gli occhi. – Non vedo niente, Tina.
– Beato a lui.
– *A lu bastardu?*
– Vorrei uscire.
– E allora esci. Mica stai in una gabbia, – le mise una mano sulla spalla e tornò a girare la minestra.

Un rumore all'esterno attirò l'attenzione di Clementina. Nella piazza sotto casa passava un carretto, le ruote facevano un rumore assordante sul basolato.

Del cane non c'era piú traccia.

Roma, maggio 1909

Teresa notò subito le dalie rosa in salotto.
Sollevata, aprí le tende spesse e le finestre affinché la stanza accogliesse la primavera.
C'era stato il periodo delle rose, dei lillà e dei gigli. Poi le bocche di leone e le azalee. Teresa, però, non ne vedeva in soggiorno da molti mesi e questo la preoccupava. Cesare regalava fiori a Clementina come gesto di pace. La comparsa delle dalie significava una cosa sola: i due si erano appena riconciliati.
Era successo per Chiara, la figlia nata l'anno prima, che bionda e bella come un angelo, non si decideva a staccarsi dal seno della madre. Clementina aveva deciso che finché glielo avesse chiesto lei sarebbe stata a sua totale disposizione, nonostante i ripetuti inviti di Cesare e di sua madre che non smettevano di suggerirle almeno di chiamare una balia. Lei però non sentiva ragioni e con il passare dei mesi la dipendenza di Chiara sembrava aumentare. La piccola rifiutava il cibo che Teresa provava a darle, a eccezione della frutta: accettava solo mele, pere e il latte di sua madre. I seni di Clementina, un tempo piccoli e sodi, erano ridotti a due fazzoletti. E piú Clementina si sciupava piú la bambina diventava forte e vivace.
A un mese dal suo primo compleanno, Chiara, che nel frattempo aveva iniziato a camminare e pronunciava già le prime parole, aggiunse un nuovo vocabolo al suo lessico: no.

Lo fece una mattina appena sveglia, al momento della prima poppata. Vedendo il seno della madre, che di solito cercava e trovava senza nessuna fatica, la bambina mise una manina tra sé e il capezzolo e con tono deciso esclamò: *no!* Clementina insisté ma la piccola serrava le labbra. Da settimane la madre sperava che accadesse, eppure rimase esterrefatta dall'improvviso cambiamento della figlia. Continuò a infilarle il seno in bocca per una settimana intera, finché Cesare non la prese da parte per farle notare che non solo stava diventando inquietante, ma che la bambina aveva iniziato a mangiare con appetito i cibi degli adulti. All'apparenza pareva che del suo seno neppure si ricordasse. Anche lui aveva dovuto dimenticarlo ma, a differenza di Chiara, non ne era certo soddisfatto.

Clementina aveva reagito male. Quei mesi in simbiosi con sua figlia erano stati inutili? Sembrava cosí per Chiara, e pure per suo marito. Per lei invece, che in quel tempo si era annullata corpo e anima per la bambina, era stata una fase potente. Certe giornate la sentiva ancora dentro di sé tanto erano unite; altre aveva gridato con la faccia sul cuscino per il disperato bisogno di solitudine. Non riusciva piú a leggere, piú a scrivere nulla. Camminava avanti e indietro per casa con Chiara in braccio e ogni volta che passava davanti allo studio le prendeva una malinconia che non sapeva spiegarsi. Avrebbe potuto lasciare la piccola a una balia e tornare a fare quello che faceva prima della sua nascita. Non ci riusciva. Si era convinta che quella stanza non fosse piú il luogo per lei. Si sentiva perduta.

In quel periodo ripensava spesso a Emilia, la sorella scomparsa a causa di una febbre. Anche Emilia era stata bionda e dolce. Lei e le sorelle si divertivano a trattarla come una figlia vista la differenza di età. Adesso però le veniva spontaneo giudicare sua madre. Com'era possibile che donna Emira non avesse piú parlato di quella bambina morta a soli dieci anni, che non lo facesse nemmeno suo padre e che, peggio ancora, non la ricordassero lei e le sorelle? Ora che era madre pure lei era minata da quei pensieri e li scacciava con determinazione. Ma non le riusciva con la stessa facilità di prima, e questo la inquietava.

Si sentiva incompresa soprattutto da Cesare. La vita di suo marito non era cambiata affatto.

Svuotata di latte e pazienza aveva deciso che si sarebbe negata a ogni contatto non necessario: quando lui tornava dal lavoro gli veniva fatta trovare la cena pronta in tavola con i suoi piatti preferiti, poi Teresa aveva il compito di portargli Chiara prima di mettersi in tavola mentre lei, con la scusa di un lieve malessere, si confinava in camera da letto. Non lasciava piú biglietti o cartoline in giro per casa. Si era trincerata dietro al silenzio perché sapeva che era il gesto piú forte, la punizione peggiore per lui.

Cesare all'inizio aveva fatto finta di nulla e per tre giorni l'aveva lasciata mettere in scena quel capriccio. Conoscendola bene sapeva che sarebbe toccato a lui ricucire, fare pace, parlarle e riempire il vuoto che si era creato con il rifiuto improvviso di Chiara.

– È bello questo libro che leggi invece di salutarmi? – domandò lui la quarta sera, fermandosi sull'uscio della loro camera da letto.

Clementina girò la pagina senza rispondere.

Cesare, che aveva ancora addosso gli abiti del lavoro, andò a sedersi sulla poltrona ai piedi del letto.

La treccia che Clementina si faceva per la notte e teneva appoggiata sul petto le scendeva fino all'ombelico. La vestaglia lasciava scoperte caviglie e polpacci che mai erano stati cosí sottili. Clementina sentí su di sé lo sguardo del marito. Dalla nascita di Chiara erano stati insieme solo tre volte perché lei era sempre troppo stanca, dolorante o impegnata con la bambina.

– Me lo dici che stai leggendo? – la incalzò ancora.

Clementina mise un dito a segnare la pagina e gli mostrò la costa del libro.

– E ti piace?

Lei con finta indifferenza riprese a girare le pagine ma le frasi le si confondevano tutte. Muoveva gli occhi meccanicamente. Si accorse che la voglia che aveva di lui era tale che faticava a respirare. I suoi seni erano gonfi e le dolevano a ogni movimento. Teresa le aveva detto di fasciarseli stretti per scacciare il latte.

– Quando lo finisci passamelo, che me lo leggo pure io, questo libro cosí bello.

– Tu non leggi mai.

Cesare era in piedi accanto al letto. – E mo comincio.

Clementina alzò il mento come per dirgli di fare ciò che credeva, che a lei non importava. Ma sperava con tutta sé stessa che lui non desistesse.

Cesare si distese al suo fianco e allentò la cravatta. Gli occhi che scorrevano lungo le sue gambe. – Tigna, – le disse accarezzandole il collo del piede. – Lo sai che mi piace –. Con cura le tolse il libro dalle mani senza perdere il segno. Clementina era rimasta immobile. Seguiva le mani di lui che avevano iniziato a scioglierle la treccia. Cesare le passò le dita in mezzo ai capelli mossi e si portò una ciocca al naso. Lei era pronta, avrebbe fatto qualsiasi cosa per lui. Sentiva che sarebbe impazzita se non l'avesse presa subito, in quell'istante. Si slacciò la cinta della vestaglia mentre lui lasciava andare i capelli, poi si sfilò dalla testa la camicia da notte e gli sorrise. Cesare notò i seni fasciati e lei, alzandosi in piedi nuda, prese a srotolare con cura la stoffa.

La mattina dopo erano apparse le dalie in salotto.

L'inverno successivo tutta la famiglia venne a trovarla da Lecce.

La casa profumava dei biscotti alla mandorla di Pantalea, della cannella che sua madre aveva sparso ovunque, e del tabacco della pipa del babbo. Anna e Maria erano state sistemate in camera di Chiara, i suoi invece alloggiavano in un albergo non distante da casa.

Clementina, che era di nuovo incinta, aveva passato la mattinata in giro con donna Emira e le sorelle che volevano a tutti i costi vedere il quartiere e farsi raccontare della nuova vita lontano dalle orecchie del babbo.

Le aveva trovate tutte molto bene, in particolare Anna, che aveva perso il suo proverbiale pallore in favore di un colorito roseo frutto dell'aria del Sud.

Il babbo invece pareva invecchiato di cent'anni. I problemi al cuore l'avevano reso mite in modo quasi irriconoscibile. Era venuto, le aveva detto, per salutare la nipote che non vedeva dal giorno del battesimo. In disparte le aveva confidato che non aveva mai visto una bambina cosí bella anche se lui di figlie ne aveva avute quattro.

– Secondo me questa volta fai prima. Con Chiara è andata troppo lunga, quella sembrava non volesse piú nascere, – disse Maria mentre mescolava la cioccolata che le aveva servito Teresa.

Clementina si accarezzò la pancia che sporgeva dal vestito marrone. Era vero, il parto di Chiara era stato cosí lungo ed estenuante che la levatrice aveva chiesto di chiamare il dottore per quanto era stanca.

– Vedi che mancano ancora due mesi.

Maria si portò la tazza alla bocca. – Io dico che nasce prima.

Donna Emira entrò in salone trafelata. – Teresa? Teresa!

– È con Chiara, mamma. Che ti occorre?

– Nulla, mi arrangio. Tuo padre oggi mi ha fatto venire un tale spavento che mi sento mancare, vedrai che alla fine morirò prima io.

– Il babbo sta bene?

– Tuo padre non sta bene da tempo ormai –. Si accomodò rassegnata sulla poltrona accanto alla sua. – È rimasto in albergo. Dovevate sentirlo come respirava. In un modo che non vi potete immaginare.

– Io sí –. Maria le allungò la sua tazza. – Prendine un sorso, sei pallida.

Donna Emira rifiutò con la mano. – Rantolava.
– Forse dovremmo sentire il dottore.
– Credo che non avrebbe dovuto accompagnarci. Ma lui ha insistito cosí tanto, insomma, sai com'è fatto.
– Non pensavo sarebbe venuto, infatti.
– Voleva vederti, e vedere Chiara. Credo voglia salutarvi.
– Oh, mamma, per favore.
– È importante che tu lo sappia. Soprattutto vista la tua condizione, – le indicò la pancia.
– Non ci voglio nemmeno pensare.
– Le tue sorelle sono preparate, Tina. Loro lo vivono tutti i giorni. Non pensavamo si sarebbe ripreso la prima volta e invece quel marito mio ha una tempra… – la voce le si strozzò in gola. – Prima che partiamo, salutalo. E non farti vedere triste.

In quel momento la creatura dentro di lei scalciò facendola sobbalzare.

Maria le sorrise. – Secondo me è un'altra femmina.
– È maschio. Sono sicura. Vado a cercare Anna –. Clementina si alzò senza fatica e si diresse nella stanza di sua figlia.

La cameretta azzurra di Chiara confinava con quella di Teresa.

Da pochi mesi aveva sostituito la culla in vimini con un lettino duro dai bordi in ottone piú ingombrante di quanto avesse previsto. A breve avrebbe dovuto recuperare la culla per la creatura che portava in grembo.

Chiara era per terra insieme a Teresa e Anna, intenta a giocare con la bambola di stoffa che le aveva cucito sua sorella per Natale e da cui la bambina non si separava mai. L'aveva chiamata Lina.

– Ti ha impressionato molto vedere il babbo? – le chiese Anna mentre faceva oscillare dei nastrini colorati davanti al viso della nipotina. Le posò una mano sulla pancia. – Si muove tanto?

– Lo sento a malapena. Credo che andrò a trovare il babbo in albergo questo pomeriggio.

Chiara si alzò in piedi e si diresse a passo sicuro verso Clementina. – Mami, tia Maria caccolata.

Clementina e Anna, perplesse, si avvicinarono alla bambina per capire meglio.

– Caccolata! – ribadí Chiara.

Maria entrò nella stanza e prese la manina della nipote.
– *È nu segreto nostru. Sciamu* Chiarina mia, lasciamo queste due noiose e andiamo in posti piú allegri.

Nel pomeriggio Clementina si presentò in albergo da suo padre e lo trovò seduto avvolto in una vestaglia verde petrolio. Le sembrò un bambino. Provò a rievocare l'immagine di lui dietro alla scrivania del suo studio, le spalle dritte e rigide, i baffi appuntiti e la pipa sempre in bocca.

Si piegò per sfiorargli la guancia con un bacio e sedette accanto a lui.

– La mamma mi ha detto che tornate a Lecce.

– Non riesco a trovare il mio tabacco, dev'essere qui da qualche parte. Mi aiuti a cercarlo, tu che hai ancora gli occhi buoni?

Clementina si guardò intorno, il letto era già stato rifatto, le valigie pronte in un angolo.

– Non saprei, babbo. Forse la mamma lo ha già messo in borsa.

Lui scosse la testa. – Tua madre... Pensa di farmi un favore impedendomi di fumare.

– In effetti non dovresti.

– Non cambia nulla, Tina. Solo il mio umore. Vieni qui, siediti.

Obbedí.

– Ultimamente ripenso spesso a una cosa. A tante cose, in realtà, ma ce ne sono alcune che riemergono con prepotenza, come un castigo finale.

Clementina provò disagio per quell'intimità improvvisa che non si aspettava. Si sforzò di restare in ascolto, sapeva che questo momento era necessario al padre piú che a lei.

– Quando ti ho ritirato da scuola all'improvviso, dalle dorotee, tu piangesti per tanto tempo. Ti disperasti. Io a quel pianto lo risento spesso, anche se allora non ci feci caso. Non me ne preoccupai affatto, a dire il vero, mentre adesso mi tortura le orecchie quasi ogni giorno.

– Non fartene un cruccio. Mi hai insegnato tu quello che avrei potuto imparare da loro. Io te ne sono grata.

– E Anna e Maria? A loro non ho concesso nulla. Eppure sono lí per me e mi accudiscono neanche gli avessi dato il mondo intero.

– Ci hai dato quello che è stato possibile.

Ebbe la tentazione di aggiungere altro ma non voleva quella confidenza. La trovò ingiusta.

Lui sorrise inerme. Fissava fuori dalla finestra il cielo azzurro di Roma, e qualche rondine passare svelta. – Sono felice per te, Tina. Sei stata fortunata con Cesare.

Clementina sentí gli occhi riempirsi di lacrime. Il padre che aveva conosciuto per tutta la vita non le avrebbe permesso di piangere. Non l'avrebbe trovato appropriato. Il padre che era lí davanti a lei ora, il vecchio esausto, l'avrebbe accettato. Ne fu sicura, ma ricacciò indietro le lacrime per rispetto dell'uomo che era stato.

– Se è maschio non dargli il mio nome. Spetta al padre di Cesare, – le indicò la pancia e la voce gli tornò per un momento ruvida e dura. – Ora va' a casa da tua figlia. Chiara è una bambina meravigliosa.

Clementina si sentiva una marionetta. Era stordita da quell'incontro. Fece per alzarsi ma lui le afferrò una mano. La pelle era raggrinzita e le dita, lunghe come le sue, macchiate da piccole efelidi. – Ho chi mi aspetta, sai? Questa volta spero solo di essere all'altezza –. Gli occhi erano acquosi e sotto la barba bianca Clementina notò l'accenno di un sorriso. Sapeva a chi si riferiva: Emilia, la figlia perduta. La sorella perduta. La bambina di cui nessuno parlava mai.

Clementina gli baciò rapidamente la mano e si congedò nello stesso modo asciutto che avevano usato per tutta la vita.

Arrivarono fiori e biglietti di cordoglio per settimane.
Clementina non era potuta scendere a Lecce per il funerale a causa del parto imminente, ma aveva chiesto a don Mariano di celebrare una messa in ricordo per gli amici di Roma, e cosí Santa Bibiana si era riempita di figure vestite a lutto per un ultimo saluto al viceprefetto.

Teresa le aveva cucito un abito scuro largo abbastanza da contenere la pancia, e Clementina l'aveva indossato per un mese, poi il ventre si era fatto appuntito e allora nemmeno quello le era piú entrato. Allora aveva deciso di non uscire di casa fino al momento del parto. Non capiva perché la pancia questa volta fosse cosí sporgente mentre con Chiara era rimasta tonda fino alla fine. Sentiva la schiena tirare e bruciare ogni volta che prendeva in braccio sua figlia. Continuava a sollevarla fingendo di non provare fastidio, nonostante il divieto del medico.

Sul comodino di fianco al letto teneva da giorni la lettera che le aveva spedito Agata. Le chiedeva un incontro. Lei era stata indecisa fino all'ultimo se vederla o meno, dopo ciò che era accaduto. Sentiva un legame con quella donna, la gravidanza di Chiara aveva coinciso perfettamente con la sua. Si erano scritte e viste spesso durante quei nove mesi, e anche se Agata era stata a tratti indecifrabile, aveva mostrato una premura che non si aspettava. E quando i loro figli erano nati, a un giorno di distanza l'una dall'altro, sembrò alle due donne una conferma del legame che le aveva unite in quei nove mesi.

Poi tutto era cambiato.

Clementina prese la lettera di Agata dal comodino, l'aprí, e la lesse di nuovo. Sarebbe passata da Roma per pochi giorni. Le avrebbe fatto piacere venire a trovarla. Clementina si osservò ancora la pancia nuda allo specchio. Un calcio della creatura che l'abitava la deformò per un attimo impercettibilmente.

Due giorni dopo, alle tre del pomeriggio, suonarono alla porta.

Cesare estrasse l'orologio dal taschino. – È in anticipo.

– Non ti fissare, la riceverò io. Chiara è quasi pronta, e voi due potete uscire subito, – gli disse spingendolo verso la stanza della bambina.

Sapeva bene che lui non era d'accordo con quella visita ma non l'aveva impedita. Sentiva che andava fatto. Che era giusto cosí.

Agata indossava un vestito bordeaux dall'orlo logoro. I capelli biondi erano raccolti senza grande cura. Non portava gioielli, solo una spilla raffigurante la testa di un pavone bene in mostra sul petto.

– Vi ringrazio per avermi invitata, – disse mentre prendeva posto davanti a Clementina. – Arrivare qui è stata una faticaccia.

Clementina si sforzò di non mostrarsi sorpresa. Agata era molto cambiata. Non c'era piú traccia della giovane che aveva conosciuto tre anni prima.

Lei se ne accorse. – Preferisco viaggiare senza gioielli, adesso.

– Mi sembra saggio. Però Agata, cosa dici? Mi dai del voi, ora? Quanto zucchero?

– Due cucchiaini, per cortesia. Anzi, tre!

– I biscotti li ha fatti Teresa questa mattina. Sono al cioccolato.

Agata ne afferrò due e li mise sul bordo del piattino. – È passato cosí tanto tempo... Come sta Cesare?

– Molto bene, è fuori con Chiara adesso.

– Chiara... L'ho vista l'ultima volta che aveva poche settimane, ricordi? Era biondissima, i capelli somigliavano ai miei. Non sembrava nemmeno figlia tua –. Addentò un biscotto. Alcune briciole le caddero sul vestito. Le raccolse e se le mise in bocca.

– Somiglia alla madre di Cesare.

Agata rimase con la tazza sospesa, pareva avesse dimenticato di bere.
– Dimmi di te, Agata, ti trovi bene a... – Clementina non terminò la frase temendo di offenderla.
– Al confine del mondo, dici? Mi arrangio. Io ho molte risorse. Lo sai –. Prese un altro biscotto. – Quelli pensavano che sarei crepata in pochi mesi e invece eccomi qui a mangiare biscotti al cioccolato nel tuo bel salottino.
– Io non ho mai pensato che saresti *crepata*.
Clementina la osservava con attenzione. Il viso di Agata cambiava in base a ciò che diceva o non diceva.
– Clementina –. Agata posò la tazza. – Io ti ringrazio per avermi scritto. Sei stata la sola a farlo.
Clementina le sorrise e quando fece per aprire bocca la donna la interruppe.
– Ti fa effetto rivedermi cosí, con qualche capello grigio, un abito logoro e la pelle ingiallita dal sole?
– Che dici? Sei sempre tu.
Clementina si sentí strana, come se una mano le stesse serrando la bocca dello stomaco impedendole di respirare a fondo. Le venne l'impulso di accarezzarsi la pancia ma si trattenne. Quasi si vergognava di quel ventre pieno esibito apertamente.
– Ne hanno dette di tutti i colori su di me.
– A me non interessano i pettegolezzi, – Clementina sentiva l'affanno che le cresceva nel petto. Sorseggiò il caffè che era ormai tiepido. – Altrimenti non saresti qui, non credi?
– Sei una donna resistente.
– Anche tu. Sei stata forte dopo l'accaduto.
– Lo so.
– Non ti avrei scritto, altrimenti.
– Cesare cosa dice della mia visita?
– Perché continui a chiedermi di lui? Ti ho invitato io, no?
– Mi sono invitata da sola, a dire il vero. Lui non ne sarà stato contento.
– Eppure sei qui.

Agata allungò la tazza. – Gradirei dell'altro caffè. Se Augusto mi vedesse qui...
– Non ne parliamo.
– E di che vuoi parlare? Vuoi che ti racconti del bambino? Tutti mi chiedono solo di lui.
Clementina si diresse alla finestra. L'aria fresca era sempre stata la sua cura. – La lascio un poco aperta, se non ti dà fastidio.
– Per quello che me ne importa... – Agata la raggiunse. – Io comunque non ho fatto nulla di male al bambino. Tu mi credi, non è vero? – Le prese le mani.
– Te l'ho già detto, credo a te, non alle chiacchiere.
– Chiacchiere, dici, – Agata le lasciò le mani. – Augusto mi ha ripudiata, mi ha mandato a vivere in quel posto sperduto, mi ha lasciato solo i gioielli. Mi ha detto di venderli per sopravvivere. Lo sapeva, quanto ci tengo ai miei gioielli. Avrà goduto a pensarmi costretta al baratto da qualche rigattiere incredulo di fronte alla fortuna che gli è capitata. Si può essere piú crudeli di cosí?
– Mi spiace, dev'essere stato orribile.
– *Chi nasse aseno more mia caval.* In ogni caso non ti dirò altro, non vale la pena intristirsi con questi racconti. Ma sei pallida, e i tuoi occhi sono cerchiati –. La scrutò dall'alto in basso e si fermò sulla pancia. Era come se ne vedesse una per la prima volta.
– I miei occhi sarebbero cerchiati anche se passassi le giornate a dormire, – Clementina si allontanò piano da lei.
Vista da dietro, Agata era una piccola sagoma bordeaux con i capelli talmente chiari che alla luce della finestra sembrava non averne.
– Solo perché non lo volevo, non significa che l'abbia fatto. Sono cose che succedono quando i bambini sono tanto piccoli...
Clementina aveva sperato che quell'incontro andasse in maniera diversa ma con Agata nulla era prevedibile. Il trattamento che Augusto le aveva riservato dopo l'incidente

del bambino era stato brutale, e tutti gli amici le avevano voltato le spalle. Cesare non voleva che Clementina si immischiasse in quella faccenda ma lei restava convinta che Agata andasse aiutata e non abbandonata.

– L'ha trovato Augusto. Io ero sulla sedia a dondolo lí accanto. Ero sveglia eppure non vedevo nulla, mi pareva di dormire. Forse l'avevo capito prima di lui. E Augusto invece ha pensato che l'avessi ucciso io. Non ne ha mai dubitato, sai?

Agata sembrava non respirare, come se la voce arrivasse non dal suo corpo ma da un punto indefinito della stanza, da un altrove lontano e sconosciuto. – Aveva solo quattro giorni, – disse voltandosi piano verso Clementina. – Penso non si sia accorto di niente.

Gli occhi di Agata erano gonfi, pareva aver pianto per ore, eppure le guance erano asciutte, non aveva versato neppure una lacrima. Da vicino i capelli sembravano grigi in modo uniforme.

Clementina fece una leggera pressione sulla spalla di Agata. – Sono certa... – cominciò. Ma Agata fissava un punto indefinito. – Agata, guardami per favore.

La donna ruotò il capo.

– Sono sicura che hai fatto del tuo meglio.

Rimasero in silenzio per un po'.

D'improvviso nella stanza si diffuse il profumo dei gelsomini, e Agata sembrò svegliarsi di colpo. – Clementina, ti ringrazio davvero. Ora, perdonami, ma devo proprio andare –. Si lisciò il vestito. Gli occhi erano quasi lieti, e i capelli sembravano tornati color dell'oro.

– Vieni, ti accompagno, – disse Clementina. – Tornerai presto al Nord?

– Certamente. Questa città non fa per me.

Davanti alla porta Agata tese la mano verso la pancia di Clementina. – Posso? – All'improvviso ritirò la mano e indicò il copricapo adornato dai fiori appeso alla cappelliera. – Ma quello non è il cappellino con i lillà che ti aiutai a togliere quando venisti a casa mia, cento anni fa?

Clementina fece cenno di sí. – Ricordi la spilla nei miei capelli?
– Sono ancora lunghi, spero.
– Non li ho mai tagliati.
– Brava, non sei mica una suora.
Clementina sfilò il cappello di lillà dall'appendiabiti. – Vorrei regalartelo.
Agata lo indossò. Clementina notò che si guardava con adorazione allo specchio.
– Non si abbina con il vestito, – lo tolse e glielo restituí. – Ora scappo, è tardissimo.
Clementina le si avvicinò. Voleva abbracciarla ma al tempo stesso non desiderava che la pancia entrasse in contatto con il corpo di Agata.
Lei sembrò accorgersene. – Dai un bacio a Chiara da parte mia –. Clementina ebbe la certezza che non si sarebbero mai piú spedite una lettera, e non si sarebbero mai piú incontrate.

Cesare, seduto in tavola di fronte a lei, spezzettò il pane. Era un vizio che si portava dietro fin da ragazzino. – Sembri sfinita.
– Sfinita è un eufemismo, – rispose Clementina.
– Non avresti dovuto invitarla.
– Ho fatto bene, invece.
– Ne avete parlato?
Lei continuò a masticare la frittata.
– Tu pensi che l'abbia fatto?
– Credo che solo Dio sappia com'è andata veramente.
– Dio non c'entra nulla con quella donna.
Clementina sparpagliò con le dita le molliche allineate sul piatto di lui. – E nemmeno tu. Non sta a noi giudicarla. Ora, scusami, vado a dare la buonanotte a Chiara.
Nell'istante in cui afferrò la maniglia della porta della camera di sua figlia una fitta, dal pube alle caviglie, la fece accartocciare a terra. Si afferrò forte la pancia. Aspettò qualche secondo e, visto che non succedeva nulla, provò a

tirarsi su. Una seconda fitta piú forte la travolse. Non fece in tempo a gridare il nome di Cesare che era in un lago di acqua e sangue.

Teresa e Cesare la scortarono di peso in camera da letto.

– Va' da Chiara, – sibilò al marito mentre la cameriera sistemava gli asciugamani bianchi sul letto.

– Non dovremmo chiamare il dottore?

– Non c'è tempo –. Clementina sentiva forte l'impulso di spingere.

– È stata lei... Vederla ti ha turbata e ora, guarda!

Clementina lo ignorò e si accovacciò sulle gambe. – Va' da Chiara, ho detto. Ti prego Cesare, non c'è nulla che puoi fare qui –. Con una mano si aggrappò forte alla spalliera del letto. I capelli neri le cadevano lunghi e sfatti sul vestito sporco che teneva sollevato con la mano libera. Era paonazza.

Teresa le si avvicinò e le sistemò altri asciugamani sotto le gambe. – L'acqua è quasi pronta.

Clementina si rivolse al marito. – Ora esci!

Lui le diede un bacio sulla fronte sudata e sparí.

Cesare, con Chiara tra le braccia, bussò piano. Nessuna risposta.

Aveva sentito Clementina gridare e aveva aspettato, camminando inquieto avanti e indietro lungo il corridoio, per oltre un'ora. Poi, alle urla di Clementina, si era aggiunto un suono simile e lontano: Chiara si era svegliata e cercava sua madre. Allora era andato a prendere la figlia e insieme erano tornati davanti alla porta chiusa della camera da letto da cui non provenivano piú grida né rumore.

Cesare bussò ancora. Dentro tutto rimase in silenzio. Stava per insistere quando Teresa comparve con un fagottino avvolto in un panno bianco. – È maschio, ingegnere! Che Dio la benedica, a 'sta creatura cosí forte!

Chiara si sporse e accarezzò piano la testa scura di suo fratello: – Bimbo bello papà, che bellooo!

Cesare cercò Clementina oltre la spalla di Teresa. Sua moglie era sdraiata a letto con le lenzuola tirate fino al mento, i capelli a incorniciarle il volto pallido. Chiara si divincolò, e appena Cesare la mise giú corse da sua madre.

Clementina aiutò la bimba ad arrampicarsi sul letto e si piegò per dirle qualcosa all'orecchio. Chiara scoppiò a ridere, poi con decisione scivolò di nuovo a terra e si diresse verso Cesare che si accovacciò per accoglierla. Lei gli prese la testa fra le manine, come sua madre aveva fatto con lei poco prima, e posando la bocca all'orecchio del padre sussurrò seria: – Filippo.

Lecce, 1926

Un venerdí pomeriggio di fine estate il cielo si annuvolò all'improvviso e il vento si fece caldo e pesante: lo scirocco, che appiccica tutto, capelli e pensieri, arrivò prepotente da sud-est.

Pantalea si era subito messa a letto perché quel vento le faceva venire male alle ossa mentre a Clementina portava ogni volta emicrania e malumore.

Suonarono alla porta. Clementina fece accomodare la famiglia Carisi in salone, i due genitori insieme alla figlia adolescente. Nonostante le tempie le pulsassero in modo insopportabile, non poté evitare di rimanere incantata dalla piccola donna che restava in piedi in salotto, accanto al padre. Splendeva luminosa nel suo vestito verde pastello che le metteva in risalto i capelli rossi raccolti in lunghissime trecce e gli occhi allungati verso l'alto, che le davano un'aria altera, da straniera.

I genitori, constatò, non le somigliavano per niente e se non fosse stato per alcune caratteristiche – i capelli rossi della madre e gli occhi a mandorla del padre – non l'avrebbe pensata figlia loro. Tanto Margherita Carisi era alta e armoniosa, quanto i genitori erano piccoli e pesanti, sgraziati nei modi e nella voce.

Il padre spiegò che si erano trasferiti a Lecce sei mesi prima. La figlia era stata seguita da un insegnante a casa tre volte a settimana, e lui ci teneva che Margherita non smettesse di studiare. La madre, dopo essersi presentata,

era rimasta in silenzio. Con aria annoiata si guardava intorno mentre il marito parlava con Clementina.
Era difficile immaginare la provenienza della famiglia. Il padre aveva una leggera inflessione dialettale che Clementina non riusciva a decifrare.
– Di dove siete originari, se posso chiedere?
– Io sono nata a Pisa ma ho vissuto in molte città, – disse la donna con tono glaciale. – Lui è nato a Palermo, e ha girato parecchio. Il posto ce lo avete o no? Cosí non perdiamo tempo.
– In realtà siete un poco in ritardo. Organizzo le classi a inizio settembre. In questo modo chi deve passare gli esami finali per superare l'anno non ha poi difficoltà col programma.
La ragazza giocherellava con le trecce.
– Però settembre non è ancora finito, – aggiunse, – e le lezioni sono cominciate solo due settimane fa. Se è determinata a studiare, saprà mettersi in pari con le altre –. Osservò la ragazza sperando in una sua reazione. Lei non la deluse: gli occhi orientali di Margherita si sollevarono fino a incontrare i suoi.

– Ieri la spilungona nuova non mi ha nemmeno salutata quando è uscita.
Emira guardava la madre, braccia conserte, dal suo banco in prima fila.
Come ogni mattina stavano aspettando l'arrivo delle altre ragazze per iniziare la lezione.
– Margherita, dici?
– Quella *pertecchia* si crede chissà chi. Solo perché c'ha quindici anni e io tredici, mo si pensa che non mi saluta.
– Non si sarà accorta –. Clementina impilava fogli su fogli. – Che c'entra l'età con l'educazione?
– È arrivata da neanche due mesi ed è già la tua preferita, non... – Emira fu interrotta dal suono del campanello. – La tua preferita! – ribadí mentre la madre le passava accanto per andare ad aprire.

Un'ora piú tardi, dopo aver corretto i compiti assegnati, Clementina prese dalla cattedra il primo volume dell'*Odissea*, nella traduzione di Ippolito Pindemonte, e lo mostrò alla classe.

– Oggi riprenderemo lo studio di quest'opera. Ne leggeremo altri passi e li commenteremo insieme –. Passò il libro a Rosaria Borroni della prima fila. – Sfoglialo un poco, e passalo alle tue compagne.

Clementina teneva particolarmente alle lezioni sull'*Odissea*. Ne aveva fatte anche ai maschi che però preferivano le battaglie e i guerrieri dell'*Iliade*. La considerava un'opera chiave nell'età adolescenziale. Tra quelle pagine da ragazza ci si era persa leggendo di nascosto nella biblioteca di suo padre, oppure di notte, al lume di una candela. Aveva maledetto Ulisse per tutte quelle tappe che all'inizio le erano sembrate inutili e forzate. Lo aveva odiato per aver lasciato Penelope sola ad aspettarlo e a proteggere il suo regno. Aveva giudicato l'ansia di sapere del guerriero eccessiva e fuori luogo. Metafisicamente sbagliata.

Poi però, leggendo e rileggendo, aveva finito per empatizzare con la sofferenza di Ulisse. Quella sete di conoscenza in fondo era simile alla sua.

Le alunne che seguiva ormai da tre anni le avevano dato inaspettate soddisfazioni. A giugno la sua prima allieva, Lisa Deioanni, avrebbe affrontato l'esame finale, quello pubblico.

Era soddisfatta della decisione di aprire la scuola alle ragazze. L'anno precedente c'erano stati solo due ritiri: una che si era sposata appena compiuti diciassette anni, e un'altra a cui non c'era stato verso di insegnare nulla.

– Leggeremo dell'incontro tra Ulisse e Polifemo, – annunciò riprendendo in mano il libro.

Margherita alzò la mano e prese la parola. – Atena è la mia preferita.

Sedeva all'ultimo banco perché arrivata a corso iniziato. Era comunque la piú alta e se si fosse messa davanti nessuna avrebbe visto piú nulla. Clementina però sapeva che non era solo per questo. In prima fila le altre sarebbero scomparse perché la luce di Margherita, la sua preparazione e la predisposizione allo studio e al dibattito erano eccellenti.

– È nata dalla testa di suo padre, – spiegò la ragazzina. – Non tiene madre e non è mai stata bambina. Non è schiava della sua bellezza, come Afrodite, o della gelosia, come Era.

– Protegge il popolo degli Achei e ha un debole per Ulisse, – aggiunse Clementina.

Emira alzò la mano. – Ora posso leggere io, maestra?

Anche se tutte sapevano che era sua figlia, in classe doveva rivolgersi a lei allo stesso modo delle altre.

Clementina le passò il libro. – Tu comincia alla pagina segnata, poi proseguiranno Lisa e Antonia.

– Maestra? – Margherita si alzò. – Ho ripensato alla lezione di venerdí, quando ci avete parlato di Penelope.

Clementina attese.

– La maestra ha detto che adesso leggiamo di Ulisse e Polifemo, – si intromise Emira.

Margherita si voltò a guardarla. – Ma la maestra dice anche che lo vuole sapere, se ci vengono dei dubbi. E io non ci ho dormito, perché Penelope mi ha fatto venire nervoso e compassione.

Emira sbuffò.

– Cos'hai da dire su Penelope? – chiese Clementina.

Margherita si sistemò i capelli rossi dietro la schiena. – Penelope mi fa rabbia perché accetta la sua sorte senza fare nulla, senza ribellarsi un poco. Sta lí a cucire e a disfare la tela tutto il tempo. Se Ulisse è via, allora lei è la regina. Perché non li fa assassinare, a quei maschi che le hanno invaso la casa? Perché non li caccia via?

– Penelope è una donna noiosa. Non serve che ti infiammi tanto, – sbottò Emira.

Clementina fece cenno a Margherita di sedersi. – Anch'io da ragazzina pensavo a Penelope con compassione. Ma studiando bene il testo ho capito che la sua tempra è di ferro tanto quanto quella di Ulisse. Se non li caccia è perché non ha un esercito, non può competere con loro sul piano della forza. A lei tocca resistere, facendo e disfacendo. La riservatezza e la pudicizia le servono per sopravvivere agli uomini che le hanno occupato la casa e il regno.

Margherita affilò lo sguardo. – Allora ha ragione Emira; Penelope è noiosa. A noi ci tocca solo l'attesa o l'amore.

– Ragazze, la sorte non è sempre generosa.

Rosaria, dalla prima fila, alzò la mano. Era tutta rossa in volto per la rosacea di cui soffriva sin da piccola. – Posso uscire un momento, maestra?

– Ti senti bene?

Rosaria annuí a occhi bassi.

– E vai, vai a rinfrescarti un poco.

La bambina si sollevò a fatica dalla sedia. Clementina sapeva che Rosaria era parecchio golosa e Maria ogni venerdí, al termine delle lezioni, le faceva trovare dei biscotti alla cannella. Era però un paio di settimane che rifiutava i biscotti, e Clementina aveva notato che scappava via appena finita la lezione salutando a malapena le compagne.

Margherita seguí compiaciuta Rosaria che usciva a testa bassa dalla stanza. Clementina lo notò. – È successo qualcosa?

Tutte si voltarono verso la ragazza. Margherita teneva il mento sollevato con aria di sfida. – Rosaria deve essersi piccata. Io le ho dato solo dei consigli.

– Lisa, vai a controllare che Rosaria non abbia bisogno di nulla.

La ragazza corse fuori.

– Margherita, quando Rosaria rientra le chiedi perdono. Poi affronteremo un nuovo argomento.

– E Polifemo? – domandò Emira.

– Ho cambiato idea.

Rientrarono Lisa e Rosaria tenendosi per mano, gli occhi di Rosaria gonfi dal pianto, quelli di Lisa pieni di rabbia. Entrambe sedettero al loro posto.

Clementina fece un cenno a Margherita che si alzò.
– Scusa tanto, Rosaria.
La ragazza mosse la testa senza guardarla e Margherita si risedette soddisfatta.
Clementina decise che avrebbe approfondito la questione piú avanti. Chiuse l'*Odissea* con un colpo secco e si sistemò sulla sedia. – Il mondo che conosciamo ha origine con il mito. Il mito fonda la realtà.
Margherita, impassibile, aprí il quaderno.
Clementina recitò:

... e Circe di là tosto ov'era,
Levossi e aprí le luminose porte,
E ad entrare invitavali. In un groppo
La seguían tutti incautamente salvo...

Riaprí il libro, lo sfogliò fino ad arrivare al punto che voleva. Allora riprese:

... Euríloco, che fuor, di qualche inganno
Sospettando, restò. La dea li pose
Sovra splendidi seggi: e lor mescea
Il Pramnio vino con rappreso latte,
Bianca farina e mel recente; e un succo
Giungeavi esizïal, perché con questo
Della patria l'obblío ciascun bevesse.

Alzò lo sguardo. – Questa è la storia di una maga, di una dea, di una donna piú intelligente degli uomini, stremati, che giungono alla sua isola. Si chiama Circe e trasforma i compagni di Ulisse in porci.
– Ulisse si salva anche stavolta? – domandò Emira.
Margherita scosse la testa. – Quello è buono solo a deluderle, le donne. Succederà anche con questa Circe, non è vero maestra? Ora ripenso a Penelope e mi innervosisco.
– Non dimenticate il contesto: Ulisse è protetto da Atena, la dea della sapienza, e in questo caso Ermes gli fornisce un'erba che lo rende immune alle pozioni di Circe.

Margherita sembrava delusa. – Sappiamo già come va a finire, maestra: Circe perde la testa per lui e la sua magia non le servirà a nulla. Io non lo sopporto, a Ulisse.

Emira si rivolse alla compagna. – Perché tu ti fissi sulle donne che lo amano e non vedi com'è intelligente e il modo in cui supera ogni avversità, ogni sfida, senza perdersi d'animo.

– Ulisse è fortunato a incontrare queste donne. Lui non ne ama nessuna. Nemmeno Penelope. Se avesse incontrato a me, se mi avesse sedotta e abbandonata, io l'avrei ammazzato.

– E vedi che poi te la saresti dovuta vedere con Atena. La tua preferita, – le fece il verso Emira prima di rigirarsi.

Clementina osservò Rosaria che aveva ripreso a stringere forte la penna guardando il banco.

– Rosaria, tu cosa ne pensi di quest'eroe?

Rosaria pareva smarrita. – Sono d'accordo con l'Emira. Ricordo il cavallo di Troia nell'ottavo libro. Il mio preferito, maestra –. La voce era quasi inudibile.

– Molto bene, Rosaria, grazie. Non dobbiamo mettere le nostre convinzioni davanti al testo. L'*Odissea* o l'*Iliade* vanno analizzate e contestualizzate. Oggi ci comporteremmo diversamente, ma all'epoca Penelope non aveva scelta –. Notò incertezza negli occhi delle ragazze. – Io voglio solo che impariate a stare davanti a un testo senza pregiudizi. Lo so che per noi è piú difficile, ma è proprio per questo che ve lo dovete mettere bene nella testa: quando analizziamo uno scritto non siamo né femmine né maschi.

– Come faccio a non pensare da femmina? Voi potete insegnarmelo? – Clementina notò che Margherita sembrava preoccupata, la voce non era limpida e sicura, e un'ombra le aveva velato lo sguardo che era inquieto ma pure affamato.

– Non ho detto che devi pensare da maschio. Questo è impossibile. Io posso solo togliervi il fuoco dagli occhi.

Perché quello vi annebbia la vista. È per colpa sua se siete confuse o precipitose. Il fuoco ve lo dovete tenere dentro, in un posto che sapete voi, e basta.

Clementina proseguí a leggere di Circe e per tutta l'ora notò che Margherita era preoccupata e distratta mentre Rosaria le sembrò tornata piú serena.

A fine lezione sorprese Emira e Filippo, che era appena rientrato da scuola, a bisbigliare in corridoio.

– Che state combinando voi due?

– Dice che non sopporta quella alta, Margherita, – le rispose il figlio.

Emira gli diede uno spintone. In quel momento Gianni le passò accanto, urtandola. – *Mucculone*, – sbuffò lei sottovoce. La battaglia a colpi di dialetto era una sfida tra loro che durava ormai da tempo.

– 'Ngiorno maestra, vado a sedermi, – rispose lui affrettandosi verso la stanza riservata ai ragazzi. Arrivava sempre prima e si metteva a fare i compiti nell'aula vuota.

Clementina si rivolse a Emira. – Tu e Gianni la dovete smettere di pizzicarvi.

– Quanto mi urta, pure quello, – disse Emira tutta rossa.

– Secondo me ti piace –. Filippo trattenne una risata. – E adesso dove va? Mira, dài, scherzo! – Le andò dietro cercando di fermarla ma non riuscí a impedirle di allontanarsi a passi decisi.

La mattina dopo Clementina chiese a Emira di accompagnarla a spedire una lettera.

– A chi la mandi? – le chiese mentre percorrevano a braccetto Porta Rudiae.

Il clima, malgrado fosse novembre, era particolarmente mite, e solo negli ultimi giorni del mese le foglie avevano iniziato a cadere, poche e lente come se l'inverno del 1926 avesse deciso che a Lecce era inutile presentarsi.

– È per Luigi e Maria. I cugini Beltrame di Roma, – rispose Clementina inspirando a pieni polmoni. Metteva il naso fuori quasi solo nel fine settimana e si sentiva sempre frastornata perché il suo corpo cosí poco abituato all'aria aperta provava un senso di stordimento.

– Non mi chiedi mai di accompagnarti –. Emira, per l'occasione, si era messa il vestito violette che le aveva cucito Anna, a cui lei, per il suo compleanno, aveva fatto aggiungere dei fiorellini tono su tono sul corpetto.

– Ma che vai dicendo, ogni volta che esco ti chiedo se vuoi venire –. Clementina le strinse la mano che Emira le teneva appoggiata sul braccio. – Pensa ai fratelli tuoi, che dovrebbero dire, loro?

– Nulla. Quelli mica vogliono uscire con te.

– Ah, no?

– Non gli interessa niente.

– A te sí?

– A me sí. E tu non mi porti.

Clementina si mise a cercare degli spiccioli nel borsellino. – Dài, entriamo.

– Ti aspetto qui fuori.

– Non se ne parla. Cammina, – le prese la mano e la trascinò dentro.

Al ritorno Emira si fece silenziosa. – Questa non è la strada di casa.

– Non andiamo a casa. Facciamo una piccola deviazione.

Dopo pochi metri furono davanti allo spaccio.

– Buongiorno, Nicola.

Il vecchio proprietario sedeva su uno sgabello con un sigaro spento in bocca. – Signora, ma che piacere! Chi vi siete portata dietro? È mica l'Emira quella lí?

L'uomo non aggiunse altro e Clementina se ne dispiacque. Nessuno faceva mai un complimento a Emira. Del resto cosa avrebbero potuto dire? Emira non era graziosa.

– Cerchiamo un diario, Nicola. Per lei, – indicò la figlia.

Emira la guardò con aria interrogativa. L'odore acre di chiuso e di fumo la disturbava.

– Un quadernetto per la *signurina*, – disse l'uomo alzandosi con fatica. – Ecco qui, – prese dallo scaffale un blocchetto. – Segniamo?

– No, questo non è per la scuola. Pago ora.

– *Vabbuone*, sono ottanta centesimi. Per voi settantacinque –. Mise in mostra i denti gialli e macchiati.

Clementina pagò ed Emira si precipitò fuori salutando l'uomo. Finalmente espirò. – Che puzza insopportabile! Come fai a stare lí dentro piú di due minuti?

Clementina ripensò agli odori piú violenti che aveva sentito nella sua vita: quello metallico del sangue in tutti i suoi parti, quello del vomito di Chiara che le era rimasto addosso per settimane e che, se si fosse concentrata, avrebbe potuto sentire pure ora. Quello di Cesare.

Le mise nel palmo il diario. – Tieni, qui puoi scriverci tutto quello che vuoi. Quello che ti piace e quello che non ti piace. Puoi scrivere anche di me. Ma devi essere sincera. Io ti prometto che non lo leggerò.

Emira sfogliò le pagine bianche. Poi lo richiuse e se lo mise sottobraccio.

– Maestra? Maestra! È tanto che vi ho viste ma non riuscivo a raggiungervi, – disse Margherita con il fiato corto.

Emira la squadrò da testa a piedi. – Strano, con quelle gambe lunghe che tieni.

– Sei sola? – le chiese Clementina guardandosi intorno.

– Oh, sí. E con chi dovrei essere?

I capelli rossi, che alla luce del sole sembravano finti tanto era intenso il colore, erano raccolti in un'unica treccia.

– Voglio tagliarli. Farli cortissimi, – disse a Clementina rigirandosi la punta della treccia tra le dita.

Emira sgranò gli occhi.

– Sono impegnativi. Distraggono e attirano l'attenzione. Qui non sono abituati a questo colore.

Emira le si avvicinò. – Tieni gli occhi come il gatto di mia zia.

Margherita scoppiò a ridere.

– È vero, – ribadí Emira. – Sembrano quelli di Musciu.

Musciu era il gatto nero che Maria aveva trovato un pomeriggio sotto casa. Lei lo aveva salutato scherzosamente: «*Ciau musciu*», e quello l'aveva seguita dal calzolaio e pure all'emporio. Rientrata a casa gli aveva tenuto aperto il portone del palazzo e lui si era intrufolato seguendola fino al primo piano. Sul pianerottolo gli aveva detto seria: «Vedi che qui avrai solo gli avanzi». Il gatto aveva miagolato, lei allora aveva aperto la porta d'ingresso: «Accomodati». E il gatto era entrato baldanzoso.

«E se ha le pulci?» aveva chiesto Anna mentre le si strusciava addosso.

«Questo è di qualcuno. Dà troppa confidenza», aveva detto Clementina.

Pantalea dopo averlo tastato bene aveva decretato che era maschio e i nipoti, che si erano dimostrati subito entusiasti, si erano messi a cercargli un nome.

«Non vi sforzate, *piccinni*, – aveva sentenziato Maria. – Questo gatto ha seguito a me, ha scelto me e quindi è mio. E si chiamerà Musciu».

«Un gatto che si chiama gatto, zia?» aveva replicato Francesco.

«Un gatto che si chiama Musciu».

La questione era finita lí se non che da quel momento era stato tutto un *non fate uscire lu musciu, attenti allu musciu, lu musciu qua, lu musciu là*.

– Il nostro gatto nero si chiama cosí, – spiegò Clementina a Margherita.

– Non ho fatto caso agli occhi.

– Lunedí li vedi. Sta sempre chiuso in cucina o appresso a Maria, – Clementina riprese a camminare. – Vai verso casa?

Margherita le mostrò una lettera. – No, vado a spedire questa a mia nonna.

– Vive all'estero?

– È tedesca.

Emira, che avrebbe voluto ignorarla, si incuriosí. – Parli il tedesco?

- Poco, - rispose Margherita. - Ho imparato la grammatica da sola, che mia madre non me l'ha voluto insegnare bene. Quella è una pigra.

Clementina ignorò il commento. - È tanto che non la vedi?

- In realtà non l'ho mai incontrata. Però ci scriviamo. Ogni tanto. Adesso che sono qui di piú, perché mi annoio.

- Si annoia... - Emira cercò inutilmente la complicità di sua madre.

- E questo non ti piace, vero? - chiese Clementina.

- Non lo sopporto. Mi sembra di sprecare la vita.

- Se vuoi passare domani pomeriggio mi piacerebbe darti dei libri.

- Sarebbe magnifico, maestra!

Emira si incupí.

- Bene, presentati alle quattro in punto.

Clementina imboccò via Trinchese senza voltarsi.

Il pomeriggio successivo, pochi minuti alle quattro, suonò il campanello di casa Martello.

Emira aprí la porta e si ritrovò davanti Margherita.
- Entra, - le disse prendendole il cappotto. - La mamma ti aspetta nello studio.

Margherita la guardò incerta.

- Di là, in fondo al corridoio, a destra.

Nell'aria c'era profumo di cannella. Davanti alla porta si bloccò e si voltò verso l'ingresso. Emira era ancora ferma e la osservava torva.

Bussò decisa.

- Vieni pure!

Clementina era seduta alla scrivania, vestita di nero anche la domenica.

- Siediti, - indicò la poltrona. - Maria sta preparando dei biscotti in cucina. Tieni, - e le porse alcuni volumi, - intanto prendi questi.

Margherita lesse i titoli, *Guerra e pace* di Lev Tolstoj

e *Colombi e sparvieri* di Grazia Deledda. – Posso davvero portarli a casa?
– Sono opere assai diverse. E complesse.
Margherita strinse i libri al petto. – Lasciatemi provare.
– Lessi per la prima volta Tolstoj che avevo la tua età, e non mi piacque. Non importa se te l'ho dato io, se non ti appassiona o fai fatica devi dirmelo. Per me la sincerità vale piú di tutto –. Istintivamente allungò una mano per sistemare la fotografia di Cesare sullo scaffale.
Margherita prese a tormentarsi nervosamente le trecce.
– Questa non è l'unica ragione per cui ho voluto vederti, – Clementina andò dritta al punto. – Voglio essere chiara con te. Offendere gli altri non ti fa onore.
– Avete parlato con Rosaria? A me dell'onore non interessa. E manco di quella ragazzina grassa e bugnosa.
– Dentro la mia casa non ti devi permettere di trattare male le compagne.
– Io infatti gliel'ho detto in strada.
– Perché?
– Perché è vero. E lo sa pure lei. Ho pensato che se qualcuno glielo dice chiaro e tondo smette di ingozzarsi e si fa curare quella pelle malata.
– Le avresti fatto un favore, quindi?
– Non è questo che mi interessa. E poi voi dite sempre che bisogna essere sinceri. Io sono sincera, e basta. E pure coraggiosa.
– Scambiare parole crudeli per la verità è l'opposto del coraggio.
Margherita si lisciò la gonna, accavallò le caviglie sotto al vestito e ignorò il commento di Clementina. Gli stivaletti marroni spuntarono sotto l'orlo. – Con queste scarpe sembro ancora piú alta.
Clementina non replicò. Margherita esercitava su di lei un fascino oscuro. – Aspettami qui, ti prendo una borsa per i libri.
Appena fu uscita dallo studio la giovane iniziò a guar-

darsi intorno: sul soffitto, in un angolo a sinistra, c'era un alone scuro che la vernice non era riuscita a coprire. Dietro di lei svettava una enorme libreria, da terra al soffitto, che occupava l'intera parete. Tese l'orecchio e sentí delle voci provenire da una stanza in fondo, quella vicino alla porta d'ingresso. Si avvicinò alla libreria. Con cura passò le dita sui volumi esposti alla sua altezza e riconobbe alcuni autori.

Mentre scorreva sottovoce i titoli si bloccò di colpo.
– Tina, – mormorò sfilando un libricino intitolato *Altri fogli del quaderno di Tina*, Roma, Tipografia delle Mantellate, 1902. Iniziò a sfogliarlo. Era una raccolta di racconti scritti dalla maestra: *Chi sa che non si rifletta ancora la nostra vita nei calici dei fiori e tra i rami delle piante?*

– Avevo vent'anni quando mio padre li fece pubblicare.

Per lo spavento a Margherita cadde il libricino in terra.
– Perdonatemi, non volevo curiosare.

– Non ti scusare, la curiosità allena il cervello –. Clementina le passò una borsa di tela. – Questa me la riporti lunedí, l'ho presa in prestito a Maria.

– Vi ringrazio. Mi dispiace, so che a volte sono indisciplinata e ficco il naso dove non dovrei.

– Se fosse stato segreto sarebbe stato chiuso in un cassetto. Da che ti conosco ti sei comportata male solo una volta, con Rosaria, e ti confesso che quello che è successo mi ha fatto dispiacere. Per lei, e pure per te.

– Non vi mortificate per me –. Margherita indicò il punto in cui aveva riposto il volumetto. – Sembrava un racconto molto bello. Pure io penso spesso alla vita, al suo significato.

Clementina si avvicinò alla ragazza e prese delicatamente in mano una ciocca di capelli ribelle.

– Sono una sciagura, maestra. Tutti a fissarli continuamente. E io li incoraggio, che credete? Non è che li raccolgo sempre o li maschero. Li sfoggio con orgoglio perché non riesco a farne a meno. Per questo voglio tagliarli. Poi però non trovo il coraggio.

Clementina pensò ai suoi capelli, oggi meno neri di un tempo ma sempre lunghissimi. Anche per lei erano stati un vanto inconfessabile ma, al contrario della ragazza, non avrebbe mai osato portarli sciolti o mostrarli al mondo. Proprio come Margherita a quindici anni era alta e formata.
– Non tagliarli, – le disse, assorta nei ricordi.
– Non voglio distrazioni, maestra. Mia madre dice che la mia bellezza sfiorirà presto.
– Vuoi andare all'università?
– Voglio andare via di qua, voglio andarmene da mia nonna, studiare lí, magari.
– Hai detto che non sai la lingua.
– La imparo maestra, ce l'ho nel sangue in fondo. Anche se quella l'ha disonorato.
Clementina capí subito che si riferiva alla madre. Aveva notato sin dal primo incontro che il rapporto tra le due era ingarbugliato e ne aveva avuto la conferma in quei mesi: era solo il padre a venirla a riprendere, a pagare e a informarsi sui progressi della figlia.
– Tua nonna ti accoglierebbe?
– Gliel'ho chiesto nella lettera che spedivo il giorno in cui ci siamo incontrate. Magari mi dice di no. In fondo è da lí che è uscita lei, – aggiunse mordendosi il labbro.
– Non parleremo male di tua madre.
– Dite cosí perché non sapete.
A quarantaquattro anni erano di certo molte le cose che Clementina ancora non sapeva ma aveva capito subito che in quella famiglia si annidava qualcosa di oscuro. Nei modi e nelle parole di quella ragazzina rivedeva sé stessa e temeva che se si fosse addentrata in quel groviglio sarebbe rimasta intrappolata.
Emira spalancò la porta senza bussare. – I biscotti si sono freddati.
Clementina riconobbe la sofferenza negli occhi di sua figlia. – Hai ragione, – le disse alzandosi. – Margherita,

per i libri prenditi il tempo che ti serve. Ora andiamo che ci siamo trattenute piú del previsto.

Emira si avviò seguita da Clementina e Margherita in cucina.

– Quello è Musciu, – disse Emira indicando il grosso gatto nero in braccio a Francesco. – Attenta che graffia.

Vedendo Margherita entrare il bambino lo lasciò cadere.

– Questo è Ciccino, invece.

– Francesco, – ribatté lui.

Margherita lo salutò. Il gatto venne a strusciarsi sulla sua gamba.

– Musciu scansati, *menah meh*, – disse Maria allontanandolo con un piede. – Tieni paura?

Margherita riconobbe nella donna l'odore di cannella che aveva sentito appena entrata in casa. – Di un gatto?

– È nero. Non piace a tutti.

– A me sí, – si intromise Francesco.

– Ciccino, passami la tazza pulita.

Margherita afferrò la tazza bollente che Maria le porgeva.

– Francesco, va' a chiamare Filippo, digli che la merenda è pronta.

– Filippo ha l'età mia? – chiese Margherita. Si era seduta accanto a Emira che la ignorava apertamente.

– Ne ha sedici, uno di piú, – rispose Clementina. – La domenica pomeriggio facciamo una merenda tutti assieme.

– Senza estranei, però, – aggiunse Emira.

– E Gianni tuo, non viene ogni tanto, scusa?

– Quel *mazzaro*... Zia, ma che vai dicendo? – Emira arrossí e abbassò la testa.

– Ciao, Margherita! Stai seduta, cara, – Anna prese posto alla destra di Clementina.

Filippo arrivò per ultimo e salutò l'alunna di sua madre con un mezzo sorriso, poi si fece tutto rosso.

Margherita si piegò verso Emira. – Mi dispiace se la mia presenza ti scoccia.

Clementina si accorse del tentativo. Sperò che la figlia cedesse ma la conosceva bene, Margherita era stata fino a quel momento un'antagonista e la colpa era sua. Emira era abituata a primeggiare, e invece si era ritrovata in classe una rivale brava quanto lei, ma piú grande e piú graziosa, che per giunta aveva conquistato sua madre.

– Ragazze, fatemi un piacere, andate a sistemare un poco l'aula per domani.

Emira spalancò gli occhi. Di solito se ne occupava la madre la domenica sera. – Non posso farlo dopo?

Clementina le fece un cenno del capo in direzione della porta. Emira curvò le spalle rassegnata e si alzò senza dire una parola, Margherita la seguí.

Maria si avvicinò a Francesco e gli diede un buffetto sulla guancia. – Scastrati, Ciccino mio, la *pertecchina* è troppo grande per te.

– Questi dove vanno? – domandò Margherita che aveva raccolto e impilato diversi fogli sulla cattedra.

– Da' qua, – nella foga di sfilarglieli dalle mani Emira li fece cadere. – Mi dispiace –. Poi tornò seria. – Guarda che macello hai combinato!

Margherita rimase a osservarla mentre metteva in ordine. – Tu li hai letti, i racconti di tua madre?

– Certo che li ho letti.

– Non ce l'ho avuto il coraggio di chiederle di prestarmi anche il libro suo.

Emira gettò a terra i fogli che aveva accuratamente ripreso. – Raccoglili.

– Non li hai letti, vero?

Emira andò svelta a sedersi alla cattedra di sua madre. – Voglio farla io la maestra, voglio interrogarvi a tutte e mettervi dei votacci, – disse aprendo il registro di Clementina. – Se rispondete sbagliato, meritate punizioni, e se invece date la risposta corretta io vi devo dimostrare che non ne sapete quanto a me –. Gli occhi neri erano penetranti come quelli della madre ma meno belli, piú piccoli e distanziati.

Margherita si avvicinò alla cattedra. – Mi piacerebbe essere amica tua, – poggiò i gomiti sul tavolo.

– A me non piacerebbe nemmeno un po' essere amica a te. Sei stata crudele con Rosaria e vedi che non mi incanti con quei capelli da *masciàra*. Non è vero che vuoi essere amica mia, tu vuoi essere amica della mamma, e basta.

– E certo, che vorrei esserle amica. Tua madre è una donna indipendente. Se vuole uscire non deve chiedere il permesso e se vuole un gioiello se lo compra da sola –. Margherita si mise una ciocca rossa di capelli in bocca e la succhiò. – Mia madre è una puttana.

Emira si portò le mani alla bocca. Non aveva mai sentito una parola cosí brutta in bocca a una femmina.

Margherita andò a sedersi al primo banco, di fronte alla cattedra. – Non fare quella faccia da topo spaventato, pensi che mi pento di quello che ho detto? Nossignore. L'avrei detto anche alla maestra, prima, ma lei non me l'ha permesso. Magari lo sa già.

Emira andò a sedersi nel banco dietro di lei. Le osservò i capelli raccolti da nastrini verdi. Emanavano uno strano odore d'incenso che le ricordò la messa della domenica. «Puttana», aveva detto, e riferito alla madre. A lei quella parola non veniva nemmeno di pensarla tanto era tremenda.

– Mia madre non mi dice mai *brava*. A te ti guarda soddisfatta, annuisce orgogliosa. Magari ti preferiva come figlia, che sei pure bella. Anche mia sorella era bella.

– Quale sorella? – si girò curiosa Margherita.

– Quella che è morta quando sono nata io. Si chiamava Chiara, – le disse a bassa voce. – Io lo so che in fondo mi vuole bene. Ma meno che agli altri.

Margherita le posò la mano sulla sua. – Io non sono una brava persona. Perché ora che mi hai detto questa cosa sono piú felice, capito? Sono felice della disgrazia tua. Ho il sangue marcio di mia madre.

Emira ritirò la mano.

Margherita si sciolse i capelli. Il nastrino verde cadde in terra. – Nella mia testa c'è qualcosa che non funziona bene.

– Le altre hanno timore di te.

– Tu no?

– Ma figurati!

Margherita sembrò dispiacersene. – Da piccola mangiavo pezzetti di vetro.

– Allora non sei intelligente come sembri.

– Solo vetrini colorati. Li facevo in tanti piccoli pezzettini, non sono sciocca. Quei vetri li tengo ancora dentro al corpo. Per questo non funziono bene.

Emira sembrò perplessa. – Non credo, l'intestino li ha...

– Shh, basta! Sei senza immaginazione, tu. Per questo preferisco tua madre.

Emira si rabbuiò. Quello era il suo destino. Come poteva splendere con una madre cosí. Pensò per un momento a suo padre. Non lo faceva mai perché l'ossessione per Clementina non lo permetteva. Se ne dispiacque. Forse lui l'avrebbe aiutata a brillare. – Tu almeno un padre lo tieni.

– Quello è un debole. Si è innamorato di mia madre e ha lasciato tutto per stare appresso ai capricci suoi. Lui non mi aiuterà. Sceglierà sempre lei. Per questo ho scritto alla nonna, voglio andare a vivere a Berlino.

– Ma ieri hai detto che non sai il tedesco.

Margherita le riprese le mani e gliele strinse forte. – Lo imparo, sai che mi ci vuole!

– Senti, visto che adesso ci siamo confidate come a una confessione in chiesa e pure di piú, io ti prometto che da ora in poi sarò gentile e mi farà piacere vederti. Ma noi non saremo mai amiche. Tu sei troppo strana.

– Mi sta bene, – Margherita le lasciò le mani.

Poi le chiese: – Tu ce l'hai l'innamorato?

– Ma che vai dicendo? Io non ci penso a queste cose, sono tutte sciocchezze.

– E Gianni chi è?
– Nessuno.
– Che fai, come a Ulisse che mente a Polifemo?
– Conosci la storia di Polifemo anche se ancora non l'abbiamo studiata?
– Ma certo, io studio sempre. Cosí a lezione sono la piú preparata di tutte.
– Torniamocene di là, – disse Emira voltandosi senza darle la possibilità di replicare.
In corridoio si fermò di colpo, Margherita le andò a sbattere addosso. – E tu lo tieni a un innamorato?
– E mica uno solo.
– Non ti credo.
– Sai che me ne importa se mi credi o no. Io sono come a Elena di Sparta, gli eroi combattono per conquistarmi e le città bruciano a causa mia.
Emira scosse la testa. – Tu tieni una fantasia che fa paura. Ascolta un consiglio: queste cose non le dire alla mamma.
Quella sera, nel letto, Emira ripensò a Margherita. Se la ragazza avesse incrociato Gianni in casa lui se ne sarebbe innamorato all'istante.
Il cuore iniziò a batterle forte. Si alzò preoccupata, andò ad aprire la finestra per far entrare un poco d'aria, si sedette alla toletta e si versò dell'acqua dalla brocca. Si guardò riflessa nello specchio grazie alla luce della luna, e notò subito i capelli crespi e il naso grande. Solo questo vide.
Sospirò sconsolata. Nessuno, certamente non Gianni che era bello come un dio, si sarebbe accontentato di una femmina cosí.

– Tu che ci fai qui?
Emira, mani sui fianchi e testa inclinata di lato, strizzò gli occhi.
La luce in cucina era debole. Maria aveva lasciato il pentolone con le verdure a bollire sul fuoco e la puzza aveva invaso la stanza.

– Che è, stai mica rubando? – insisté, e la voce le uscí stridula.

La risata di Gianni risuonò per la stanza mescolandosi al puzzo delle rape. Le mostrò un sacchetto: – Mandorle. Mi ha detto la Maria che potevo mangiarle.

– La Maria... e che è, un'amica tua che la chiami cosí? Vedi che devi dire la signorina Martello.

– Sono troppe le signorine Martello, Mira.

– Sono due. Puoi dire la signorina Maria Martello, allora.

Gianni la ignorò e si poggiò al tavolo della cucina continuando a rovistare nel sacchetto che conteneva le mandorle tostate e salate.

– Che tiene tua madre, che sta nervosa come a un toro?

Il paragone la indispettí. – Sarà stanca.

In penombra era ancora piú bello.

– Sta proprio *inguagliata*, la maestra, – si mise in bocca una manciata di mandorle e richiuse il sacchetto.

– La mamma fatica per tutti voi.

– Mira. Vedi che ci tengo pure io –. Gianni annusò l'aria intorno a lei. – Fa una puzza di scoreggia questa minestra... Ma che ci mette dentro tua zia? Lo sai che ho compiuto gli anni l'altro ieri? – disse all'improvviso.

Emira si guardò le scarpe. *Orrende* pensò spostando gli occhi sulle cementine. – Tanti auguri.

– Aprile è il mese migliore per nascere. Chi lavora nei campi lo sa. Ad aprile vedi i primi frutti, i fiori piú belli, quelli che vengono su dopo l'inverno. Tu di quando sei?

– Del '13.

Gianni soffocò una risata. – Il mese Mira, no l'anno.

Emira si morse il labbro. – Di novembre, – rispose. Il mese della pioggia e dei morti.

– Bello, – la stupí lui. – Sei una femmina ruvida, tu.

– Ma che vai dicendo? Che ne sai tu delle femmine?

Si pentí subito. Aveva ragione lui: era una femmina ruvida. Sospirò, stanca di essere la vittima di sé stessa.

– *Piccinni!* Che combinate voi due qui soli?

Maria si diresse svelta verso il pentolone e spense il fuoco. – Te la vuoi portare via un poco di minestra? – domandò a Gianni.
– No, grazie, signorina Maria Martello, – strizzò l'occhio a Emira.
Poi cambiò espressione. – Ruvida... – le bisbigliò passandole accanto. – Ciao, signorina Maria!
Emira rimase immobile finché Francesco non entrò urtandola. – E spostati un po'! – esclamò lui.
Lei brontolò qualcosa uscendo.
Maria, con il mestolo in mano, fece cenno a Francesco di sedersi. – Cose da femmina.
La mattina dopo Emira si fece trovare pronta all'ingresso.
– Emira! – Margherita, entrando, la squadrò da testa a piedi.
Emira la trascinò in camera sua. – La mamma sta sistemando delle cose. Facciamo veloci.
Una volta dentro si chiuse la porta della stanza alle spalle e ci si poggiò sopra. Era in affanno.
– Ma si può sapere che ti prende? – Margherita osservò la stanza, il letto in ferro battuto, uno scrittoio sotto alla finestra con dei libri ammucchiati e una piccola toletta accanto all'armadio. Tutto era pesante e disordinato. Come Emira.
– Tu mi hai detto che hai molti fidanzati, – bisbigliò Emira.
– E allora?
– Come si fa a farli innamorare?
Margherita si diresse sicura verso la toletta. Si guardò per un istante allo specchio, si aggiustò un ciuffo rosso sfuggito alla crocca morbida che aveva fatto quella mattina e si diede due pizzichi sulle guance che si fecero subito piú rosee. Fece segno a Emira di raggiungerla e la piazzò davanti allo specchio.
Emira chiuse gli occhi. – So come sono fatta.

– No. Non lo sai –. Margherita le diede un colpetto in testa. – Guardati.

Emira sbuffò.

– La bocca è bella. Mordicchiati un poco le labbra. Fa' come me. Ora vedi che è gonfia. È piena.

Emira notò che la bocca aveva preso spazio nel suo viso. – Non basta la bocca. Tengo i capelli crespi e il naso abbondante.

Margherita appoggiò il viso sulla sua spalla. – Tu non ti devi attaccare sui difetti, che ne tieni troppi. Devi fissarti sulle cose belle, che sono poche, ed è meglio cosí.

– E che sono? Le labbra?

– Le labbra non sono male. Ma la parte migliore, quella che a me piace di piú, è che sei misteriosa.

– Non voglio essere misteriosa. O ruvida. Voglio essere bella.

– Non è possibile. Puoi aiutarti in qualche modo. Smetti di portare questi vestiti larghi e sformati e sistemati i capelli. Ma bella non sarai mai.

– Avevi ragione: sei cattiva.

Margherita non rispose. La fece sedere davanti a lei e le accarezzò la testa. Poi prese la spazzola dalla toletta e iniziò a pettinarla, dividendo con fatica e cura le ciocche inspessite e crespe dei suoi capelli.

Clementina le trovò cosí, davanti alla toletta. Sembravano due sorelle. Il dolore la travolse in modo talmente feroce che le lacrime si presentarono tutte insieme. Le ricacciò dentro a fatica e senza dire nulla chiuse la porta dietro di sé mentre le due la osservavano inquiete.

Roma, giugno 1913

Al terzo giorno di febbre Clementina iniziò a preoccuparsi.

In cinque anni Chiara non aveva mai avuto nemmeno un attacco di tosse e ora era una settimana che vomitava e lamentava male alla testa. La febbre non calava.

Il medico aveva detto: «Influenza intestinale. Avrà mangiato qualcosa che l'ha disturbata, tenetela idratata e passerà».

D'accordo con Cesare aveva deciso che avrebbe dormito accanto a lei e cosí Filippo venne spostato nella stanza dei genitori. Rannicchiata nel letto del bambino aveva passato tutta la notte a osservarla, bagnandole fronte, polsi e inguine con pezze gelate. Teresa aveva fatto capolino tre volte, in silenzio e con operosità, per prendere le pezze calde dalla fronte di Chiara e portarne di nuove dalla cucina. Lei e Clementina si erano scambiate solo poche parole nella cameretta buia.

– Richiamiamo il dottore?

Cesare, seduto sul bordo del letto, accarezzava la fronte calda della figlia. Chiara riposava serena. Non rimetteva piú da molte ore.

Clementina, in piedi dall'altro lato del letto, sembrava tenuta dritta da un filo invisibile che scendeva dal soffitto. I capelli sfatti erano legati disordinatamente. Il vestito, macchiato di vomito, era lo stesso dei giorni precedenti. Si accorse di puzzare di sudore. – Devo cambiarmi, – disse uscendo dalla stanza.

Cesare la seguí. – Tina, fermati un attimo. Parliamone.
– Sono sporca e sudata, non voglio discutere.
Si liberò dalla stretta di lui e andò a chiudersi in bagno.
Cesare non ebbe la prontezza di reagire ma appena lei si chiuse dentro bussò con forza alla porta. – Tina, apri! – tossí e si ricompose. – Quando capirai che sono con te? Non devi nasconderti.

La tensione accumulata nei giorni precedenti le fece rimettere il caffè della colazione. Si asciugò la bocca. Notò con stupore quanto il viso fosse tondo e pieno, e come gli occhi fossero accesi nonostante l'insonnia e la stanchezza. Si odiò per questo.

– Signora!
Teresa entrò affannata nella sala da pranzo dove Clementina e Cesare stavano cenando in silenzio.
Clementina scattò in piedi rovesciando la sedia all'indietro e si diresse rapida verso la stanza di Chiara. Teresa la inseguí. – Signora, la bambina mi pare peggiorata. Scotta. E poi dice cose strane.

Clementina in un attimo fu accanto al letto di Chiara, mano e bocca sulla fronte della bambina. Scostò via le coperte e la spogliò nuda cercando tracce che potessero spiegare quel che stava accadendo. E le vide: chiazze rosa sparse sulla pancia e sulla schiena, il collo rigido.

– Avvisa il medico, svelta! Dopo riempi la vasca di acqua fredda e di' a Cesare di restare con Filippo. Non farli entrare.

Teresa obbedí.
– Mami, mammina, mammina, mammi...
Il suono flebile della voce di Chiara le rimbombava nelle orecchie mentre la portava in bagno.
– Mami, è la testa.
Le mani della bambina si tenevano forti le tempie.
– Adesso starai meglio, amore mio, – le sussurrò all'orecchio, – ora ti metto nella vasca cosí ti rinfreschi.

Chiara non rispose. La guardava con occhi acquosi, l'accenno di un sorriso o di una smorfia di fastidio le inclinò la piccola bocca sottile e disegnata.
– Tina, tesoro, Filippo è con Teresa. Dài a me.
Cesare era entrato in bagno e nemmeno se n'era accorta. Lui sollevò la figlia dalla vasca, la prese in braccio, l'avvolse in un asciugamano e la portò sul letto. Clementina vide che era sudato.
Teresa si affacciò sulla soglia. Filippo le dormiva in braccio con la testa sulla sua spalla. – Ci sta il dottore.
Il medico si tolse il cappello entrando nella stanza e lo posò sulla cassettiera. Chiese spazio per poter visitare la bambina.
– Temo sia meningite, – disse rimettendosi gli occhiali.
Cesare strinse forte la mano della moglie.
– Le ho dato questo per abbassare la temperatura, – gli mostrò una boccetta di china. – Avete fatto bene con il bagno freddo, ora tenetela scoperta il piú possibile. Possiamo solo aspettare e vedere come evolve.

– Sdraiati un poco a letto, resto io con lei, – Cesare le accarezzò la schiena.
Entrambi sedevano sul bordo del letto di Chiara fissando un punto indefinito della stanza.
– Va' tu, io devo essere qui quando apre gli occhi. Il dottore ha detto di controllarla spesso.
– Resto con te. Tanto Filippo non si alza prima delle cinque.
Clementina sorrise e la tensione sembrò allentarsi per un istante.
Cesare chinò il capo. – Ho paura.
Lo sguardo di Clementina continuava a vagare per la stanza. I giochi di Chiara e quelli di Filippo, il cavalluccio a dondolo regalatole dal padre anni prima, i pupazzi cuciti a mano da Anna, la sua bambola preferita, Lina. Era tutto ordinato, nessuno ci giocava da giorni.
– Dobbiamo pregare, – gli sussurrò.

Cesare le accarezzò la pancia arrotondata. – Ci aspettano solo cose belle.

Un debole lamento: Chiara aveva aperto gli occhi lucidi.

– Ecco il mio piccolo amore, – Cesare le prese il visino tra le mani e le baciò la fronte. – Mi sembra piú fresca.

Clementina ebbe l'impressione che la figlia non la riconoscesse. – Vuoi che la mamma ti racconti una favola?

– *Il principe ranocchio*? – sussurrò pianissimo la bambina. Tanto bastò affinché la morsa al cuore allentasse un poco la presa.

– Vada per *Il principe ranocchio*! – dichiarò Cesare facendo spazio affinché Clementina potesse sdraiarsi accanto alla piccola. – Voglio ascoltarla anche io, la mamma è bravissima a raccontare le storie.

Suo marito le sembrò felice senza motivo, come se avesse rimosso ogni cosa in un istante, come se la storia da raccontare fosse davvero anche per lui.

Passarono la notte svegli e in silenzio: Clementina sdraiata accanto alla figlia e Cesare sul letto di Filippo.

La mattina seguente Chiara mangiò finalmente la colazione, mezzo biscotto al cioccolato deglutito a fatica accompagnato da una tazza di latte. Teresa rimase tutta la mattina a farle compagnia mentre Clementina si occupava di Filippo e Cesare rientrava al lavoro.

All'ora di pranzo sembrava essere tornata la solita Chiara: chiese a Teresa di poter giocare con il fratello e poi volle fare una gara con sua madre. Era un gioco che le aveva insegnato lei. Vinceva chi ricordava senza errori i testi di alcune filastrocche che Clementina e le sue sorelle avevano imparato da bambine.

Fu a quel punto che Clementina ricominciò a preoccuparsi. Gli occhi di Chiara d'improvviso si fecero incerti, insicuri: non riusciva a ricordare la sua filastrocca preferita.

– Avea fra l'erbetta al volo sorpresa gentil farfalletta... – la incoraggiò la madre.

Chiara sembrava non capire.

Clementina le baciò la fronte: era di nuovo bollente. Una vertigine improvvisa, la stanza le parve sottosopra. Si allentò il colletto del vestito.

– Amore stenditi, la mamma torna subito.

Corse da Teresa che giocava con Filippo in salone e le disse di preparare di nuovo il bagno freddo. Poi si diresse svelta nello studio, prese carta e penna, e tornò in camera della figlia. Chiara si era assopita. Controllò il respiro, era regolare. Scrisse di getto una cartolina alla madre e alle sorelle per informarle dello stato di salute della piccola. Non specificò che con ogni probabilità si trattava di meningite, disse solo che una brutta febbre la tormentava da giorni e chiese di pregare per lei.

Dopo il bagno la situazione non migliorò. Il dottore arrivò a metà pomeriggio. Chiara era ancora confusa, continuava a scottare. Il corpicino non voleva saperne di sudare nonostante i farmaci che continuavano a somministrarle a intervalli regolari.

Alle diciotto mandò Teresa a chiamare Cesare. Al ritorno la donna si presentò accompagnata da don Mariano, Cesare li raggiunse di lí a poco.

Chiara, immobile nel letto, non reagiva piú.

Il prete chiese un momento da solo con la piccola e non appena i due uscirono le prese la manina e iniziò a pregare: – *Per istam sanctam unctionem indulgeat tibi Dominus quidquid deliquisti. Amen.*

Mentre aspettavano fuori dalla stanza Clementina osservò il marito. Non lo faceva da giorni. Notò le striature bianche sulle tempie. Gli occhi di entrambi si riempirono di lacrime. Si fissarono in trance finché don Mariano non aprí la porta e fece loro cenno di entrare. – Mi metto in salone un poco, se avete bisogno, mi trovate lí.

Sembrava una danza in cui la coreografia di ognuno non doveva disturbare quella dell'altro. Si muovevano come fantasmi per casa, goffi e pesanti, sfiorandosi per sentirsi vicini ed evitandosi quel che bastava per non doversi confrontare.

Quella notte Clementina e Cesare si sedettero ancora una volta sul letto della loro primogenita.

Il viso della bambina era bianco. I capelli color grano sciolti e sformati dal sudore le si appiccicavano addosso. Clementina glieli scostò con delicatezza dalla fronte. Poi prese una spazzola dal comodino, si tirò in grembo il corpicino della figlia e con infinita pazienza iniziò a scioglierle i nodi. Le baciò le guance e la bocca convulsamente, come se tutti quei baci, veloci e scomposti, potessero trasferire il male dalla bambina su di sé. Si ricordò che da piccola aveva avuto un forte raffreddore che le era passato dopo che Anna l'aveva abbracciata stretta. Il giorno successivo la sorella si era svegliata col naso chiuso mentre lei iniziava a respirare benissimo.

Cesare osservava la scena stordito.

Clementina si calmò e riprese a sistemare i capelli della bimba. Li legò in due treccine morbide che fissò con del nastro blu. Chiara si lamentò un poco, aprí la bocca come per dire qualcosa ma la richiuse deglutendo. Cesare bagnò la pezzetta nel bicchiere d'acqua del comodino e le inumidí le labbra secche. Provò a fargliela succhiare mentre Clementina le teneva dischiusa la bocca.

Cesare si alzò di scatto dal letto e andò alla finestra, le tende in velluto beige oscuravano la strada buia. Nessun rumore proveniva da fuori né da dentro. Si scompigliò con forza i capelli in un gesto di stizza.

Poi il pianto improvviso di Filippo.

– Vado io, – mormorò cupo dirigendosi a passo svelto verso la porta.

Clementina aprí gli occhi nel buio. Impiegò qualche secondo a capire dove fosse. Il lume sul comodino era stato spento, sentí un brivido di freddo e non riconobbe subito la stanza. Si sentí bagnata. Era sudore, il suo. Si toccò di riflesso la pancia e sfiorò la manina di Chiara.

Era fredda. Nonostante la febbre alta, nonostante fosse giugno.

Quanto aveva dormito? Dieci minuti o dieci ore?

Sentiva la testa pesantissima. Prese la mano di sua figlia e la scaldò tra le sue. Lo fece per un tempo indefinito. Si girò su un fianco e la guardò: gli occhietti chiusi, il viso cereo e disteso.

La tenne stretta a sé finché i primi raggi di sole entrarono nella stanza illuminando un sottile strato di polvere sui mobili.

Si alzò senza fatica. Il suo corpo si muoveva leggero e assente. Con cura sistemò il corpo di Chiara tirando su le lenzuola fino al mento. La rimboccò come aveva sempre fatto. Come non avrebbe fatto mai piú.

Senza far rumore, quasi potesse ancora svegliarla, uscí dalla stanza e andò in salone. Don Mariano dormiva seduto con la testa poggiata allo schienale del divano, dalla bocca aperta usciva un rantolo regolare. Tornò indietro e proseguí verso la camera matrimoniale, la porta era socchiusa e sul letto Cesare dormiva in modo scomposto. Filippo, accanto a lui, era rannicchiato sopra i cuscini, la testa poggiata a quella del padre. Li osservò. Non voleva svegliarli, non voleva svegliare nessuno. Se avesse potuto sarebbe rimasta in quella bolla di silenzio a vagare per sempre.

Si sciolse i capelli che caddero ordinati sulle spalle e sedette sul letto accanto a Cesare. Quando lui aprí gli occhi le sorrise, poi senza dire nulla corse verso la camera da letto della sua bambina.

La chiesa di Santa Bibiana le sembrava vuota e spoglia. Eppure era certa di ricordare le pareti della navata ricche di dipinti sulla vita della santa, le cappelle del Bernini, le colonne e la statua della martire. Tutto le appariva appannato e lontano.

Avvertí un calcio poco al di sotto dell'ombelico e si portò una mano al ventre. Ma che tempismo, pensò, mentre cominciava a sudare. Un altro calcio. Meno potente, piú simile a un saltello. Questa volta non si toccò la pancia, non la carezzò né la sfiorò. Le mani erano chiuse a pugno tra il pube e le cosce, la destra stringeva la sinistra. Tutti la fissavano ma nessuno riusciva a scorgerne il volto. La veletta nera avrebbe consentito alle lacrime la libertà di scendere, ma i suoi occhi erano secchi, prosciugati. Il pianto venne ricacciato indietro con forza, in gola e nel ventre abitato.

Cesare, seduto accanto a lei, martoriava con le dita il libretto del rito; il braccio di lui era incollato alla spalla della moglie, fianco stretto a fianco.

Clementina sentiva i singhiozzi di Teresa alle sue spalle. La donna si occupava di Filippo senza lasciarlo mai, né di notte né di giorno.

Un cenno di don Mariano e si rivolsero tutti verso l'altare spiando lei che restava seduta, busto eretto, mani conserte, immobile.

Suo marito si chinò e stringendole la vita la sollevò piano.

Don Mariano allargò le braccia: – Rendiamo grazie a Dio.

L'odore forte dell'incenso riempí la navata.

Cesare accarezzò con dolcezza la bara bianca e la baciò, fece il segno della croce e tese il braccio alla moglie. Clementina rimase ferma davanti alla cassa. Non toccava il feretro ma lo studiava, ne fissava ogni centimetro. *È qui che abiterai, ora.* Il legno decolorato, le viti, i fiori bianchi e rosa tutti intorno. Un ricordo le arrivò inaspettato. La prima volta che era entrata in quella chiesa aveva percepito un dolore e aveva sentito l'urgenza di confessarsi a quel prete allora sconosciuto. Non era il dolore del martirio che si era compiuto. Era il suo dolore. Lei lo aveva avvertito netto ma allora non poteva sapere.

Cesare salutò tutti, strinse mani e accettò dignitosamente le pacche di commiserazione che arrivavano da destra e sinistra. Lei invece scoraggiava chiunque ad avvicinarla. Se qualcuno l'avesse toccata si sarebbe spezzata a metà.

Mentre percorreva la navata verso l'uscita sentí la schiena quasi bruciare, qualcuno la osservava intensamente. Voltandosi intravide Agata. La donna la fissava da un banco sulla sinistra, non riusciva però a scorgerne l'espressione e cosí, senza pensarci, alzò la veletta per la prima volta. Gli occhi erano rossi e gonfi. Nel momento in cui incrociò quelli di Agata, la donna chinò il capo e si lasciò cadere a peso morto sulla panca. Sembrò liquefarsi, non era piú la magnifica giovane che aveva conosciuto alla festa di Cesare, né la donna sciatta e vuota che aveva invitato per il caffè due anni prima. Le due si guardarono e chiunque si fosse trovato nel mezzo avrebbe potuto morire del dolore che si passarono.

Clementina riabbassò la veletta e proseguí verso l'uscita, le mancava l'aria. Si augurava solo di svenire e risvegliarsi lontana da tutti.

Quattro braccia la sostennero ai lati: Maria e Anna erano accanto a lei.

– Clementina, sei sveglia?
La casa puzzava di cipolla e fumo rappreso. Sdraiata supina e con ancora indosso il vestito nero della funzione, Clementina si era rannicchiata sul letto di Chiara.

Anna bussò nuovamente alla porta socchiusa. Si avvicinò cauta. Arrivata accanto al letto prese in mano Lina, la bambola che aveva cucito per la nipote. Trattenne un singhiozzo.

– Di là chiedono di poterti salutare ma ora dico che stai riposando... – lasciò sospesa la frase tra la domanda e l'affermazione.

Clementina non si mosse. Ogni tanto le giungeva un brusio dall'esterno. Sapeva bene, e ne aveva rimorso, che stava lasciando Cesare solo a gestire gli ospiti. Ma non aveva la forza. Non sapeva se l'avrebbe piú trovata.

Anna uscí ed entrò sua madre. Donna Emira, piccola e bianca, sembrava avere cento anni. Prese la sedia dall'angolo e si sedette accanto a lei.

- So che non stai dormendo. Non dormirai mai piú come hai fatto fino ad oggi.

Clementina ricordava tutto. Sapeva che sua madre poteva capirla. L'aveva vista bene cambiare da un momento all'altro, il giorno prima serena e quello dopo devastata, cinerea in volto, raggomitolata su sé stessa mentre il babbo doveva tenerla sempre al braccio per evitare che si accasciasse. L'aveva osservata vagare per casa vaneggiante, mentre canticchiava una canzone o parlava da sola, e l'aveva persino compatita sentendola chiamare le figlie, a turno, con il nome di quella che aveva perso.

- Quando accadde a me credetti di morire, - disse senza enfasi. - Tutti mi dicevano che avevo altre tre figlie a cui pensare, ma non me ne importava nulla, né di voi né di tuo padre.

Clementina continuò a tenere gli occhi chiusi. Sentiva lo sguardo inferocito dal dolore di sua madre su di sé e con sorpresa, per la prima volta da giorni, si sentí avvolgere dal calore.

Donna Emira proseguí in trance. - Era la mia bambina, la mia creatura, l'avevo fatta io, da sola. Tuo padre sperava tanto che la quarta volta sarebbe stata quella buona per un maschio. Non la volle vedere per un giorno e cedette solo alla fine, sai com'era fatto, - sospirò.

Si alzò e accese il lumino sul comodino, la foto incorniciata di Chiara e Filippo si illuminò. La afferrò e riprese posto sulla sedia di fronte alla figlia. - Non fare l'errore mio, Tina: devi lasciare che il dolore ti invada. Non ci provare nemmeno a resistergli perché, se lo sfidi, perdi. Quello è molto piú potente di te. Solo quando si sarà preso tutto allora forse avrà pietà. E magari il Signore a quel punto ti darà la forza.

Si alzò facendo leva sui braccioli.

- Mamma?

Donna Emira si fermò sull'uscio.

Sentire il suono della sua voce dopo tante ore di silenzio le fece uno strano effetto. Si schiarí la gola: - Perché non ne abbiamo mai parlato? Aveva dieci anni. L'abbiamo cancellata cosí in fretta, – non riuscí a proseguire.

Donna Emira rimase davanti alla porta, dritta nonostante l'età e il dolore. – Ognuno sopravvive a modo suo. Se ne avessi parlato allora sarebbe diventato definitivo e mi sarei ammazzata. Cosí ho deciso di dimenticare, e l'ho imposto anche al babbo, me lo doveva. Solo che quel dolore, per punirmi, è diventato pietra. Ci stanno le pietre, dentro di me. Io sono l'unica che sa quello che significa –. Afferrò la maniglia. – Ma tu non sei come me, aspetta e vedrai. Maria è di là che intrattiene tutti, non sta zitta un momento e ho paura che presto avrà un crollo. Ti assicuro che per allora saremo lontane.

Poi donna Emira tornò rapidamente indietro e si chinò sulla figlia. Con le braccia magre le avvolse stretta la testa e la baciò sui capelli e sulla fronte. – Chiara sta con Emilia e con il babbo, e lui si prenderà cura di loro. Me l'ha promesso.

Quando l'ultimo ospite fu uscito, Clementina si tirò a sedere sul letto. Sentiva Teresa che rassettava mentre Anna e Maria intrattenevano Filippo.

Cesare entrò. Il volto era stremato. Si allentò il colletto e lei gli fece cenno di sedersi. Gli passò una mano tra i capelli: era freddo e sudato al tempo stesso. Sciolse il nodo della cravatta e slacciò due bottoni della camicia, gli prese la testa e fece per posarsela in grembo. Lui oppose resistenza e lei premette con piú forza finché lui non cedette. Condivisero quel dolore e si odiarono per essere obbligati a farlo. Sapevano che era quello il momento in cui decidere di chi essere.

Rimasero senza dirsi nulla per molto tempo.

Cesare osservò con attenzione la camera da letto, i mobili, i giochi dei bambini, il lampadario al soffitto. Erano stati giorni terribili per lui e Clementina non aveva fatto nulla per confortarlo. Perché lei era la madre, l'unica meritevole della compassione altrui. Questo pensiero le ghiacciò il sangue. No, si disse, lei non era questo. Fece per aprire bocca ma Cesare l'anticipò. – Non dobbiamo farlo né per Filippo né per il bambino che hai nella pancia, Tina. Ma ti prego, ti supplico, salviamoci.

A Clementina si riempirono gli occhi di lacrime. Bastò battere le palpebre una volta perché le scorresse sulle guance tutta la disperazione che aveva in corpo. Se il dolore doveva entrare, lei non glielo avrebbe impedito. Ma se la sarebbe dovuta vedere con l'amore che c'era. Perché era altrettanto potente. L'amore per i suoi figli, per Filippo e per la creatura che portava in grembo. E quello per Cesare, per l'uomo che non si era arreso al suo temperamento e che le dimostrava con costanza la sua presenza. E in fondo voleva tornare ad amare pure Dio. Ma questa volta per davvero. Voleva amarlo a quel Dio che l'aveva sfidata in un modo cosí meschino. Quel castigo, quella condanna a cui l'aveva sottoposta, doveva avere origini lontane e le avrebbe cercate. Avrebbe capito il perché di quella punizione. Anche questo poteva tenerla in vita.

Clementina e Cesare si abbracciarono con forza. Lei aveva bisogno di quella stretta, di quelle braccia sicure. Anche questa volta lui non si tirò indietro.

La mattina dopo Clementina si alzò piano e baciò la bocca dischiusa di Cesare che dormiva accanto a lei. In salone Filippo giocava sdraiato in terra con le zie. Si lasciò cadere sul tappeto anche lei, il bambino la chiamò con la vocina gentile dell'infanzia e l'abbracciò forte, in quello stesso istante dei colpi le ricordarono la creatura che era dentro di lei e di cui nessuno osava parlare.

Quel grido di dolore che la accompagnava da giorni ammutolí.

Lecce, 1928

– Non ci posso credere! – Clementina lanciò il libro a terra.
Anna entrò di corsa nello studio. – Cara, ma che succede? Mi hai fatto venire un colpo.
Clementina le piazzò in mano una lettera. – Una follia! – disse riprendendo il volume sul pavimento.
Anna indossò gli occhiali che teneva legati al collo e scorse svelta le righe. Notò subito il corsivo elegante e femminile:

Lecce, 2 aprile 1928

Adorata maestra,

Vi scrivo perché sono codarda. Vi sarete chiesta perché nelle settimane passate sono stata distratta e svogliata. Girarci intorno sarebbe un'offesa alla vostra intelligenza e pure alla mia, e quindi ve lo dico subito: sono partita. Quando leggerete questa lettera sarò sul treno per Milano e poi da lí mi aspetta un lungo viaggio verso Berlino. La corrispondenza con mia nonna alla fine ha dato i frutti sperati, solo che quella ci ha scoperte e ha stracciato tutte le lettere, gridandomi addosso che anche se fossi andata all'università il mio destino sarebbe stato comunque un marito ricco e grasso, tale e quale a mio padre. Ha minacciato di averlo già trovato, che non mi sarebbe piaciuto e che per questo lo aveva scelto per me. Mi ha urlato in faccia che il matrimonio mi avrebbe reso docile e rispettosa. Che mio marito mi avrebbe insegnato quell'educazione che mio padre non era riuscito a darmi. Ho capito che qui non c'è futuro per me. In questa terra che è rossa come i capelli miei mi sento straniera e allora ho pensato che forse la mia vera patria è la Germania e la mia gente è quella tedesca.

È stata una decisione ponderata. A voi non l'ho confidato perché sapevo che avreste provato a dissuadermi e ci sareste riuscita. L'ho detto solo a mio padre, che si è dimostrato anche stavolta un uomo a metà, cosa che ho sempre sospettato. Non mi ha trattenuta, incapace di opporsi a lei, però mi ha dato i soldi per il viaggio e per mantenermi una volta arrivata. Non vi lascio l'indirizzo di mia nonna perché non voglio che mi scriviate (e poi sono certa che siete cosí arrabbiata che non lo fareste comunque). So che avevamo grandi progetti e mi mancheranno le nostre discussioni e i libri che mi prestavate e che, a fatica, vi restituivo dopo molto tempo. Studiare non mi servirà piú. Siate felice per me, per la vita che mi sono scelta. Voi avete Mira, che per intelligenza mi supera. Io nel fondo sono cattiva, perché le disgrazie altrui alleviano le mie. Non piangetemi e non rimproveratevi.

Vi ringrazio per aver creduto in me, vi porterò nel cuore e nella memoria.

Con affetto,

Margherita

– Tina, non so che dire... – Anna posò la lettera sulla scrivania e si lasciò cadere sulla poltrona. – Te lo saresti immaginato?

– Sí. Per questo sto nervosa. Sapevo che sarebbe potuto succedere, ma non cosí, e non a un passo dall'esame finale. Ha buttato ogni cosa all'aria, anni di studio, sacrifici, l'impegno mio e suo. Tutto sprecato!

– Non torturarti, cara, non è colpa tua. E vedrai che in Germania starà bene.

Clementina si rigirò la lettera tra le mani. Poi si alzò di scatto e andò a passo spedito in salone dove Emira e Maria stavano abbrustolendo le pannocchie sul fuoco. Buttò dentro il foglio che in un attimo si accartocciò e scomparve.
Squadrò la figlia. – Tu lo sapevi?
– Ma cosa?
– Margherita. Se n'è andata in Germania, scappando come una ladra.
Emira guardò il fuoco. Gli occhi le si inumidirono ma l'espressione rimase dura e fissa sulla fiamma.
Clementina capí che sua figlia ignorava tutto. Margherita aveva tradito pure lei. Le si avvicinò e le posò una mano sulla spalla ma non le venne nulla da dire. Ancora piú nervosa uscí dal salone.
Si buttò esausta sul letto e chiuse gli occhi. Si sentí osservata, li riaprí e si voltò: sul comodino, accanto ai ritratti dei suoi genitori e a quello di Chiara, c'era una fotografia di Cesare. *Ho fallito*, disse seria. Si voltò dall'altra parte e pianse in silenzio per quella giovane che era scappata.

– Lo storico conflitto fra Chiesa e Stato è risolto, – lesse Anna a voce alta quella domenica mattina del febbraio 1929, davanti alla colazione che stavano consumando tutti insieme in salone.
Clementina si fece passare la «Gazzetta del Mezzogiorno». – *Quel genio di Mussolini ha superato ostacoli finora insormontabili*, – scorse l'occhiello. – Genio? Mi pare un poco eccessivo, no? – disse ripassando il giornale alla sorella.
Germain, che aveva portato i quotidiani, soffiò sul caffè che gli era stato offerto. – Ne serve di gente che sistemi le cose.
– A me sembra tutto cosí lontano.
Germain posò la tazzina.
– Mi vergogno, – ammise lei.
– Ma che dite?

- Germain, io sono chiusa in questa casa da anni. Se fossi vissuta altrove le trasformazioni di questo paese mi avrebbero disgustato. Ma la verità è che non mi interessa. E non perché non lo capisco, non perché non lo tema. Ma nella testa mia c'è posto solo per i miei figli e i miei studenti –. Si alzò.

Germain le andò dietro. – Per questo vi state innervosendo?

Clementina sentí la rabbia montarle in gola. Quell'uomo non aveva il diritto di indovinarle i pensieri. – Faccio il poco che posso. E ora perdonatemi, vado a prendere altro caffè, – si voltò e uscí.

– Vi fermate a pranzo, – intervenne Anna per stemperare la tensione.

Germain, in imbarazzo, con i giornali ripiegati, spazzò via le briciole dalla seduta.

– Non prendetevela. Non ce l'ha con voi, – aggiunse.

Il professore le sorrise. – Temo che vi sbagliate. Ma non mi importa, continuerò a dirle quello che penso. Sta facendo qualcosa di grandioso con quei ragazzi.

– Siamo confinate in questa casa. E a me sta bene. Ma non se la sarebbe scelta questa vita.

– Voi dite?

– A che alludete, Germain?

– A nulla. Credo solo che insegnare non sia un sacrificio, ecco. Non potrebbe essere altrimenti, visto il suo talento.

Anna sembrò a disagio. – Io penso che avrebbe preferito una vita a Roma. Comunque, è un discorso complicato. E non sono affari nostri, – concluse seria.

– Non volevo essere offensivo. Rispetto Clementina cosí tanto...

Anna si alzò. – Non pensiamoci piú. Venite ora, Maria ha una sorpresa per voi.

L'odore di aglio, peperoncino e chiodi di garofano si insinuò nelle narici del professore non appena varcò la soglia della cucina. Si commosse.

- Che mi venga un colpo, Maria! È il profumo della mia infanzia, – le disse avvicinando il naso ai fagioli rossi in ammollo nella ciotola. – Quando ero bambino passavo l'inverno nella casa dei miei nonni, a Carcassonne.

- Ve lo avevo promesso che prima o poi vi avrei preparato questa cassoletta di cui tanto parlavate, – rispose lei mentre tagliava a strisce sottili la cotenna. – C'è voluto qualche anno ma ce l'abbiamo fatta.

- *Ce que vous avez fait est incroyable!* – la voce roca e potente dell'uomo riempí la stanza.

- *Cce sacciu cce dicete...* – rispose perplessa Maria. – Passatemi ai fagioli, – fece cenno con la mano in direzione della ciotola che l'uomo aveva appena annusato.

Francesco comparve all'improvviso con ancora l'impronta del cuscino sulla faccia. – Cos'è questa puzza?

- *Nu ddícere fessarèi*, – Maria gli passò un quarto di pagnotta. – Mo ti sei svegliato? *Ete cosa fiacca lu turmíre a lluengu.*

- Buongiorno, professore, – Francesco si mise a sedere.

- Vado a vedere se Emira è pronta che dobbiamo uscire per la messa. Tu svelto, che è già tardi, – Clementina gli indicò la tazza di latte che Maria gli aveva messo davanti.

Quella domenica pranzarono tutti insieme, gustandosi il cassoulet preparato con cura da Maria, che Germain trovò persino migliore di quello di sua nonna Odette.

- Quante sono le ragazze che faranno l'esame finale quest'anno? – chiese Germain a Clementina mentre teneva in mano il nocino di Pantalea.

- Nessuna, – prese a tamburellare nervosamente le dita sul tavolo. – Ma l'anno prossimo saranno in tre, se Dio mi assiste. Quest'anno ci sta Gianni, però.

Anna e la sorella si scambiarono uno sguardo d'intesa poi Clementina mandò giú d'un fiato il nocino. – Scusate –, disse e si alzò da tavola lasciando la stanza.

- Oggi non mi sopporta, – disse lui.

- È nervosa perché si è ricordata di una alunna sua,

di una ragazza a cui teneva tanto che ha lasciato la scuola l'anno scorso e se n'è partita per la Germania. Una storia spiacevole.

Germain si grattò la barba ancora nera. – Non me ne aveva parlato.

– È fatta cosí. Accumula, accumula e non sfoga mai. Sapete che io cucio, – disse Anna versandogli dell'altro liquore, – per me cucire ha un che di magico, di spirituale. Richiede pazienza e dedizione. Ma anche intuito, sapete?

– Anche mia madre cuciva ininterrottamente. Ne era come ossessionata.

– Il cucito somiglia alla vita: tiene assieme le cose, crea relazioni, spesso anche complesse, difficili. Solo chi ha iniziato una cucitura sa qual è il punto di apertura e quello di chiusura, la trama segreta del suo lavoro.

Germain sembrava molto interessato.

– Clementina è una tessitrice. Ha rimesso insieme a questa famiglia, c'ha ricucito a tutti e ora si pensa che può sistemare anche agli altri. Ma ogni famiglia è un fatto a sé e ogni tanto tocca ricordarle che non può sempre trasformare batuffoli informi in fili pregiati.

– Conosco vostra sorella da sette anni e ogni volta che mi è vicino mi fa sentire straniero e a casa allo stesso tempo.

– Tiene molto a voi –. Anna indicò il nocino, – versatemene un goccio anche a me.

Germain le riempí il bicchierino.

– Se posso consigliarvi, e sono certa che non vi offenderete, è bene che troviate un modo di starle accanto che non la spaventi.

Lui fissò il bicchiere di nocino che non aveva ancora assaggiato. – Anna, io sono solo una comparsa nella vita di vostra sorella.

– Siete molto di piú. Brindiamo al cucito?

Germain alzò il suo bicchiere. – Alle trame complesse.

Martedí pomeriggio Gianni non si presentò a lezione. In quattro anni che studiava con Clementina non era mai mancato, neanche un'assenza. Vantava la salute invidiabile di chi è cresciuto all'aperto. Clementina non ci diede peso, si appuntò il suo nome nel registro e iniziò come ogni giorno la sua lezione.

Gianni però non si presentò nemmeno il mercoledí e il giovedí successivi. Clementina pensò allora a un'influenza, Emira si era da poco ripresa da una brutta tosse che l'aveva torturata per diverse notti e che poi era passata anche a Francesco e ad Anna. Quando Gianni risultò assente anche il lunedí successivo iniziò a preoccuparsi: cercò l'indirizzo di casa per mandare un telegramma e si accorse di non averlo. L'unica cosa che sapeva era che il ragazzo abitava in un casolare di campagna a Squinzano. Decise di ignorare la sensazione di malessere che sentiva crescere e aspettò ancora che Gianni si presentasse in aula per sedere al solito banco, di fronte a lei.

Dopo dieci giorni senza notizie si decise a parlarne con Anna. – Dovrei preoccuparmi?

La sorella la osservò da sopra gli occhiali da cucito. – Penso che tu già lo sia –. Riprese il punto croce.

– Potrei andare a Squinzano. Solo per accertarmi di persona che vada tutto bene.

Anna si tolse gli occhiali e li posò sul comodino di fianco all'abat-jour. – Mi chiedi il permesso?

Il sabato successivo, a colazione, Clementina comunicò a tutti di non aspettarla per il pranzo.

– Va a Squinzano a cercare a Gianni, – disse Emira fingendo indifferenza.

Francesco scoppiò a ridere e Pantalea smise di lavare le tazze.

– Ho detto Squinzano, mica Parigi.
– Appunto! – rispose Maria.

– Sentite, io devo sapere. È vero che a Gianni ci tengo ma lo farei per ognuno dei miei ragazzi.
– Gianni è il cocco tuo, – ribatté Emira.
– E pure tuo, – Francesco addentò un tozzo di pane con la marmellata. Emira gli mostrò la lingua.
Maria prese da parte la sorella. – Ma che ti sei messa in testa? Almeno chiedi al professore Germain di accompagnarti.
Francesco si pulí la bocca. – Ci vengo io con te!
– Nessuno verrà, – ribatté lei. – In vita mia ho fatto cose piú audaci che arrivare da sola a Squinzano.

– Posso entrare?
Clementina bussò piano alla camera da letto delle sorelle e trovò Maria seduta sul lettino in ferro battuto che fingeva di pulirsi le unghie. La stava aspettando. A quarantacinque anni la sorella aveva perso tutta l'agilità che l'aveva contraddistinta da ragazza. Il suo fisico era ormai sformato come se tutta la tensione accumulata si fosse sciolta e lei avesse scelto di lasciarsi andare.
Clementina sedette sul letto di Anna e sentí il profumo di peonie.
– Hai cambiato idea, spero.
– Manco per niente. Sto per uscire, sono passata solo perché se dovesse succedermi qualcosa mi dispiacerebbe che ti tormentassero i sensi di colpa per avermi trattata male.
Maria si alzò di scatto. – Fai pure la spiritosa, adesso, ma l'hai capito dove stai andando? In mezzo al nulla. Se ti capita qualcosa ritroveranno il tuo cadavere tra due mesi. E poi *nzinddreca*, – aggiunse indicandole il cielo grigio fuori dalla finestra.
Si guardarono tentando di resistere ma poi esplosero in una risata appena dissimulata in colpi di tosse.
– Ci vediamo nel pomeriggio.
– Portati *lu* pane! – le gridò dietro Maria.

La campagna che la circondava era inquietante ma solo perché avvolta dalle nuvole di marzo, pensò arrivando. Con il sole, avrebbe avuto un aspetto piú rassicurante. Si mise in cammino a passo svelto verso il punto indicatole.

Mezz'ora prima, giunta a Squinzano, aveva chiesto allo scarpaio che aveva la bottega nella piazza principale dove abitasse la famiglia Mestieri, e quello con enorme sollievo di Clementina aveva capito subito. Parlava un dialetto strettissimo. Lei aveva intuito a malapena due cose: la direzione da prendere e la durata del viaggio. Camminò a lungo, finché la strada non divenne fangosa e il rumore degli insetti assordante. Iniziava già a ripensare alle parole di Maria sulla sua prematura scomparsa quando vide all'orizzonte un casolare circondato da campi coltivati.

Pregò fossero quelli dei Mestieri.

Una vecchia era seduta fuori dalla porta e con ago e filo cuciva insieme i testicoli di un pollo. Non guardava le sue mani o l'animale. Fissava dritto davanti a sé un punto lontano. Arrivata al cancello Clementina si accorse che la vecchia annusava l'aria nella sua direzione. – *Ci arriatu?*

– Sono la maestra di Gianni! – rispose urlando.

– Sto cieca, mica sorda, – borbottò la vecchia.

Clementina allora le chiese ancora di Gianni o di suo padre ma questa non le rispose. Gli occhi, verdi come quelli del ragazzo, vagavano senza direzione.

La porta d'ingresso dell'abitazione era rotta, un guasto di giorni, forse di mesi, perché un gancio provvisorio la fissava al muro e poteva essere aperto sia da fuori che da dentro.

Clementina si avvicinò e bussò. Non rispose nessuno. Allora chiese alla vecchia se ci fosse qualcuno in casa, quella fece segno di no.

– Ma questa è la casa della famiglia Mestieri?

La donna accennò con la mano in direzione dei campi, o forse fu un invito ad andarsene.

Poi un tuono improvviso la fece sobbalzare.

Il vento girò, la vecchia si alzò lenta, prese la seggiolina in paglia su cui era seduta e a tastoni, con il pollo tra le mani, cercò il gancio per aprire. Prima che Clementina potesse aiutarla scomparve dentro casa. Benissimo, pensò lei, ci manca il diluvio e la profezia di Maria si compie.

Una mano le toccò la spalla. Sobbalzò spaventata.

– *Cce facite* qui?

Il padre di Gianni la fissava torvo grattandosi il mento.

– Gianni dove sta?

Si rese conto all'improvviso che era a casa loro, e che doveva moderare i toni. Sorrise piú accomodante. – È piú di una settimana che non si presenta alle lezioni. E lui non manca mai.

L'uomo si era tolto i guanti da lavoro e li aveva lanciati sul tavolo sotto il porticato. Erano sporchi e rovinati, impiastrati di terra e letame. Clementina sentí la puzza di sudore e alcol nonostante il freddo, nonostante fosse mattina.

– *Face friddu*. Venite, – le disse spalancando l'ingresso. Poi gridò qualcosa alla vecchia che Clementina non capí.

– La madre di mia moglie. È cieca.

– Ma non sorda.

– Che dite?

Clementina gli fece cenno di non pensarci e lo seguí in silenzio.

Dentro era peggio che fuori.

Le case sono lo specchio di chi ci vive. La sua casa d'infanzia era stata buia, quella che aveva messo su con Cesare era viva. Tornata a Lecce aveva trovato la casa dei suoi genitori sul punto di ammuffire con le sorelle dentro, e lei sapeva che non c'era casa senza famiglia. *Famiglia è famiglia* ripeteva sempre se qualcuno andava a chiederle aiuto.

La vecchia era in un angolo al buio, seduta accanto a un camino che fissava assorta, come incantata dalla fiamma.

– Tenete sete? – l'uomo prese un secchio dall'angolo della stanza.
Clementina non si mosse. – Allora, me lo volete dire perché Gianni è sparito?
L'uomo versò dell'acqua nel bicchiere e la bevve piano, assaporandola. – Mia moglie è morta lunedí. Gianni da voi non ci viene piú, – posò il bicchiere dentro all'acquaio.
Era tutto lí, in quel grande stanzone freddo e sporco: un camino acceso, un divano consumato, una sedia in legno con una vecchia che pareva parte dell'arredo, e un tavolo in ferro battuto che le ricordò quello della cucina della sua casa romana.
– Condoglianze. Ma a giugno Gianni tiene l'esame finale, non può ritirarsi ora.
– Ho bisogno di lui qui. A maggio facciamo gli allacci, – le rispose indicando le tre lampade sul tavolo accanto alla porta.
– Posso almeno parlarci?
Quello che aveva appena detto l'uomo per lei era impensabile.
– Perché insisti, *mescia*? – chiese lui mettendosi accanto alla vecchia a cui disse qualcosa all'orecchio. Per un momento Clementina pensò che volesse toglierle le scarpe, invece prese un paio di ciocchi da sotto alla sedia e li lanciò nel camino.
Fuori cominciò a piovere. Si maledisse per non essersi portata l'ombrello, per non aver valutato bene il tempo quella mattina, per non aver dato retta a sua sorella.
L'uomo le indicò la finestra. I vetri sporchi facevano sembrare la pioggia piú intensa. – È meglio se vi sedete. Questa dura.
– Voglio vedere Gianni, – insisté. – Poi me ne vado. Anche sotto alla pioggia.
L'uomo scosse la testa. – Le conosco a quelle come a voi. Vi pensate di salvarci tutti, a noialtri disgraziati. E siete stata pure coraggiosa a venire fino a qua per lui, ma non mi farò problemi a cacciarvi. Anche sotto alla pioggia.

– Per vostra moglie mi dispiace assai. Ma voi non mi conoscete affatto.

L'uomo le rise in faccia. I denti ingialliti erano in mostra. – Li avete visti i campi, venendo? Tutti miei. Me li sono accattati e ci campo alla famiglia mia. Voi vedete questa casa vecchia e inzozzata ma io ci sono rimasto solo per i terreni. A me non importa della casa, devo rimanere qui, vicino alla terra mia.

Clementina sedette.

– E pensate che mi spavento a tornare da sola? Ad *ammuttarmi* le scarpe e a inzupparmi i vestiti? – disse tirando fuori dalla tracolla il pezzo di pane col formaggio. – Se devo aspettare che Gianni scenda, mi accomodo, – addentò la pagnotta. Sentí dei rumori provenire dal piano di sopra.

La vecchia si alzò rovesciando all'indietro la sedia: gli occhi umidi e piegati all'ingiú erano in fiamme come il fuoco dietro di lei. A Clementina parve che la stesse fissando.

L'uomo si grattò il collo e si sistemò all'indietro i capelli. – Finisci *lu* pane *mescia*, poi vattene.

Clementina masticava nervosa. Il formaggio faticava a scenderle in gola.

La vecchia era rimasta in piedi, la fiamma alle sue spalle ardeva piú alta. L'uomo le si avvicinò per farla sedere ma lei con gesto di stizza gli tolse il braccio dal fianco e cominciò ad agitare una mano nella direzione di Clementina. Lei mise via il pane e si alzò. Quando le fu abbastanza vicina la vecchia con un gesto netto indicò le scale e le fece cenno di andare. Clementina si rivolse verso il padre di Gianni. L'uomo ravvivava il fuoco e non si voltò.

Il piano superiore sembrava appartenere a una casa diversa. Era pulito, il soffitto asciutto e alle pareti erano appesi dei ritratti di famiglia.

Si sentí inaspettatamente a proprio agio, aveva l'impressione di frequentare quelle stanze da sempre. Quando si ritrovò tra due porte fece per aprire quella a sinistra, ma si sentí chiamare dall'altra.

Gianni era lí in piedi sulla soglia, piú magro e abbronzato di quanto ricordava. Gli occhi verdi spiccavano beffardi sul viso.

Le sorrise. Fu un attimo perché tornò subito a indossare la maschera dell'indifferenza.

Clementina si mise di fronte a lui. – Ho litigato con Maria per venirti a cercare.

– Avete fatto male. Non ci torno a lezione.

– Me l'ha già detto tuo padre.

Gianni abbassò lo sguardo per poterle nascondere la sua emozione.

– Mi dispiace per tua madre. Gianni, se preferisci la terra, per me va bene. Ma devi dirmelo in faccia.

Sui vetri batteva violenta la pioggia.

Lui indicò l'altra porta, quella che era stata sul punto di aprire poco prima, le fece strada.

Entrarono e l'odore di confetto li avvolse.

– È morta qua.

Gianni indicò il materasso macchiato di giallo.

Clementina gli posò una mano sulla spalla e lui iniziò a piangere, un lamento sommesso che si trasformò in un gorgoglio disperato. Provò a calmarlo, il ragazzo non si fermava, le spalle tremavano scosse dai singhiozzi.

– Lui non ha voluto chiamare il prete. Ha detto che era inutile, che Dio è cattivo. Che se fosse stato buono non l'avrebbe ridotta in quel modo.

Sembrava aspettasse da lei una spiegazione, come se le parole di suo padre ripetute a voce alta potessero acquistare un senso. – È cosí?

Dopo anni la morte la sfidava ancora.

– Lei lo voleva al prete, me l'aveva detto qualche sera prima. E io le avevo chiesto pure il perché. Capito, maestra? Eppure lo sapevo che stava male. Ma vederla tutti questi anni a letto l'ha reso normale. Le madri dei miei compagni camminano, cucinano, magari ridono. La mia invece stava a letto e basta, – si teneva la faccia bagnata tra le mani.

Le raccontò che la madre lo aveva guardato terribilmente delusa, pareva dicesse: *ma come perché? Davvero non lo sai?*, e poi si era limitata a dirgli che voleva solo farsi due chiacchiere con quel parroco che un tempo le era sembrato simpatico.
– E lui non l'ha mica chiamato, maestra.
La guardò. Gli occhi iniettati di rosso.
– Poi però quando rantolava quella mattina l'ho detto al babbo di correre giú in paese ad avvertirlo, – sedette sul materasso.
Clementina gli si mise accanto. Guardavano le pareti spoglie e macchiate di muffa. Lui aveva smesso di piangere, la confessione di quella promessa mancata l'aveva svuotato.
– Dio c'era, – gli sussurrò Clementina. – Ci stava perché tu eri qui con lei, perché tuo padre e sua madre erano qui con lei. Tu non potevi vederlo, ma Dio l'ha trovata di sicuro.
Gli occhi verdi arrossati e gonfi sembravano piú grandi, piú vivi che mai. – Preghereste per lei, maestra?
– Pregheremo insieme, – gli disse, e tirò fuori dalla tasca del cappotto il rosario che don Mariano aveva regalato anni prima a Cesare e da cui lei non si separava mai.
– Questo ti aiuterà, – glielo porse seria.
– E come? Io non lo so come si prega.
– E manco io. Ma quando persi a mia figlia pensai che per sopravvivere avrei dovuto cercare le origini di quel castigo. Volevo sapere perché quella punizione fosse capitata proprio a me che mi battevo il petto in chiesa tutte le domeniche e che vivevo da brava cristiana. Poi ho capito.
– Cosa?
– Che il castigo non esiste. E manco una ragione. La fede esiste però, quella è l'unica scelta che puoi fare tu. Per questo prego, perché l'ho deciso io.
– Come si fa a raggiungerla questa fede di cui parlate?
– Quello non te lo può dire nessuno.
Il ragazzo sembrò deluso.

– Stai ben attento però che la fede, quando la troverai, dovrà essere sincera. Se non è sincera è inutile e se è inutile non esiste. Il Dio che si è preso a tua madre è lo stesso che si è pigliato pure a mia figlia e noi lo dobbiamo pregare con forza e con fede. Che quelli stanno lí, e lui non se lo deve dimenticare mai.

Clementina si alzò e si mise in ginocchio, mani intrecciate e gomiti sul letto. Gianni la imitò.

Quando scesero al piano di sotto il padre fumava davanti al camino mentre la nonna era ancora seduta dritta sulla sua seggiolina.

– Babbo, io la scuola la finisco, – annunciò deciso Gianni.

L'uomo non si girò.

– Accompagno la maestra fuori, – proseguí il ragazzo.

– E con che soldi pensi di pagarla, alla *mescia* tua, senza di me?

L'uomo lanciò il mozzicone nel fuoco.

– Gianni può frequentare lo stesso, – disse Clementina. – Che voi paghiate, com'è corretto che sia, oppure no.

Quello sorrise. – Voi, *mescia*, pensate che mi faccio parlare dietro, che vado a fare la figura *de lu spruidutu*? – ghignò avvicinandosi.

– Devo andare, – indietreggiò lei. – Tu presentati lunedí, puntuale, – disse rivolta al ragazzo. – Poi ti fermi un'ora in piú, bisogna che ti spieghi quello che devi recuperare. Anzi, facciamo che resti a pranzo.

Gianni annuí e Clementina salutò prima di uscire.

L'aria fuori era gelida, la strada un ammasso di fango e pozzanghere, ma la pioggia aveva smesso all'improvviso di scendere. Clementina alzò gli occhi al cielo soddisfatta, sollevò un poco l'orlo del vestito e affondò gli stivaletti nel terriccio bagnato. Mentre si incamminava verso il paese si sentí chiamare. – Maestra! Il rosario! – Gianni la raggiunse correndo.

– Te l'ho regalato. È tuo adesso. Magari ti aiuterà a trovare la fede, chi può dirlo?

Gianni lo strinse. – Mi dispiace, – aggiunse guardandole le scarpe inzaccherate.
– Tuo padre mi pagherà, – lo rassicurò. – Lo ha promesso.
– A voi?
– A tua madre. Lo disse la prima volta.
– Non lo so se sarà di parola.
– E tu ricordaglielo.
Poi riprese a camminare. Sentí che lui la stava seguendo per accertarsi che arrivasse incolume al centro del paese.

– Ciccino, come sono fiera che ti hanno preso al Collegio Argento pure a te!
Maria si sperticava in lodi abbracciando il nipote mentre Francesco sorrideva imbarazzato.
– È stato bravo, – disse Germain al cancello. – Un esame brillante. Dal prossimo anno ti metteremo sotto torchio. Non sarai meno di tuo fratello.
Clementina camminava avanti e indietro nel cortile della scuola. – Quanto manca? Si può sapere quando finiscono? – domandò nervosa a Germain.
– *Menah* Tina, calmati un poco, – borbottò Maria. Francesco ne approfittò per divincolarsi dalla sua presa e ricominciare a respirare.
– Posso tornare a casa da zia Anna? – chiese alla madre.
– Ci sta Totò che va dalle parti nostre.
Clementina gli scompigliò i capelli. – Vai, sei stato bravo, – poi riprese a camminare nervosa. – Germain, non potreste mica vedere se hanno finito?
– Non li faccio io gli esami di maturità, mi fermo al terzo anno, lo sapete.
– Gianni non si sentiva sicuro sul... Eccoli che escono! – Si diresse a passo svelto verso il portone.
– E Gianni? – chiese Clementina a un gruppo di ragazzi.
– Non l'abbiamo visto.
– Come sarebbe non l'avete visto? Germain, vedete

che io mo devo entrare a controllare –. Il tono non ammetteva repliche.
– Non credo sia possibile.
– Ora!

Il rumore dei tacchetti delle scarpe sul marmo risuonava per tutta la rampa. Arrivata al primo piano Clementina si guardò intorno. Nessuno, tra i ragazzi che le sfilavano accanto, era Gianni.
– Forse sta sopra?

Germain scosse la testa. – Gli esami finali sono in queste aule.

Clementina perlustrò il corridoio e si affacciò in entrambe le stanze, le stesse in cui Filippo aveva disputato il suo esame di maturità due anni prima. Qualcuno cominciò a guardarla con sospetto. Germain la prese per il braccio e la scortò via. – Clementina, io adesso devo andare. Non datevi pena per questo giovane, concentratevi sulle soddisfazioni che avete, pensate a Filippo e a come sta affrontando brillantemente l'università a Roma.

Clementina non replicò.
– Sta bene?
– Mi stupisce di come gli venga semplice studiare quelle materie impossibili.
– Vi manca molto?
– A voi non mancherebbe il braccio, se non lo aveste piú?
– Ne so poco di queste cose. Se posso darvi un consiglio, Tina. Non vi ci ammalate. Non potete mica salvarli tutti, – le disse allontanandosi.

Clementina lo osservò mentre rientrava nel collegio. Tutti no, ma Gianni sí, pensò continuando a cercare. Se non l'avesse trovato sarebbe andata fino a Squinzano quel pomeriggio stesso. L'avrebbe perdonato solo se avesse avuto entrambe le gambe rotte.

All'improvviso lo vide: era seduto a terra in un angolo appartato del cortile.

Strizzò gli occhi. Era proprio lui, immobile, che la fissava.

In tre falcate gli fu davanti. – Vedi che se non mi dai una giustificazione valida per non esserti presentato te le suono con la cinghia di mio padre.

– Ho finito per primo, maestra.

– E perché te ne stai qui immobile, non mi hai visto che ti cercavo? – disse sedendosi sul muretto.

– Ora che faccio? – le domandò inquieto.

Clementina non rispose subito, e i due rimasero in silenzio per molto tempo. Infine lei si alzò. – Alla mia età dovrei essere piú cauta, – si pulí il retro della gonna. – A te piace studiare. E la letteratura è la materia che ti viene meglio.

– Già, – rispose lui masticando un ramoscello d'erba tra i denti. – Peccato che mio padre pensa che debba faticare nei campi appresso a lui.

Clementina si incamminò spedita verso l'ingresso del collegio.

– Maestra, ma dove andate? – le gridò dietro lui.

Clementina non si voltò. – Tu resta lí.

Bussò forte allo studio dei professori e con sollievo vide Germain discutere con un collega che, riconoscendola, la salutò con riguardo e si congedò.

Clementina e Germain rimasero soli.

– Sto per chiedervi un regalo grande.

Germain la fece accomodare.

– Per voi farei di tutto, lo sapete.

Una volta seduta Clementina spiegò la situazione di Gianni.

Mezz'ora dopo il ragazzo ancora non si era mosso dal cortile.

– Che siete andata a fare, maestra?

– Vai, – gli disse lei indicandogli l'ingresso. – È la seconda porta a destra, appena entri. Troverai il professore Germain. Ci penserà lui a te, adesso.

Il ragazzo era perplesso.

– Sono davvero orgogliosa di te, – si incamminò verso casa.

– Maestra! – Gianni la raggiunse. – Me la salutate voi a Mira?

– Ma come? Vieni a casa, mangi con noi e vi salutate.

– No, maestra. Non vi offendete ma io vi saluto qui. Non sono bravo con queste cose e non mi piacciono le separazioni.

– Emira ci rimane male.

– È meglio cosí, fidatevi. Lo dico per tutti e due.

– Che significa? Gianni, vedi che Emira è giovane, deve pensare a studiare a…

– Maestra, – la interruppe lui. – Per questo non vengo.

– Allora hai ragione, è meglio cosí, – gli porse la mano come aveva fatto anni prima. Gianni la strinse con lo stesso vigore di allora.

Clementina fece per andarsene ma lui la fermò di nuovo. – Voglio andarmene piú lontano possibile. Ma poi voglio pure tornare.

– E noi ti aspettiamo, Gianni. *Famiglia è famiglia*.

Lecce, 1931

Cara mamma,

spero che tu stia bene. Qui a Roma ultimamente il tempo è bello e questo mi permette di andare a leggere a Villa Borghese. Penso ai racconti che mi facevi di questa città e a quanto amavi passeggiare nel verde con il babbo. Mi piacerebbe che venissi a trovarmi. Vorrei potessimo andarci tutti insieme, con Emira e Francesco, per passare una giornata felice e senza pensieri.

Mi spiace non essere riuscito a venire per Pasqua ma ho passato dei bei momenti con Giovanni Montini e gli altri colleghi del corso di Ingegneria. Con don Montini in particolare, che ormai considero un caro amico, parliamo spesso di numeri e religione. So che i numeri non c'è modo di farteli andar giú, eppure ti confermo quel che ho sempre sospettato: piú approfondisco la materia e piú sono propenso a considerare che le leggi recondite della matematica pura abbiano un'affinità con la scienza teologica, che costituiscano una sorta di itinerarium mentis in Deum.

Ti prego di continuare a scrivermi e aggiornarmi su tutti voi con questa frequenza.

Voglio sapere se Francesco continua a essere il primo della classe (chi l'avrebbe mai detto!), se Emira è ancora determinata a venire a Roma per iscriversi alla facoltà di Lettere il prossimo settembre, se la zia Anna si prende cura di sé, e se la zia Maria brontola come al solito con il nostro Musciu in braccio. E poi, mamma, aggiornami su Pantalea.

Dall'ultima lettera di Emira mi è parso di capire che anche l'occhio che era rimasto sano è peggiorato, e pure l'artrite. Datemi notizie.

Infine, ti scrivo perché ho bisogno di un tuo consiglio: i cugini Beltrame, che mi invitano spesso a pranzo o a cena, specie alla domenica, che è il giorno in cui sento piú la nostalgia di casa, hanno una cura particolare nei miei confronti che non mi sarei mai aspettato. Ed è a tal proposito che voglio raccontarti cosa è successo la scorsa domenica, perché da allora mi sento a disagio: Luigi e Maria mi hanno confidato che vedono in me una figura sacrale, quasi mistica, e che avrebbero piacere a guidarmi in un viaggio in Terra Santa per avere conferma della loro intuizione. Vogliono che ci pensi. Io ero talmente esterrefatto, ma anche onorato, che li ho ringraziati senza dire altro. In verità mi sento un poco turbato. Ho bisogno di sapere cosa ne pensi tu.

Ti prego di scrivermi presto.
Vi abbraccio forte a tutti,

Filippo

Clementina lesse la lettera in cucina, in piedi, davanti a Maria e Anna.
– Vi rendete conto?
– Che ci spediscano i figli loro in Terra Santa –. Maria si era alzata e le era andata vicino. – *Una figura sacrale*, – disse a voce alta rileggendo la lettera. – Non vorrai mica mandarlo laggiú?

Anna fece cenno a Maria di calmarsi. – Forse dovremmo scrivere a Luigi e alla moglie per capire meglio questa storia.

Clementina ripiegò la lettera. – Vado a preparare la valigia.

Anna strabuzzò gli occhi.
– Filippo non andrà proprio da nessuna parte.
– In Terra Santa, poi... Fanatici! – aggiunse Maria scuotendo la testa.

– Non giungiamo a conclusioni affrettate, – disse Anna. – Sono cugini. Figurati se ti fanno una cosa cosí alle spalle.

Maria afferrò Musciu per la collottola. – Cugini lontani!

– Dovranno darmi delle spiegazioni. Di sicuro non trasformeranno mio figlio in un santino!

Maria depositò il gatto in braccio ad Anna e seguí la sorella in camera da letto. – Ti aiuto.

– La mamma va a Roma! – esclamò Emira entrando in stanza del fratello.

Francesco, che stava finendo di scrivere una relazione di italiano, posò la penna e la guardò. – Filippo sta bene?

– Pare sia successo qualcosa con quei cugini Beltrame. La mamma non mi ha voluto dire niente di preciso.

– Lo estorceremo a zia Maria che tanto non si tiene un cecio in bocca.

Emira sedette sul letto. – A settembre dovrei andare a Roma pure io. La mamma mi ha detto che i soldi ci sono. Ne ha messi da parte abbastanza per tutti e tre.

– E perché hai questa faccia da pesce lesso?

– Scemo! Perché non ci credo e mi sento in colpa. Se è vero che ha i soldi perché non compra nulla per sé, e nemmeno le zie?

Francesco prese a giocherellare con la penna. – Vedi che lei per sé non ha mai speso, da che mi ricordo veste di nero, e cambia scarpe solo quando le suole sono cosí sottili che le calze le si riempiono di terra.

– Appunto. I soldi che ci stanno li usa tutti per noi.

– O magari non le interessano i fronzoli?

Emira gli sorrise. – Voi maschi siete tutti uguali.

Ogni volta che Clementina saliva su un treno la mente le tornava al viaggio disperato da Roma a Lecce nel gennaio del 1916.

Riusciva ancora a sentire il rumore delle rotaie sotto di lei, il pianto sconsolato di Francesco, che non trovava nulla da succhiare nel suo seno vuoto, il viso impietrito di Filippo e quello inconsapevole di Emira. Il suo umore era cambiato piú volte mentre attraversavano le campagne, le montagne e il tavoliere. Dopo molte ore la terra si era fatta rossa e solo lí aveva compreso davvero di essere tornata a casa. Alla stazione di Lecce aveva sentito forte l'odore di legna bruciata e si era sentita nel posto giusto, l'unico in cui avrebbe potuto essere.

– Biglietto, prego.

Il capotreno la guardò appena.

Clementina glielo mostrò e lui senza nemmeno salutarla chiuse brusco la porta.

Le venne un'improvvisa e insensata voglia di gridargli dietro che suo marito aveva contribuito a costruire quei treni e le rotaie su cui correvano. Se ci fosse stato lui ad accompagnarla di certo l'avrebbe salutata con educazione. E invece a quanto pare una donna sola, e della sua età, non meritava rispetto e nemmeno un saluto. Si impose di calmarsi. Era sorpresa di quei pensieri che erano venuti in mente proprio a lei che per anni non aveva fatto altro che sperare di essere ignorata, dimenticata, invisibile. Forse dopo averci messo tanto impegno ci era riuscita davvero.

Sonnecchiò fino alla fermata di Benevento. Alla stazione il vagone si riempí e una coppia sedette di fronte a lei: un uomo distinto, sulla sessantina, alto e magro, con lunghi baffi bianchi che gli avvolgevano le guance, e una donna molto piú giovane, piccola e formosa, con un caschetto biondo ondulato e un abito alla moda, una gonna a vita alta, beige, tenuta stretta da una spessa cintura in pelle. Era molto graziosa.

Appena il treno ripartí i due iniziarono a discutere a voce bassa. – Vi dispiace se fumo? – le domandò d'un tratto l'uomo tirando fuori dalla tasca della giacca la pipa.

– Godetevi pure la vostra *bent billiard*, – gli rispose indicando la pipa. – Mio padre ne teneva una identica.

L'uomo la guardò stupito.
– *Full bent*, – rispose mentre le indicava il bocchino parallelo al fornello.
La donna gli mise sotto gli occhi il giornale e gli indicò un articolo. – Ti rendi conto?
– Non qui.
– Siete di queste parti? – divagò Clementina.
– Di Milano, – rispose l'uomo. La compagna si mise a osservare il paesaggio fuori dal finestrino con le braccia incrociate in grembo. Poi si accese una sigaretta e Clementina percepí chiaro il suo malumore.
Nessuno disse piú una parola finché nello scompartimento entrò un giovane, grosso e muscoloso. Salutò tutti calorosamente.
– Posso? – chiese indicando il giornale che l'uomo teneva sulle ginocchia.
– Prego.
Il ragazzo sfogliò qualche pagina. – *'Stu fess!*
Il giovane li guardò cercando la loro complicità. – *'Stu scem*, – ribadí ridendo mentre mostrava loro l'articolo.
Clementina si sporse un poco per cercare di leggere il trafiletto del «Corriere» ma era troppo piccolo e troppo lontano. Il ragazzo se ne accorse. – Ci sta scritto che Arturo Toscanini si è rifiutato di eseguire *Giovinezza*. Davanti al ministro nostro, al conte Ciano.
La donna spense con forza la sigaretta sulla suola della scarpa. L'uomo accanto a lei le prese svelto la mano e sorrise, prima al giovane e poi a Clementina. – Siete diretta a Roma? – le domandò nervoso.
– Vado a trovare mio figlio. Studia Ingegneria all'università.
– E voi lo sapete com'è che fa *Giovinezza*? – la interruppe il giovane fissando l'uomo che sedeva di fronte a lui.
Quello strinse con forza la mano della compagna. – E chi non la conosce?
Il ragazzo aveva un ghigno inquietante. Con lentezza

si arrotolò le maniche della camicia fino a mettere in mostra gli avambracci. – E allora cantate.

A Clementina sembrò che il baffo superiore dell'uomo tremolasse lievemente.

– Sono stonato. Non vorrete mica che rovini una canzone cosí bella... – rispose senza abbassare lo sguardo.

Il giovane scosse la testa. – *Nun* è bella. È sacra, – si sporse in avanti. – Cantate, – gli intimò ancora.

In quel momento entrò il capotreno che avvertí la tensione nell'aria. – Ci stanno problemi?

– Nossignore, – rispose il giovane. – Nessun problema. Ma sto *pazziando* forte perché questo bel signore qui, tutto elegante, non tiene voglia di cantarmi *Giovinezza*. *E nu piacere gli aggiu chiesto e chisto* niente, non me lo vuole fare.

Il capotreno aprí le braccia. – E accontentatelo.

Tutti tacquero. La pipa, spenta, giaceva sul sedile accanto all'uomo.

Il giovane balzò in piedi. – Oggi sto eccitato assai, – disse al capotreno. – Secondo voi devo andare a chiamare gli amici miei nella carrozza accanto? – e gli diede una pacca sulla schiena. Il berretto del ferroviere cadde in terra, ai piedi di Clementina.

Questi si fece serio. – Secondo me vi conviene cantare, – disse all'uomo inginocchiandosi a recuperare il cappello. – Arrivederci, – biascicò prima di sparire chiudendo le porte dietro di sé.

La donna lo osservò dileguarsi carica di disprezzo.

Clementina sussurrò: – Cantate, vi prego, – ma si rese conto che l'uomo non avrebbe ceduto. Allora bisbigliò a fior di labbra una preghiera silenziosa, poi si buttò in terra e finse di svenire.

Alla fermata il fascista lasciò lo scompartimento. A quel punto Clementina riaprí gli occhi. Ringraziò il giovane dottore che il capotreno aveva cercato tra i passeggeri.

– Dev'essere stato perché non ho fatto colazione, – disse mentre quello le prendeva il polso.

– I battiti sono regolari.
– Da quanto vi siete specializzato?
– Sono ancora uno studente, – rispose quello sbrigativamente. – Se ora vi sentite meglio torno al mio posto.
Rimasti soli Clementina si sistemò i capelli. – Sono tanto in disordine? – chiese alla donna. Questa la fissò e poi scoppiò a piangere. Singhiozzava senza pudore sulla spalla dell'uomo che continuava a ripeterle di stare calma, che era tutto finito.
Quando arrivarono a Roma l'uomo aiutò Clementina con la valigia e una volta scesi dal treno le prese la mano. – Signora, vi sono grato, – disse mettendosi il cappello. La donna accanto a lui le sorrise e la baciò. – Qual è il vostro nome, se posso chiedere?
– Clementina Salvi, – rispose lei mentre il ponentino le scompigliava lievemente i capelli.
La donna le sorrise. – Clementina... Come il frutto!

L'appartamento dei cugini Beltrame si trovava in via Depretis, al terzo piano di una palazzina bianca e marrone a pochi passi dalla basilica di Santa Maria Maggiore.
Non era lontano dalla casa dell'Esquilino in cui Clementina aveva vissuto con Cesare, e nemmeno dalla stazione, cosí decise di arrivarci a piedi per sgranchirsi le gambe e per godersi l'aria tiepida di maggio. Se ci fosse stato don Mariano sarebbe passata a trovarlo, ma solo in canonica, perché lei a Santa Bibiana non ci avrebbe mai piú messo piede. Alzò gli occhi al cielo e dedicò una preghiera silenziosa all'amico con cui aveva sempre mantenuto i contatti a distanza e che era scomparso cinque anni dopo che Clementina e i bambini avevano lasciato Roma per tornare a Lecce.
Era incerta se presentarsi o meno a casa Beltrame a quell'ora della sera, poi pensò che non le interessava. L'immagine di Filippo che percorreva la Via Dolorosa a Gerusalemme le diede vigore e dopo pochi minuti bussò decisa alla loro porta.

– Clementina?
Luigi Beltrame la fissò incredulo.
– Buonasera Luigi, mi spiace per l'ora tarda.
Lui la squadrò dalla testa ai piedi. – Sei identica a sedici anni fa.
Clementina non rispose.
– Prego, entra. Maria sarà felice di vederti e anche Enrichetta. Stavamo per sederci a tavola, ti unisci a noi? – le chiese prendendole la valigia. – Dormirai qui. Paolino è in seminario e la sua stanza è vuota, – aggiunse mentre le faceva strada.
Clementina rimase immobile sulla soglia. – Non mi chiedi perché sono venuta a farvi un'improvvisata a quest'ora?
– Lo so perché sei qui, Tina.
Lei studiò il suo riflesso allo specchio davanti alla porta. Una donna dal viso ordinario in abito nero, con i capelli ancora scurissimi e una valigia di stoffa grigia che, alla luce della sera, sembrava nera pure quella. Ripensò alla donna del treno, aveva solo qualche anno meno di lei, fresca nel suo caschetto biondo, sicura nella sua gonna aderente.
– Non mi trovi cambiata? – slacciò la spilla in oro basso che fissava lo scialle blu.
– Tina, chi non è invecchiato?
Luigi Beltrame accese l'interruttore alla parete e l'ingresso si illuminò.
– I tuoi occhi sono sempre unici, – le disse facendole cenno di entrare.
– Mi dovete delle spiegazioni.
Dopo essersi accomodati in salotto li raggiunse la moglie e Clementina affrontò il tema della lettera di Filippo e dell'inquietudine che aveva scatenato nel figlio quella loro stravagante idea.
Luigi si profuse in scuse. Filippo era un ragazzo d'oro e li aveva preceduti di poco, perché le avrebbero scritto presto. Nulla sarebbe avvenuto senza il consenso di Clementina che, ora gli era ben chiaro, non avrebbero mai

ottenuto. Le scuse della donna furono meno convincenti. Per lei in Filippo c'era davvero qualcosa di mistico e sacrale. Clementina si mantenne calma e cortese. Spiegò che al momento l'unico obiettivo del figlio era terminare gli studi. Era grata ai Beltrame. Sapere che i cugini costituivano un punto di riferimento a Roma era molto importante. Tuttavia la distanza della loro posizione era radicale. Li pregò di dimenticare l'accaduto. Lei dal canto suo avrebbe fatto lo stesso.

Due colpi alla porta quasi le fermarono il cuore per lo spavento.
– Avanti, – disse Clementina dopo essersi rimessa la vestaglia.
Maria Beltrame si affacciò nella stanza. – Dormivi? – La donna era avvolta in una lunga e austera casacca marrone.
Clementina la invitò a entrare. – Non prendo mai sonno prima di mezzanotte.
– Nemmeno io. Volevo solo sapere se il letto è comodo e se è tutto di tuo gradimento.
– Mi spiace non avere avvisato del mio arrivo. Ho agito d'impulso, come facevo un tempo.
– Hai dei capelli ancora molto belli, – disse Maria.
Clementina sorrise. – So che per Filippo le vostre intenzioni erano buone, – sedette sul bordo del letto. – Ma conosco mio figlio, e per quanto ogni madre sospetti qualche forma di santità nella propria creatura, a me interessa solo che sia felice. E ora che ha trovato il suo equilibrio devo far sí che non si spezzi. Mi capisci?
Maria inspirò l'aria fresca della sera. – I figli soffrono lontano da noi.
– Venire a Roma e staccarsi da noi per lui è stata una lacerazione, ma lo studio è la sua dimensione e i numeri sono il suo rifugio.
– Ti ricordi quando mi dicevano che Enrichetta era spacciata?

Clementina ricordava. La donna si era impuntata contro il parere dei medici e dei famigliari. A gravidanza inoltrata la bambina sembrava in pericolo a causa della placenta di Maria.

– Quella poverina nemmeno era nata che già me la davano morta, – disse. Dalla finestra entrava il cielo scuro di Roma. – Ma io ero certa che quell'essere dentro di me sarebbe venuto al mondo. E l'avrebbe fatto piangendo. Io lo so cosa si rischia per i propri figli. Guarda che luna, vieni qui accanto a me, – indicò la sfera brillante nel cielo.

Clementina si avvicinò. La luna si era fatta rossa.

– Se abbiamo visto una luce in Filippo è perché quella luce viene da te, Tina, io su questo non ho dubbi e l'ho detto pure a Luigi –. Maria si voltò verso di lei. – Gli strazi che ti sono capitati, tutti quei dolori, avrebbero ammaccato chiunque. Ho grande ammirazione per il coraggio che hai avuto.

Clementina abbassò gli occhi. – Ma quale coraggio, Maria. Solo la fede mi ha salvato a me. Ma me la sono dovuta inventare, perché all'inizio era fasulla e inutile.

– La fede può alleviare le nostre sofferenze e forse la disperazione. Ma l'abnegazione, quella viene da dentro, dalla pancia.

– Come hai fatto a capire che Enrichetta si sarebbe salvata? Perché quando Chiara si è ammalata io non ho capito che mi avrebbe lasciato. Ho rifiutato di crederci finché non è successo.

Maria con dolcezza le mise le mani sopra la testa e la guardò dritta negli occhi, una folata di vento fresco entrò dalla finestra. – Ti andrebbe di pregare insieme a me?

Clementina sovrappose le sue mani a quelle della donna.

La mattina dopo Clementina si congedò in fretta. Li salutò e li ringraziò, scusandosi, per quell'improvvisata. Luigi si fece promettere di scrivergli non appena rientrata a Lecce mentre Maria, che non si sentiva bene, la salutò dall'uscio della camera.

In strada alzò gli occhi. La donna, affacciata alla finestra, la guardava fiera. Si scambiarono un cenno e un sorriso, poi Clementina si incamminò verso la residenza di suo figlio.

Lungo la via pensò molto a Emira, che era coetanea di Enrichetta, la figlia di Maria e Luigi. Quanta sofferenza doveva averle trasmesso durante la gestazione, mentre doveva affrontare il dolore per Chiara. Era stato cosí potente che ogni organo del suo corpo ne aveva sofferto. Per molto tempo Clementina aveva temuto di aver deformato l'anima della figlia con quel tormento.

Di certo Emira era diversa da Chiara. L'opposto di sua sorella nel fisico e nel carattere. Di questo Clementina era felice. Nessuno avrebbe potuto sostituire la sua bambina, ma non avere una copia di lei davanti agli occhi era stato in qualche modo salvifico. Non poteva sapere come sarebbe stata Chiara all'età di Emira. Chiara era destinata a rimanere bambina per sempre.

Mentre svoltava in piazza Esedra, le tornò in mente una mattina di aprile di tanti anni prima. Passeggiava con Emira nella carrozzina, aveva sentito forte l'odore dei gelsomini provenire da un cancello semiaperto. Era entrata. Il cortile pareva deserto. Si era avvicinata al muro di fiorellini bianchi sedendo su una panchina lí di fronte e aveva chiuso gli occhi. Inspirando forte si era sentita subito meglio. Un frusciare di vesti le smosse l'aria attorno al viso.

Riaprendo gli occhi vide una ragazzina ferma impettita davanti a lei. Guardava ammaliata Emira dormire.

«Buongiorno!»

Clementina le sorrise. «Abiti qui?»

«Sí. E questa è la mia panchina, a dire il vero».

Clementina si guardò intorno. La ragazzina sembrava sola, non c'era nessuno nelle vicinanze. Il rumore di qualche automobile dall'esterno rompeva la quiete di quell'oasi di pace in centro città.

«Mi sono poggiata qualche minuto perché mia figlia piangeva», mentí senza una ragione, proprio lei che odiava le bugie.

«Vi ho vista dalla finestra e la piccina non piangeva affatto. Ma non vi dovete giustificare con me, potete rimanere, se vi piace», le disse quella sedendosi accanto con naturalezza, come si conoscessero da sempre.

«Passi molto tempo su questa panchina?»

«L'ha fatta fare mio padre, guardate», la ragazzina le indicò una piccola incisione su una targhetta apposta allo schienale.

Clementina si voltò. «Non l'avevo notata».

«Certo che no, sembrate un fantasma. Una piuma, anzi, – le sorrise e indicò i gelsomini. – E anche quelli li ha fatti piantare lui».

«È tutto tuo, qui. Sei tu Cecilia?» Clementina sfiorò l'incisione sulla targhetta.

«Oh no, io mi chiamo Emilia. Cecilia era la mia mamma. È morta qui, sapete?»

Clementina trattenne l'impulso ad alzarsi. «Sulla panchina?»

«Proprio dove state seduta voi, mentre mi dava il latte. È successo all'improvviso».

«Mi dispiace», si costrinse a non muoversi.

«A me non tanto. Non me ne ricordo. Però a papà non lo dico sennò ci resta male. Fingo di essere triste e lui mi consola. Consolarmi lo fa stare meglio».

«Quanti anni hai?»

«Tredici».

«A tua madre piacevano i gelsomini?»

«Moltissimo. Si portava una seggiolina da casa e veniva qui tutte le mattine, si metteva seduta di fianco ai gelsomini per allattarmi, e si rilassava. Al tempo ce ne stavano pochi. Dopo che è morta mio padre ha fatto fare una panchina e ne ha fatti piantare altri. Poi ha detto che era mia, e che erano miei pure i fiori. Allora per farlo contento ci vengo al pomeriggio a leggere perché la mattina ho la scuola».

«Sei molto fortunata».

«Voi dite?»

«Tuo padre ti manda a scuola e ti lascia il pomeriggio per leggere. Avrei dato un piede per poterlo fare anch'io».

«Perché un piede?»

«Perché le mani mi servono di piú».

Emilia annuí convinta.

«Come mai questa mattina non sei a scuola?»

«Ho avuto la febbre e sto riguardata».

«È giusto».

Emilia strappò un fiorellino dalla siepe alle loro spalle. «Voi ci siete andata, a scuola?»

«Poco. Poi il babbo mi ha ritirato. Ero piú piccola di te».

«Erano altri tempi, quelli», il viso di Emilia non si accordava affatto al tono saggio ma fresco, naturale.

«Direi di sí, – annuí divertita Clementina. – Non sono cosí vecchia, sai?»

«Quanti anni avete?»

«Trentadue il prossimo ottobre».

La bambina annusò il fiorellino. «Sembrate piú vecchia».

«Lo so». Clementina ne staccò uno a sua volta.

«E non vi importa?»

«Per nulla».

«Dite cosí perché siete bella. Se foste brutta vi importerebbe eccome».

Quell'uscita la stupí. Non si considerava bella ma la ragazzina sembrava sapere bene cosa rispondere per colpire l'interlocutore.

«Ti ringrazio, non credo di essere bella. Tu invece sei molto graziosa».

Una piccola menzogna per essere gentile. Emilia non lo era, con le trecce arancioni raccolte dietro le orecchie pronunciate su un viso piccolo, schiacciato, e pieno di lentiggini.

«Non è vero. Io sono appena passabile, l'ho sentito dire alla cameriera. E non ditemi che è perché devo ancora sbocciare come fa mio padre. Voi dite un po' troppe bugie».

Clementina trattenne una risata. «Non ne dico mai, se non in casi davvero eccezionali. Tu invece mi ricordi mia sorella Maria».

«Perché è brutta?»

«Perché è simpatica. E poi porti lo stesso nome di un'altra sorella che avevo e che ora non c'è piú. Anche lei era molto simpatica. E dolce», le disse accarezzandole la testa. I capelli erano crespi.

«Io non lo sono affatto ma voi mi piacete molto, e anche vostra figlia. Se volete tornare avete il permesso di stare sulla panchina tutto il tempo che volete».

«Ti ringrazio».

«Ora me lo dite perché eravate cosí triste quando siete arrivata?»

Clementina distolse lo sguardo. «L'hai capito guardandomi dalla finestra?»

«Dal modo in cui camminavate», rispose sicura.

Clementina smosse un poco la gonna verde per farsi aria. «Sono triste perché mia figlia è morta». Scoprí che dirlo a voce alta la faceva stare bene.

Emilia si girò verso la carrozzina. «E lei?»

«Lei è venuta poco dopo. E a casa c'è anche un fratellino, si chiama Filippo e ha tre anni».

«Quella che è morta quanti ne aveva?»

«Cinque».

«Il nome me lo dite?»

«Si chiamava Chiara».

Emilia sorrise. «Mette allegria. E voi come vi chiamate, che non ve l'ho ancora chiesto?»

«Clementina».

Emilia strabuzzò gli occhi. «La mia bambola si chiama cosí! – poi arrossí di colpo. – La mia vecchia bambola, che adesso sta in soffitta».

«È un nome adatto», la incoraggiò Clementina.

«Non gioco piú con le bambole, ora, – ribadí seria Emilia. – Anche Chiara ne aveva una?»

Clementina inspirò forte, il profumo dei gelsomini, il sole caldo, la brezza primaverile. Tutto, in quel momento, la confortava. Anche parlare della sua bambina morta a una ragazzina mai vista prima.

«La bambola di Chiara si chiamava Lina. Gliel'aveva cucita mia sorella».

«Quella che mi somiglia?»

«L'altra, Anna».

«Siete una famiglia affollata», gli occhi le si velarono leggermente.

Clementina se ne accorse. «Loro vivono lontane, in una città del Sud che si chiama Lecce».

«Andate mai a trovarle?»

«Poco».

«È perché non vi piace, questa Lecce?»

«Roma mi piace di piú».

Entrambe si misero a fissare la fontanella al centro del cortile in ghiaia.

«Mi sarebbe piaciuta una mamma come voi».

«In questo momento non mi sento una buona madre per nessuno».

«Meglio una mamma a metà che nessuna mamma».

«Spero che mia figlia diventi intelligente come te».

Emilia scattò in piedi all'improvviso. «Si è fatto tardissimo! Mio padre mi aspetta per il pranzo, oggi abbiamo la lasagna! Possiamo rivederci domani?» Le porse la mano e Clementina gliela strinse forte.

«È stato davvero un piacere chiacchierare con te, Emilia».

Clementina incontrò Emilia quasi ogni giorno per un mese intero.

La compagnia di quella ragazzina arguta e sincera, che portava il nome di sua sorella lentamente la guarí. Successe piano: all'inizio parlavano del piú e del meno, poi passarono ai libri che Clementina le consigliava di leggere e di cui discutevano insieme. A volte si portava dietro anche Filippo, che giocava in cortile mentre Emira dormiva tranquilla.

Emilia raccontò a Clementina del padre vedovo che lavorava sempre tranne la domenica, il giorno che dedicava a lei. Stare con le sue coetanee l'annoiava a morte, preferiva passare il tempo a leggere e a studiare. Da settembre avrebbe avuto un'istitutrice tutta sua e avrebbe passato l'estate in Toscana dalla nonna materna che l'avrebbe voluta a vivere con sé.

Giorno dopo giorno il gelsomino dietro di loro crebbe, il profumo divenne piú intenso, come rinvigorito dalla loro presenza.

Poi Emilia partí per Firenze. La settimana successiva le scrisse che sarebbe rimasta da sua nonna, che nel giardino della villa al di là dell'Arno aveva fatto piantare un gelsomino. L'aveva chiamato Tina.

Lecce, 1933

I festeggiamenti per la Pasqua del 1933 furono brevi. Pantalea, che avrebbe dovuto cucinare, si sentí male. La mattina del 16 aprile disse a Maria che aveva le vertigini e che le facevano male un orecchio e la testa. Senza permetterle di replicare iniziò a darle precise istruzioni sul pranzo. Spiegò come montare con costanza e fiducia le uova per la maionese e le insegnò la ricetta di una salsa con prezzemolo, olio e limone, perché, disse, sulla maionese non bisogna mai fare affidamento. Poi si raccomandò di salare le patate solo a fine cottura. Il sale, in forno, indurisce sempre.

Maria la seguiva docilmente mentre Musciu le si strusciava tra le gambe. Non aveva avuto il coraggio di controbattere che lei, tutte quelle informazioni, le sapeva già. Appena Pantalea scomparve nella sua stanza, andò a chiamare Clementina.

Il treno di Filippo tardò, le patate si seccarono e la maionese impazzí.

Mangiarono in fretta quello che riuscirono a mettere a tavola, un po' per non pensarci, e un po' per finire prima che Pantalea si alzasse per andare a controllare.

Ma la donna non si alzò. La trovarono rannicchiata sotto le coperte. Stringeva tra le mani una fotografia che la ritraeva, giovane e sorridente, con la piccola Emilia in braccio e le tre sorelle Martello tutte intorno: Anna con un timido sorriso attaccata alla sua gonna, Clementina, sguardo fiero, dritta accanto a lei, e Maria imbronciata alle sue spalle. Era un ritratto che le aveva regalato donna Emira e che lei aveva sempre conservato con cura, l'unico ricordo dell'unica famiglia che avesse mai avuto.

Quell'estate Filippo si laureò con lode in Ingegneria all'Università di Roma.
Il giorno della discussione della tesi Clementina non si sentiva le gambe tanta era l'agitazione. Non per suo figlio, che non aveva mai avuto problemi nello studio e che era arrivato a quel traguardo sereno. L'ansia era per quei vent'anni di attesa e sacrifici. Dopo Filippo sarebbe toccato a Emira e a Francesco. Adesso poteva cominciare a rilassarsi. E dopo cosí tanti anni in tensione, anche rilassarsi un poco le faceva girare la testa.

– Siamo in ritardo, Germain, non potreste accelerare?
Clementina guardava la strada davanti a sé. Emira, stretta tra le due zie, sul sedile posteriore ripeteva a bassa voce un'orazione di Demostene per l'esame di Letteratura greca che avrebbe affrontato qualche giorno dopo. Si sarebbe fermata a Roma tre mesi per sostenere gli esami e per seguire i corsi del semestre successivo.

– Francesco verrà a prendervi alla stazione? – domandò il professore.

– Verrà Filippo. Ciccino ha un esame domani mattina. È il primo che tiene, quello sta tutto teso –. Maria si teneva stretta la pancia. – Sto agitata, Tina, mi sento la nausea. Non lo *sacciu* mica se *lu core* mi regge per questo viaggio.

Francesco si era trasferito a Roma a settembre per cominciare la facoltà di Lettere. Clementina gli aveva trovato un letto in un dormitorio religioso. Anche per lui, come era stato per Filippo ed Emira, non aveva badato a spese sull'alloggio, che voleva pulito e dignitoso, e sui libri di testo, che dovevano essere nuovi, integri. Ormai la scuola era avviata e né a lei né alle sorelle occorreva molto per vivere.

– *On est arrivés!* – esclamò Germain accostando l'automobile. – Posso venire a riprendervi?
– Siete gentile, – sorrise Anna. – Abbiamo il treno del ritorno tra dieci giorni.

Il professore accompagnò le quattro donne fino al binario e aspettò che salissero sul loro vagone.

La settimana prima Clementina era andata a trovare Germain al collegio. Era agitata, tesa.

«Mi è venuta l'ossessione di scrivere un libro».

«Un romanzo?» lui l'aveva guardata perplesso.

«Che dite! Non ho di certo tempo da perdere. Vorrei scrivere di quello che so, del mio lavoro di madre e insegnante».

Il professore aveva sorriso. «È una cosa molto bella».

«Non so se sono in grado», si era pentita di quelle parole non appena le erano uscite di bocca. Si era rivista nello studio di casa, insicura, a cercare conforto in lui quando i primi studenti non ne volevano sapere di ascoltarla.

«Avete già pensato a come strutturarlo?»

«No, – aveva mentito. – È solo un'idea, una fissazione che mi è venuta e dalla quale voi potreste dissuadermi».

Germain si era proteso verso di lei che per riflesso si era attaccata alla sedia. «Vi ascolto».

Ogni sera, dopo aver sistemato i compiti e le lezioni per i suoi alunni, Clementina scriveva. Il suo libro sarebbe stata una pedagogia, un aiuto concreto per altre madri che come lei si erano ritrovate sulle spalle l'educazione dei figli.

All'inizio la scrittura non le veniva facile. Erano passati molti anni dal tempo in cui abbozzava i suoi racconti. Quella era stata sempre una scrittura veloce e totalizzante. La giovane Clementina scriveva senza tempo e senza spazio perché possedeva tutto il tempo e lo spazio che desiderava. La Clementina adulta invece disponeva solo di tempi e spazi circoscritti. Sapeva che quello che stava facendo non era solo per sé e che sottraeva risorse a chi le stava accanto e a sé stessa. Per questa ragione stilò una scaletta precisa, pensata e ripensata per notti intere, e basandosi su quella, con metodo e disciplina, scrisse il suo libro.

In poco tempo Filippo ottenne l'abilitazione all'insegnamento di matematica e fisica negli istituti medi superiori e l'iscrizione all'Albo degli ingegneri. Aveva deciso che avrebbe ripagato sua madre per quegli anni di studi lontano da casa e cominciò subito a insegnare al liceo Nazareno e all'istituto Margherita di Savoia. Clementina si era fatta promettere che non avrebbe abbandonato la ricerca e che avrebbe inseguito il suo sogno: una cattedra nella stessa università in cui aveva studiato. Non avrebbe dovuto rinunciare solo per ridarle ciò che nemmeno le serviva. Filippo promise.

Anche Emira, dopo la laurea in Lettere classiche, aveva deciso di dedicarsi all'insegnamento.

– Allora? L'hai finito? – Clementina, sulla soglia della camera da letto della figlia, agitò le mani in direzione dello scrittoio.

Emira stava riponendo nell'armadio il completo che aveva indossato quella mattina a lezione. Insegnava al liceo classico da una settimana. – Hai provato con il succo di limone? – indicò le dita di Clementina.

– Lo so come si manda via l'inchiostro. L'ho insegnato io a te, – entrò e si chiuse la porta alle spalle. – L'hai letto o no?

Emira andò a prendere il manoscritto e lo sfogliò rapidamente. Clementina era trepidante. Non avrebbe mai immaginato che far leggere il suo libro alla figlia potesse crearle una tale agitazione.

– Ecco, ho appuntato delle cose che non mi convincono.

– Come, che non ti convincono? – Clementina con una falcata fu accanto a lei. – Dimmi cosa, dove?

Emira raggruppò dei fogli. – Il capitolo sul *Coraggio*.
– Non ti è piaciuto?
– A tratti sei un po' pedante, mamma.
– Tu credi? In fondo sono solo consigli.
Emira infilò un pullover di lana. Clementina notò che la figlia pareva già vecchia.
– Alla fine, quando scrivi della morte, dell'importanza di parlarne fin dall'infanzia. Non lo so se è il caso di affrontare un argomento cosí delicato.
Clementina spolverò con il dito un angolo dello scrittoio. – Nasconderla non serve a nulla. Se la prima idea di morte balenerà solo a un tratto, sinistramente, desterà repulsione, un senso di rivolta nella mente di un fanciullo. È meglio abituarli subito.
– Non ricordo tu mi abbia mai parlato della morte del babbo.
La sincerità di sua figlia la spiazzò. – Imparo dai miei errori.
Sapeva che Emira era attenta e preparata, per questo le aveva chiesto di leggere il libro. Clementina aveva scritto sulla maternità, Emira aveva letto da figlia. Provò imbarazzo e sperò che non se ne approfittasse.
Ma Emira sapeva dove colpire. – Io comunque non ci penso mai.
Clementina si trattenne dall'accasciarsi sul letto.
– Ti ho segnato qualche refuso, poca roba –. Emira le mise i fogli tra le mani. – Vado a vedere se la zia Maria ha bisogno di aiuto per il pranzo.
Clementina rimase nella stanza con il manoscritto stretto al petto. Se qualcuno fosse entrato e l'avesse vista si sarebbe spaventato. Sembrava una statua, imponente da lontano ma piena di crepe. Era convinta di quel libro, dei consigli che aveva scritto. Le era cosí naturale essere quel tipo di madre che non si era mai pensata diversamente. Pregò Cesare di perdonarla, era sicura fosse vero che Emira non pensava a lui.

La mattina del 19 gennaio del 1936 Clementina arrivò alla stazione di Torino dopo un lungo viaggio in treno. La nebbia, il freddo pungente e la stanchezza le fecero rimpiangere di aver accettato l'invito della Società Editrice Internazionale. Ormai era tardi per i ripensamenti: si guardò intorno per un momento, il tempo di far abituare gli occhi secchi e stanchi alla nebbia, e si infilò nel primo taxi della fila. Direzione, il 176 di corso Regina Margherita.

Dieci minuti dopo scese di fronte all'edificio e si fece indirizzare alla sede dell'editore. Si presentò alla segretaria all'ingresso e la donna le fece cenno di accomodarsi. Clementina prese fiato, fece ruotare la maniglia, e salutò l'uomo alla scrivania.

– Signora, sul valore educativo del vostro libro non si discute, – il giovane editore le fumava in faccia senza nessuna premura. – Mi permetto di aggiungere però che pare che abbiate dormito vent'anni e vi siate svegliata tutto a un tratto. La società è un tantino cambiata.

Clementina, seduta dritta e rigida, era puntata sulla sedia come un soldato davanti al suo generale. *Dormito?* Tutto aveva fatto fuorché dormire.

– Sa qual è l'effetto che farebbe un libro come il vostro? – proseguí lui implacabile. – Quello di un muro antico in rovina rimasto in piedi in mezzo a una città che si trasforma –. Annuí visibilmente soddisfatto della similitudine.

Erano seduti in quell'ufficio da meno di venti minuti e Clementina aveva ricevuto solo critiche. Eppure erano stati loro a invitarla. Si vide riflessa nel piccolo specchio alla sua sinistra, la testa grigia, le trecce nere ancora per poco. Le parve che su ogni cosa fosse impresso il timbro: *hai dormito per venti anni*.

Le montò una collera che la spaventò. – Ho cresciuto in isolamento i miei bambini e con loro ho passato il periodo della guerra e del dopoguerra. Della Storia che passava fuori dalla mia casa ho sentito solo raccontare. Ma credo che l'unica salvezza in cui possiamo sperare sia quella che arriva attraverso la crescita di una generazione moralmente forte, e sono convinta che questo compito educativo spetti prima di tutto alla madre. Io racconto la mia esperienza. Non ho altre pretese.

L'uomo spense la sigaretta nel posacenere colmo e le sorrise. – E allora lo dica. Si giustifichi con i lettori.

Clementina accavallò le gambe sotto la gonna nera. – Dunque farò cosí: presenterò questo libro nuovo come una cosa vecchia. I miei consigli, che credevo efficaci, voi mi dite che sono sorpassati, e i lamenti, che volevano scuotere e forse pungere, sono solo l'innocuo brontolio di una mentalità ristretta.

Il giovane editore non sorrideva piú, si accese un'altra sigaretta e guardò il cielo grigio fuori dalla finestra.

Clementina continuò implacabile. – Rinfagotterò alla meglio tutto ciò che ho e lo porterò al disagio della luce, con la sola speranza che in mezzo a tanta roba in disuso e sciupata dal tempo alcune madri trovino qualche cosa che possa ancora servire. Come quando si fruga nei vecchi armadi e scappa fuori un merletto di qualche pregio o un nastro che ha conservato il colore.

– Una tempra invidiabile, la vostra.

Clementina chinò il capo per ringraziare. – Non rinuncerò al mio manoscritto.

L'editore si alzò e aprí la finestra. – Qui dentro non si respira, – poi tornò a sedersi davanti a lei. – Non dovete. Vi ho invitata perché abbiamo deciso di pubblicarvi.

Rientrata a Lecce il giorno successivo trovò Emira e le sorelle ad attenderla trepidanti.

Clementina si sbottonò il cappotto e tirò fuori dalla borsa una bottiglia di Barolo.

Emira le prese la borsa. – Be', ti pubblicano o no?

– Cosí pare. Devo solo aggiungere una prefazione, *giustificarmi* con il lettore per le mie idee desuete. Pedanti, come avevi detto tu.

Le due sorelle scansarono Emira da una parte e le si avventarono addosso. – Oh, Tina! – esclamò Maria afferrando la bottiglia. – Spero per te che sia buono!

– Avviso i ragazzi. Ho spedito ieri una lettera a Filippo a Parigi ma ne scrivo subito un'altra. E poi c'è da dirlo a Francesco, a Roma.

– Vedete che ho preparato le orecchiette, – disse Maria con la bottiglia stretta al petto. – *Sciamu su, c'ha l'anni passane e la faa se coce.*

Quella sera le quattro donne apparecchiarono con cura la tavola del soggiorno in cui mangiavano solo per le feste, e diedero fondo alla bottiglia. E già che erano cosí di buon umore ne aprirono altre due che Maria conservava per le occasioni speciali.

Anna fu la prima a cedere. – Vado a letto, – biascicò sbattendo contro lo stipite della porta poco dopo le dieci, – ahi! – bofonchiò massaggiandosi il mignolo. – Tina, sono proprio felice sai? – barcollò prima di afflosciarsi sul divano. – Credo che mi riposerò un poco qui prima di andare a dormire.

Emira scoppiò a ridere ma si bloccò subito. – Sento il cervello che rimbomba, – disse posando i gomiti sul tavolo. – Forse era meglio mangiare prima di bere, e non mangiare e bere o bere e mangiare... Avete capito insomma.

Maria prese il gatto da terra. – Quanto sei bello, Musciu mio, – gli baciò la testa, poi lo lanciò sul divano. – Sapete chi mi sarebbe piaciuto avere qui, oggi?

Clementina buttò giú l'ultimo sorso di vino. – Chi?

– A Germain.

Anna, dal divano, scoppiò a ridere. – Scusate, – grugní ricominciando.

Emira le andò dietro e Maria la fissò con un sorriso ebete. – *Cce ridi tu!* Che ancora vai pensando a Gianni!

Mica la fai fessa, a zia tua. E poi ce ne fossero di professori cosí affascinanti, – si alzò e andò a mettersi sul divano accanto ad Anna. – *Sciamu* Tina, mettiti un poco qui con noi, ti ricordi da piccine? La mamma ci vestiva uguali e ci metteva sedute attaccate come *porcedduzzi*.

Clementina addentò un pezzo di pane sperando che la nausea passasse. Scacciò subito il pensiero di Germain e andò a sedersi sul divano pure lei. – Sposta un po' quel tuo enorme sedere Maria, che non entro, – disse cadendo a peso morto accanto al bracciolo. – E chi si alza piú! – Allungò il braccio dietro al collo della sorella.

– Sentite, io non riesco a tenere gli occhi aperti, – Emira passò accanto al divano. – E comunque, vedete che Gianni se n'è sparito. Nessuno lo sente piú da anni ormai, – alzò la mano in segno di saluto.

– 'Notte, carina! – le gridò dietro Maria.

Clementina le diede un colpetto. – Non urlarmi nell'orecchio. Sempre questa mania che strilli, – tornò a chiudere gli occhi. – Anna?

Maria si girò verso la sorella. – Sta qui stecchita.

– Emira? – chiamò Clementina.

La figlia si fermò sull'uscio.

– Germain e Gianni si scrivono regolarmente. Ha scritto pure a me, qualche volta. Te l'avevo detto che ha vinto una borsa di studio, no?

Emira fece per uscire ma poi tornò indietro decisa. – No. Non me l'hai mai detto.

– Mira, io non tengo la chiave della tua prigione. Solo della mia, – lo disse e poi la testa si fece pesante e vuota. Provò a recuperare. Non le venne nulla da dire e comunque Emira era già andata via.

Maria le diede una leggera spallata. – *Prigione*, Tina? Stai ubriaca? Comunque, *lassa* perdere, domani se l'è già dimenticato che sta ubriaca pure essa.

Clementina si risvegliò a notte fonda, abbandonata sulla pancia di Maria che a sua volta stava mezza distesa sulle gambe di Anna, l'unica ad aver mantenuto una posizione quasi dignitosa.

Si alzò piano liberandosi dalla presa del braccio di Maria, e sentí le gambe doloranti. Sulla tavola giacevano i resti della cena.

A passo lento si diresse verso lo studio. L'aria era fredda e consumata.

Scusa, mormorò alla fotografia di Cesare, *non bevevo cosí tanto da quando c'eri tu.* Erano mesi che non osava guardarlo. Non si rivolgeva a lui dal momento in cui aveva deciso di scrivere quel libro e si era resa conto che la prima persona a cui aveva sentito l'esigenza di dirlo era stata Germain. Non suo marito a cui confidava tutto, a cui raccontava dei progressi dei ragazzi, della laurea di Emira, ottenuta con lode come il fratello maggiore, di Francesco che stava per laurearsi in Letteratura francese e di Filippo che in quel momento era a Parigi per una specializzazione.

Lei, quella promessa che gli aveva fatto, l'aveva mantenuta. Eppure si vergognava di guardare la fotografia del marito e di parlare a quel volto lontano con cui aveva condiviso la vita passata. Non sapeva che madre sarebbe stata con lui accanto. Sperò che Cesare le perdonasse gli errori e le mancanze. Ora che il suo manoscritto sarebbe stato pubblicato gli parlò ancora. *Sono tornata. Ho molte cose da raccontarti. Molte, ma non tutte. Non c'è bisogno di dirsi ogni cosa. Non siamo mai stati cosí egoisti.* Fuori iniziava ad albeggiare. *Ho scritto un libro, un libro che dedico a te.*

La pedagogia della mamma venne pubblicato nel maggio del 1936.

Quando Clementina vide Francesco impastare la frolla con Maria per poco non ebbe un mancamento.

– Non devi preparare la valigia per domani?

– Ciccino tiene i pensieri, Tina! Gli ho detto che con le mani in pasta si ragiona meglio.

Francesco guardò sua madre: *lascia perdere*.

– Meno rigido a zia, le devi sporcare a queste belle mani che tieni.
Clementina non sapeva che dire. Suo figlio era tornato a Lecce per l'estate e l'indomani sarebbe ripartito per tornare a Roma. – Se lo dici tu, Maria. Me ne vado un poco nello studio, se mi cercate sto là.
– *Sine*, Tina. Sempre lí stai!
Clementina non replicò. Era vero che nello studio ci andava spesso, anche senza alcuna ragione. A volte rimaneva seduta a fissare la libreria davanti a sé. Quella stanza la faceva sentire in pace.
– Mamma? Ce la prendiamo una limonata in centro piú tardi? Solo noi due.
A metà pomeriggio Clementina e Francesco attraversarono piazza Sant'Oronzo passando davanti agli scavi dell'Anfiteatro romano, alle botteghe e alla chiesa di Santa Maria della Grazia. Continuarono a camminare finché lei non si fermò davanti a un palazzo in costruzione. – Pare ci vogliano fare un teatro qui, – sventolava decisa il ventaglio davanti alla faccia. Percepiva l'inquietudine del figlio, era impaziente di sapere. Riprese a percorrere il viale.
Francesco teneva le mani nelle tasche dei pantaloni. – Questo è grecale, a Gallipoli il mare sarà una tavola, oggi.
– Di che volevi parlarmi?
Francesco sorrise. – Lasciami temporeggiare, mamma.
Lei gli diede un colpetto con il ventaglio. – Guarda quel bambino, non assomiglia a Filippo quando era piccino?
– Non mi sembra –. Francesco si fermò. – Da piccolo mi sarebbe piaciuto stare piú tempo fuori, a giocare in strada come facevano gli altri bambini.
– Avevo bisogno di controllarvi.
– Già.
– Ma mo che c'entra questo?
– Ma nulla, mamma. Ho preso una decisione e ne voglio discutere con te.
– Se hai già deciso…

– Non pensare che non ci abbia riflettuto bene.
Clementina si spazientí. – A cosa?
– Mi iscriverò alla facoltà di Legge.
– E il professor Trompeo? Sei suo assistente solo da pochi mesi.
– Ne ho parlato con lui a maggio.
Lei non rispose.
– Sei delusa? Ho intrapreso una strada e ora ne voglio percorrere una nuova.
Clementina lo rivide bambino. Era vero che non li faceva uscire quasi mai. Lui allora inventava storie, recitava commedie in salone intrattenendo tutti. – Te lo ricordi «il patto della liquirizia»?
– Mira ancora non si capacita che non ti ricordavi che la disgusta.
Clementina fu certa di non averlo mai saputo. – Non le piace?
– E dài, mamma… Ma poi che c'entra ora quella storia lí?
– Allora dicesti che ero il capo, che sbagliavo a chiedere la vostra opinione sulla decisione della scuola.
Francesco ricordava. – Non mi serve nulla, mamma. Continuerò a insegnare finché potrò.
Clementina chiuse il ventaglio e prese il figlio sottobraccio. Era felice per lui ma anche amareggiata che Francesco non le avesse chiesto un consiglio prima. – Ti va ancora quella limonata?

Quando arrivò l'invito del podestà a presentare *La pedagogia della mamma* al circolo cittadino Emira non ne fu entusiasta.
Clementina le chiese di accompagnarla ma la figlia tentennò.
Maria le raggiunse. – Che bisbigliate, voi due?
Clementina affrettò il passo, Emira rallentò di proposito e Maria si appese al braccio della nipote. – Anna? Ce la siamo persa? – le domandò.

Clementina, che aveva udito, non si voltò. – Sta con le devote. L'hanno fermata dopo la Colletta. Allora, ci vieni o no? – chiese alla figlia.
Emira quasi si fermò obbligando Maria a seguirla. – Si può sapere dove o è *nu secretu*?
– Hanno invitato la mamma a presentare il libro, ma non so se è il caso di andare.
– Quella non può mica andarci da sola. Vedi che io non ti accompagno, non sognarti che me lo chiedi a me adesso! – gridò Maria alle spalle della sorella. – Poteva pure dirmelo, però, – borbottò poi tra sé.
Il sabato pomeriggio Clementina stretta al braccio di Emira venne accolta dal podestà. La sala del circolo era mezzo vuota.
– Si riempirà, signora Salvi. Non vi allarmate, siete in anticipo.
Clementina osservò le sedie vuote e il palco. – Non me ne preoccupo affatto, – mentí.
L'uomo si sistemò la cintura che era stipata nello stomaco. – Se permettete, – le fece strada verso l'impalcatura, – vorrei consigliarvi su come introdurre l'opera.
Clementina sentí i gradini scricchiolare sotto i suoi piedi. Emira aveva preso posto in prima fila. – Dite pure.
Il podestà stava facendo cenno a due uomini di aprire una porticina laterale. Sembrò soddisfatto. – Eccole che arrivano, ve lo dicevo che la sala si sarebbe riempita.
Un gruppo di donne occupò le ultime file. Clementina notò che erano intimidite. – Perché non si mettono qui davanti?
– Questi posti è meglio se li lasciamo liberi, che di gente ne arriverà ancora. Vi ho fatto una notevole pubblicità, – sorrise e gli occhi scomparvero nelle guance. – A tal proposito, sarebbe gradito che introduceste il vostro libro con un elogio per le politiche demografiche che il nostro Duce ha attuato, – si guardò intorno e salutò alcune persone che sedettero accanto a Emira. – Chi meglio di voi, signora Salvi.
– Di me?

L'uomo tolse gli occhiali e li strofinò sulla camicia per pulirli. – Voi siete una madre amorevole, una donna devota e diligente. Una femmina esemplare, mia cara signora.

Clementina strinse la borsetta. Era una donna attenta e lo sarebbe stata a prescindere dai suoi figli. Amorevole lo era stata per poco. Non avrebbe dato a quell'uomo e quella platea il potere di trasformarla in ciò che non era. La *Pedagogia* che aveva pubblicato mesi prima era la sua esperienza e questa non era al servizio del regime. Notò che Emira si guardava attorno con impazienza. Capí che la figlia era restia ad andare perché temeva per lei.

– Ecco padre Alvino, alla buonora, – il podestà si sbracciò in direzione di un giovane sacerdote che avanzava deciso stringendo mani e salutando. – So che non è della vostra parrocchia, a dire il vero è parroco a Campi Salentina. È un giovane in gamba, un amico. Vi accompagnerà nella presentazione. Don Alvino, salite! Vi presento la signora Clementina Martello, la vedova Salvi.

Il giovane prete fece un rapido inchino e le mostrò il libro. – L'ho letto questa notte, – non aggiunse altro.

Clementina ebbe l'impulso di lanciarsi giú dal palco, afferrare il braccio di sua figlia e correre via. Sorrise al parroco. – Spero vi abbia conciliato il sonno.

Il giovane sembrò non capire, il podestà gli mise una mano sulla spalla e scoppiò a ridere. – Che ne dite se cominciamo?

Clementina sentí il freddo della sedia penetrarle nella gonna, dalla sottoveste alla biancheria. La sala alla fine si era riempita davvero.

– Non dimentichi l'introduzione... – L'alito dell'uomo le riscaldò l'orecchio. Il podestà prese posto al centro, tra lei e il parroco. Poi tirò a sé il filo del microfono e con eccessiva enfasi introdusse Clementina e le diede la parola.

Emira, braccia conserte, la osservava in attesa.

– Siete molto piú numerosi dei miei ragazzi, – passò a setaccio la sala. – Decisamente piú disciplinati.

Qualcuno rise.

– Dunque, – riprese lei, – sono molto emozionata, è la prima volta che presento in pubblico il libro, – (e anche l'ultima, pensò tra sé), – confesso che quando ho ricevuto l'invito la prima reazione è stata quella di rifiutare. Mi piacerebbe che fossero altri a parlarne, avendolo scritto sento di aver assolto il mio compito –. Anche se non erano cosí vicini poteva sentire l'alito del podestà nell'orecchio ripeterle che era una *femmina esemplare*. L'uomo sospirò impaziente mentre il giovane parroco sfogliava il libro con indifferenza. Clementina sapeva che farlo dire a una donna, che i figli, il volontariato, lo stare in casa a occuparsi della famiglia era una missione, avrebbe avuto un impatto maggiore. Ma lei non poteva. Non solo perché giudicava quelle politiche demografiche una forma di ossessione, ma perché era certa che Dio fosse piú grande di cosí.

Si rivolse alle donne della platea, a quelle delle ultime file, trascinate a forza, e a quelle che sedevano libere nei posti che si erano scelte. A loro parlò della difficoltà di scrivere quel libro, che lei aveva riportato la sua esperienza di madre, che non voleva convincere nessuno, i suoi erano semplici consigli e avrebbero potuto farne ciò che credevano. Disse che la pedagogia è per definizione lo studio della formazione umana e si concentrò sul significato del termine *studio* cercando di sottolinearne l'importanza.

Non solo non aveva fatto il discorso richiesto, stava velatamente incoraggiando quelle donne. Stava dicendo loro che l'avere fede in sé stesse è una forma di amore verso Dio che ci ha creato.

Percepí l'ira mal celata del podestà e l'orgoglio di sua figlia. Sentí il cuore riempirsi di gratitudine.

Mentre la sala si svuotava l'uomo salutò con garbo Emira e prese Clementina da parte. – Signora Salvi, alla fine è andata bene, – sorrise ma gli occhi rimasero fermi. – Sono certo di averle chiesto un qualche elogio iniziale, una battuta, un riferimento almeno!

Clementina si accertò che il cappello fosse ben aderente al capo. – Ma podestà, io non sono adatta a parlare di politica. Sono una modesta femmina di una certa età. Abbiate pazienza... – Infilò anche i guanti e gli porse la mano.

Quando uscí un gruppetto di donne l'aspettava all'angolo. – Ciao signora! – esclamò quella piú alta. – Io *nun sacciu* nulla, *mancu* leggere, ma se tornassi *piccinna* imparerei, – portava un fazzoletto sulla testa e aveva la pelle spessa e liscia.

– Potete imparare pure mo. Non è vero don Alvino? – Il parroco stava per salire su un'automobile. – Credo che la signora sia una vostra parrocchiana.

Il giovane cercò di dissimulare il fastidio e concesse un sorriso tirato. – Quando volete, – e salí in auto sbattendo la portiera.

Clementina lo salutò con la borsetta e si avvicinò alla donna con il fazzoletto in testa. – Avete la fortuna di avere un parroco cosí giovane, sono certa che sarà felice di aiutarvi. Voi però insistete.

Emira le si affiancò. – Mamma, andiamo che si è fatto tardi.

Appena imboccato il viale videro le sagome di Maria e Anna allontanarsi svelte a braccetto. Clementina le chiamò.

– Voi cosa fate qui?

Anna fece per parlare ma Maria le diede una gomitata. – Stavamo preoccupate che qualcosa non andava bene, che non facevi la figura tua. Che ti impappinavi.

Il disappunto di Anna fu evidente.

– Ma stavate dentro? Avevo capito che non vi interessava.

Maria le si piantò davanti. – Tu hai invitato solo a Emira.

Anna riprese il braccio della sorella. – Che ne dite se allunghiamo un poco e passiamo dai giardini?

Il sole era calato da poco e la luce rimasta appannò gli occhi di Clementina. Le succedeva sempre nel tempo in cui si passa dal sole alla luna.

Clementina, come faceva sempre quando aveva pensieri da scacciare o della felicità da accogliere, affrettò il passo.

Quella domenica mattina la casa era vuota e silenziosa.
Maria era andata al mercato per la melagrana, che appena si faceva periodo doveva essere esposta sulla tavola e mangiata da tutti perché portava abbondanza e scacciava i malanni. Anna era chiusa in camera a cucire.
Clementina vide Emira entrare in casa trafelata.
– Sei stata a messa?
La figlia pareva sconvolta. – Mamma, che ci fai ancora qui? – Era senza fiato.
– Che domanda è?
– Vedi che hanno picchiato a Germain, è ridotto male. Ne parla tutta Lecce!
La casa sembrò rimpicciolirsi. – Come picchiato? Chi?
– Dei fascisti. L'hanno trovato riverso a terra ieri sera, pieno di sangue. Ora sta in ospedale. Vuoi che andiamo? Ti accompagno?
Clementina poggiò una mano alla parete.
– Mamma?
– Tu resta qui. Vado sola. Zia Anna sta in camera, vedi se ha bisogno di qualcosa che ieri non è stata bene.
– Sei sicura?
Emira le si avvicinò e Clementina sentí l'aroma al gelsomino. La sua pianta preferita, quella che aveva nel cortile della casa di Roma, il profumo che aveva sentito ogni giorno, per mesi, chiacchierando con la giovane Emilia dopo la nascita di Emira, quando il pensiero di Chiara le impediva di respirare. Ebbe l'impulso di abbracciarla, di stringerla forte a sé e scusarsi. – Non mi serve nessuno, – prese il soprabito scuro e uscí.

Gli occhi del professore erano gonfi e scuri. Del naso non rimaneva che un osso malmesso e la barba era rappresa di sangue.

All'infermiera disse che era sua sorella e che avrebbe passato la notte a vegliarlo. La donna non protestò, intimorita dalla figura alta e nera che con decisione si era avvicinata a quel povero uomo dal volto tumefatto e senza la minima esitazione ne aveva studiato le ferite.

Clementina si sedette su una vecchia seggiola malmessa, aprí un libro e non parlò piú.

– Dove sono? – biascicò Germain dopo molte ore.

Clementina gli si avvicinò. – In ospedale.

– Le ho prese forti... – tentò di sorridere ma il viso si contrasse in una maschera di dolore. – *Si Dieu m'à sauvé de la mort, il peut me guérir,* – aggiunse a fatica.

Clementina gli passò un panno bagnato sulle labbra. – Dovete bere.

Lui provò a guardarla ma lei si alzò. – Ora vado a chiamare a un dottore.

– *Attendez!* – Germain si aggrappò alla sua mano. – A voi lo dirò: mi hanno chiamato *sporco francese* e poi mi hanno dato del bolscevico.

– Che avete combinato per farvi conciare in questo modo?

– Ho commentato uno di quegli orribili comizi che fanno nelle piazze di paese. Stupidaggini sulla razza e sul dominio. Ho fatto quello che andava fatto, – le strinse la mano.

– Ricordate quando ne parlavate bene? – disse a voce bassa Clementina indicandogli il ritratto del Duce alla parete.

– Chi è senza peccato scagli la prima pietra, – provò a ridere ma un colpo di tosse riaccese il dolore.

– Non ridete. È una cosa grave, potrebbero riprovarci.

– Non ci riproveranno.

Il professore si girò verso la finestra senza lasciarle la mano.

– Devo avvisare il medico che siete sveglio.

Lui la trattenne ancora. – Parto. Torno a casa, – si girò verso di lei, gli occhi tumefatti erano lucidi.

– Ma che dite? – Clementina sedette di nuovo e gli si avvicinò all'orecchio. Sentí l'odore della terra e del sudore. – È questa casa vostra.

Lui sorrise, i denti bianchi spiccavano sul suo volto pesto, l'ultimo baluardo dell'uomo che era stato.

– Questo paese non è il mio, oggi meno che mai.

Clementina raddrizzò la schiena. – Sapete che non vi pregherò di restare.

– Se lo faceste mi preoccuperei, – le strinse piú forte la mano. – In un'altra vita, magari, l'avreste fatto.

– C'è solo questa, di vita.

– Voi guardate sempre al passato, Clementina. Ma non è lí che mi troverete.

Si irrigidí. La stanchezza della lunga veglia la travolse. La presa della mano di lui era ancora sicura nonostante la sua fosse tiepida. Si sentí vecchia e sporca. Sporca perché poteva governare i pensieri ma non le emozioni. Vecchia perché ormai era tardi per tutto. Erano passati quattordici anni dalla prima volta che l'aveva incontrato. Aveva trascorso piú tempo con lui che con suo marito.

– Restereste con me ancora per un po'?

Clementina rimase.

Una volta ripresosi Germain venne a salutare ma lei non si fece trovare. Il professore se lo aspettava e le lasciò una lettera.

Clementina rientrò in casa qualche ora dopo, quando ormai era sicura di non trovarlo. Si passò la busta tra le mani per tutta la sera. A notte fonda la gettò chiusa nel camino ancora acceso. La osservò disfarsi in pochi istanti. A che sarebbe servito leggere nero su bianco quel che inevitabilmente già sapeva? Molti anni prima lui le aveva detto che scrivere gli veniva piú facile ma loro in quella stanza dell'ospedale si erano già detti tutto. Lo avevano fatto senza parole.

Germain partí per la Francia il giorno dopo, un viaggio lungo e difficile che l'avrebbe riportato a casa.

Lecce, giugno 1940

– Signor Manunzio, che bella voce tenete. Qui però non sono ammessi comizi né canzoncelle.
Clementina fissò il giovane. Aveva diciassette anni e veniva a lezione solo il martedí e il giovedí.
Vito Manunzio si alzò. Era alto piú di un metro e ottanta, con capelli neri e folti spartiti da una linea dritta e rosea al centro della testa. Andamento dinoccolato e lingua svelta, aveva sempre da ridire su qualcosa o qualcuno, sicuro della protezione paterna che gli permetteva una strafottenza illimitata ovunque andasse.
– *Faccetta nera* non è mica una canzoncella, maestra, – si portò i capelli dietro le orecchie.
– Mo però sedetevi e tacete.
Vito Manunzio non si mosse. – Lo sapete cosa dice il Duce delle donne?
Clementina posò la penna sul foglio.
Se fossero stati in un'arena in molti avrebbero scommesso su di lui. Chi studiava con lei da anni, invece, non aveva alcun dubbio su chi puntare.
Clementina aprí il libro e si alzò. – Pagina 67. Tancredi, vediamo di sbrogliare questo indovinello.
Tancredi Chirinzi, quindici anni, cercò la pagina e iniziò a leggere.
Ma Vito Manunzio non cedette. – È una vergogna che in questa casa non si inizi le lezioni con il saluto fascista.
Clementina, che passeggiava avanti e indietro per la stanza, si bloccò. Fino ad ora non aveva mai avuto problemi.

– Qui ci si saluta come si è sempre fatto. Mi pare che con l'italiano siete migliorato, non si sono forse complimentati con voi per l'ultima verifica? Concentratevi su questo.

Vito Manunzio, immobile e in piedi, non rispose. Continuava a sorridere. Si rivolse alla classe. – La Gioventú Italiana del Littorio... – indicò i compagni. – A me però parete un branco di mammolette! Non avete forza, né coraggio. La verifica è andata bene, maestra. Vi ringrazio. Adesso però non lo so se è il caso di rimanere.

– E non lo so neppure io, Manunzio. Mentre decidete che fare statevi un poco zitto, cosí noialtri possiamo andare avanti, – fece cenno a Tancredi di proseguire la lettura.

Mentre il ragazzo leggeva di Diofanto di Alessandria, Clementina si avvicinò a Vito Manunzio. Non le serví alzarsi sulle punte perché era alta pressappoco come lui e, nonostante i suoi cinquantotto anni, era ancora bella dritta. A un passo dal suo orecchio gli bisbigliò: – Per me potete pure dormirci in questa posizione.

Mezz'ora dopo, stanco di tenere il punto, Manunzio si afflosciò sulla sedia nell'indifferenza generale.

– Mettete via i quaderni che per oggi abbiamo finito con l'aritmetica, – disse Clementina, sollevata. L'unica cosa che le piaceva della matematica era che non permetteva imbrogli. La materia però la metteva in difficoltà, una fatica che provava a mascherare ai suoi studenti perché tutte quelle formule non le entravano in testa. Se col tempo aveva imparato a destreggiarsi era stato solo grazie a Filippo, che ne era sempre stato affascinato, e che da ragazzino l'aveva aiutata con formule e calcoli. Ma erano rare le volte in cui non le si confondevano nella testa. Insegnare quella materia le costava un grande sforzo. Per questo aveva deciso di mettere in chiaro, fin da subito, che alle sue lezioni gli studenti avrebbero appreso solo le basi della matematica. La cosa non le pesava perché era fermamente convinta che insegnare male qualcosa equivalesse a non insegnare affatto.

Quel pomeriggio era impaziente di finire. Filippo sarebbe arrivato a momenti. Erano tre anni che non lo vedeva.
Tancredi alzò la mano. – Maestra, vi ho riportato il libro.
Clementina gli fece un cenno. Il ragazzo si avvicinò alla cattedra passando accanto a Vito Manunzio che, ancora rosso in volto per l'umiliazione subita, non si trattenne dal fargli uno sgambetto.
Clementina si ritrovò i capelli biondi di Tancredi sulle scarpe.
Quando il ragazzo fece per scagliarsi contro il compagno, Clementina batté con forza la mano sulla scrivania. Tancredi si bloccò, l'altro sbuffò simulando indifferenza, e i compagni guardarono chi il banco, chi le scarpe, chi la penna.
Tancredi si sistemò il ciuffo biondo e raccolse da terra il libro che era caduto, lo pulí con l'avambraccio e lo porse a Clementina con un sorriso. – Scusate maestra, sono inciampato. È che tengo i piedi grossi, – si voltò verso Vito Manunzio. – E a volte mi capita di cozzare ne *lu mmerdusu*.
Si udí un risolino soffocato e Clementina batté il pugno. – Tornate a sedere, Tancredi, – gli fece intendere che aveva capito ma che la questione finiva lí. – Prima che Tancredi condivida le sue impressioni, qualcun altro di voi è interessato a leggerlo? – mostrò il libro alla classe.
Angelo Bordoni alzò la mano e Clementina glielo passò.
– E ora, Tancredi, diteci cosa ne pensate.
Vito Manunzio protestò. – Ma noi non l'abbiamo letto. Che ci dobbiamo capire, cosí?
– Avete ragione, Manunzio. Vedrete che sapremo stimolare la vostra curiosità –. Di nuovo fece cenno a Tancredi.
Il ragazzo si alzò. – A me il libro non è piaciuto, maestra.
– Molto bene.
– Come, *molto bene*?
Clementina si mise comoda sulla sedia. – I libri non sono fatti per piacere a tutti. Tenete dieci minuti per riassumere il libro e pure per spiegarci perché non vi è piaciuto.

Tutti i compagni si voltarono verso di lui che gesticolando cominciò a raccontare la storia di Rosso Malpelo, ragazzino dai capelli rossi e gli occhiacci grigi, della sua vita nella cava di rena rossa, dura e priva di ogni forma di amore, del rapporto col giovane Ranocchio, al tempo stesso amico e vittima del giovane.

– Rosso Malpelo fa solo cose brutte, maestra. Non è bello, non è coraggioso e non è amico di nessuno, manco di Ranocchio. Anzi, a quel disgraziato lo tormenta con la scusa di insegnargli come funziona la vita. Io quelli che ti vogliono insegnare la vita non li sopporto.

– Vi siete annoiato durante la lettura?
– Mi sono arrabbiato.
– Ma chi è il vero cattivo, ve lo siete domandato?
– Tante volte. E alla fine ho deciso che è Rosso Malpelo.
– E Verga quello voleva: che ci domandassimo chi è il cattivo della storia, che il nostro punto di vista cambiasse durante la lettura. Si sostiene una tesi e poi la sua antitesi. Secondo voi Rosso Malpelo è nato cattivo, o è una reazione alla mancanza di affetto?

Tancredi ci pensò per un momento. – È cattivo. Come tutti quelli coi capelli rossi. Lo dice pure Verga.

Clementina ebbe un sussulto: per un istante le parve di vedere Margherita dall'ultimo banco mentre si arrotolava una ciocca di capelli tra le dita. Chiuse gli occhi per un momento e scacciò via con forza quell'immagine che ogni tanto tornava a tormentarla. Controllò l'ora: le diciannove e trenta. – Bene ragazzi, ne parleremo ancora domani. Per oggi abbiamo finito.

Vito Manunzio sbuffò indispettito. – Ma io domani non ci sto. È venerdí.

Clementina si alzò in piedi e cosí fecero gli altri ragazzi. – Se vi interessa tanto potete venire. Vi aspettiamo.

Il ragazzo si guardò intorno. Nessuno sembrava voler avere a che fare con lui. – Ci penso, – mormorò sistemando le sue cose nella cartella.

– Finalmente hai finito!
Filippo l'accolse mentre usciva dallo studio. Clementina gli prese il viso tra le mani e posò il naso contro quello del figlio. – Tre anni...
Filippo, in quel periodo, aveva girato mezza Europa per proseguire le sue ricerche sulla Metrologia. Dopo aver vinto una borsa di studio del ministero era stato mandato prima al Bureau International des Poids et Mesures di Sèvres, alla periferia di Parigi, poi nei piú importanti laboratori di Meccanica di precisione d'Europa: Zurigo, Dresda, Berlino, Londra, Bruxelles, Liegi e Gand. L'anno appena passato lo aveva trascorso a Parigi, alla Sorbonne, con un contratto di ricerca dalla facoltà di Scienze sull'Ottica elettronica. Quando i rapporti diplomatici con la Francia avevano cominciato a guastarsi Filippo aveva preferito tornare a Roma. Non era preoccupato, sapeva che in caso l'Italia fosse entrata in guerra, essendo il primogenito di madre vedova, non sarebbe stato richiamato al fronte e avrebbe potuto continuare le sue ricerche. Grazie ai contatti maturati in quegli anni e alla reputazione che si stava costruendo con fatica, il professor Oberziner, un luminare della facoltà di Ingegneria, l'aveva raccomandato per un posto da assistente nella cattedra di Tecnologie speciali a La Sapienza.
– Vieni, devi raccontarmi tutto. Ti sei sistemato bene a Roma? – Clementina lo prese sottobraccio e lo scortò in salone. – Alle zie le hai già salutate, sí?
– Zia Maria mi ha appena fatto bere un litro di latte. Dice che sono troppo magro.
– Sei sempre stato troppo magro. C'è scirocco, eh? – indicò i capelli del figlio.
– L'unica cosa che non mi è mancata di qui.
– A Francesco l'hai sentito?
Filippo tirò fuori dalla tasca una sigaretta. – Ti scoccia? Nemmeno mi piace fumare, – disse passandosela tra le mani.
Clementina capí che qualcosa lo turbava.

– Mi ha scritto che tra pochi mesi si laurea. Di nuovo. Incredibile, non trovi?
– È stato caparbio.
– Già. Mi sembra ieri che cercava di convincermi che la camicia andasse infilata nelle mutande e adesso due lauree, un'amica speciale...
– Ma chi? Che dici?
– Sei qui! – gridò Emira buttandosi al collo del fratello. – Sei arrivato da molto? Ho fatto il prima possibile. Cielo, se sei brutto! – gli scompigliò con foga i ricci.
– Tu di piú, – Filippo le passò la sigaretta spenta. – Mi sei mancata.
Emira la mise in bocca e finse di aspirare. – Io non fumo, – gliela restituí.
Clementina ebbe l'impulso di afferrarla e spezzarla in due. – Chi è questa amica di Francesco?
– Che le hai detto? – domandò Emira.
Lui la ignorò e si avvicinò a Clementina. – Mamma, tu come stai?
– Curiosa, ora.
– Se non te ne ha parlato lui... – si accese la sigaretta.
Clementina notò che fumare lo disgustava eppure lui continuava a portarla meccanicamente alla bocca. Si trattenne dal domandare ancora.
– Ciao, Ninni mio, – Maria li raggiunse. – Come sono contenta che stai qui, – diede un buffetto sulla guancia del nipote.
– Ninni tuo non era Francesco, zia?
– Quello non scende mai a trovarmi.
– A quanto pare ha cose piú importanti che lo trattengono a Roma, – disse Clementina.
– Sentite a me, è un *lupu surdu* quel fratello vostro, ve lo dico io che... – il suono del campanello interruppe Maria. – Aspettiamo qualcuno?
Poco dopo Tancredi entrò in salone scortato da Filippo. Aveva le guance rosse, un occhio gonfio e un rivolo di sangue gli colava dal naso.

Clementina gli andò incontro. – Che hai combinato?
Filippo porse un fazzoletto al ragazzo. – Tieni la testa avanti e premi.
Tancredi si tamponò il naso. – Scusatemi... – tentennò. Clementina lo prese da parte e attese mentre Emira e Maria lo guardavano di sottecchi.
– Manunzio... – ammise lui. – Ma io l'ho ridotto peggio. Sembrava impaziente.
– Se sei grande da fare a botte lo sei pure per tornartene a casa ridotto cosí, – Clementina si avvicinò al suo studente. – Che c'è?
Tancredi prese coraggio. – Accendete la radio, maestra.
Tutti lo guardarono.
– Al bar qui sotto la gente dice che siamo in guerra.
Filippo scattò verso la cucina seguito dal resto della famiglia. La radio gracchiò per qualche secondo, poi la voce di Mussolini invase la stanza.
Clementina si lasciò cadere sulla sedia. – Francesco...

Lecce, estate 1943

Lo studio era avvolto in una nube di fumo densa a tratti.
Francesco sedeva alla scrivania della madre, la sedia rivolta verso la finestra chiusa. Clementina entrò ma lui non si voltò. Teneva la sigaretta tra le dita, la cenere che continuava a cadere a terra.
Lei aprí i vetri poi gli tolse il mozzicone dalle mani e lo spense nel posacenere colmo. – Da quanto sei qui?
– Da sempre, – si alzò e le fece cenno di sedersi. Quello era il trono di Clementina.
Rimasero entrambi in piedi.
– Mi hai raccontato poco o niente di questi mesi a Lesina. Sono stata cosí in pena che...
– Mamma, – Francesco accese un'altra sigaretta e sedette sul davanzale della finestra. – Non c'è molto da dire. Se fossero sbarcati lí ci avrebbero massacrati, – tirò fuori il fumo e il volto scomparve per un istante.
Clementina si accasciò sulla sedia. Non la sua. – Nelle cartoline scrivevi che pescavi nel lago le anguille a mani nude, che ogni tanto andavi a San Giovanni Rotondo e poco altro.
– Scrivevo ciò che potevo.
– Hai ragione, – si sarebbe accesa una sigaretta pure lei. Entrare in contatto con il figlio piú piccolo non era mai stato un problema, Francesco non era fragile come Filippo né ombroso come Emira. Da quando era tornato a casa, i primi giorni di agosto, lo vedeva silenzioso e indaffarato. Prima di essere arruolato, nel gennaio di quell'anno, aveva

vinto il concorso in magistratura. Adesso aveva comunicato alla famiglia che avrebbe rinunciato all'incarico. Maria lo aveva rimproverato, era un ruolo importante e lui ci rinunciava prima ancora di iniziare.

Francesco era sereno. «C'è la pena di morte, zia. Non posso rinnegare me stesso».

Pochi giorni dopo il suo rientro aveva detto a Clementina che sarebbe diventato avvocato e aveva iniziato da subito a praticare in uno studio legale non distante da casa. Ma la mente era altrove e a Clementina capitava di mordersi le guance perché voleva sapere ma non riusciva a chiedere. Quei sette mesi li aveva vissuti in apnea. Filippo si trovava a Ivrea, dove stava sviluppando il reparto di Metrologia di precisone presso la Società Olivetti, mentre Emira era accanto a lei, come sempre. Quando le voci su uno sbarco degli Alleati al Sud si fecero insistenti pregò come sapeva fare.

Francesco spense l'ennesima sigaretta. – A luglio sentivamo l'eco delle sirene giorno e notte. Stanno radendo al suolo Foggia e chissà cos'altro.

– Non devi fartene una colpa, saprai aiutare in altri modi, – sentí in bocca l'amaro del sangue.

Francesco si piegò davanti a lei. – Mi dispiace se sono stato distante in queste settimane. Ho cosí tanti pensieri...

Clementina gli sfiorò i capelli, erano morbidi come i suoi. Avrebbe voluto affondare le mani nella testa del figlio come non aveva fatto quando era bambino.

– Vuoi parlarne?

Lui non rispose. Sembrava gli bastasse una carezza sopra la testa per dimenticare tutto il resto. Non era cosí.

Clementina voleva dirgli che le dispiaceva. Non essersi mai preoccupata per lui le era venuto naturale. Aveva sbagliato. Tacere non le costò fatica.

Francesco era diverso, fu lui a parlare per primo. – Ti ringrazio mamma, non voglio che te ne preoccupi, – le prese la mano per accordare i gesti alle parole. – C'è una ragazza che ho conosciuto anni fa a Roma, tengo a lei e non ho sue notizie da mesi.

Clementina ritirò la mano e si sistemò i capelli che non aveva ancora raccolto dietro alla schiena. – Adesso è a Roma? Hanno bombardato la città e...

– Insegna a Firenze ma nell'ultima lettera ha scritto che sarebbe tornata in Romagna dalla sua famiglia.

– Non hai l'indirizzo?

– Rimini, San Leo, Bertinoro... Non lo so piú dov'è.

– Ma lei sa dove trovarti, giusto? Ti scriverà.

– Se non l'ha fatto è perché non può.

Clementina non capí subito ma quello che sentí nella voce di lui l'allarmò. – Come si chiama?

Le sembrò che il figlio non volesse dirglielo. Sbagliò ancora.

– Giuliana, – non lo sussurrò. Quel nome gli uscí come un tuono, liberato dopo mesi di afflizione.

Clementina non lo ripeté per paura di sgualcirglielo. – Pregherò affinché Dio la protegga, – disse invece. E si sentí semplice e ne ebbe fastidio. Possibile fosse questa la consolazione di cui era capace?

Ma Francesco era diverso da tutti. – So che lo farai, – e sembrò emozionarsi. Afferrò un libro a caso. – Me lo vuoi raccontare cosa hai fatto tu in questi mesi? – comparvero le stesse fossette di Cesare.

Clementina andò a sedersi dietro alla sua scrivania. Nel posto che aveva scelto di occupare molti anni prima, quando lui aveva appena tre mesi. – Ho pregato un Dio che non mi ha salvato.

Le fossette di Francesco scomparvero. Le sembrò che suo figlio avesse compassione e paura di lei.

– Ma ci ho creduto cosí tanto che alla fine ti ha protetto. Aiuterà anche lei.

Lecce, 1945

Francesco, poggiato allo stipite della porta della cucina, sorrise a Emira. – Balli bene.
Lei girò la manopola e spense. Il Trio Lescano smise di colpo di cantare.
– Per una volta che zia Maria non monopolizza la radio, arrivi tu a scocciarmi.
– Comunque scherzavo. Ma tanto qui non ti vede nessuno.
– Non vai a studio, oggi?
Francesco buttò giú un bicchier d'acqua tutto d'un fiato. – Vado ora. Ci sta una causa complicata, un brutto omicidio.
Emira sbarrò gli occhi.
– Sai quanti ce ne stanno, Mira? La gente pare impazzita con questa guerra. Anche se qui non c'è manco arrivata.
– Ma a te, di difendere gli assassini, non fa strano?
– E facevo il penalista se mi doveva prendere strano? Comunque non sono tutti colpevoli. E in ogni caso ognuno ha diritto a una difesa. È un principio cardine del diritto.
– Non farmi la morale. È che per me sarebbe impossibile.
– Per questo io non lo chiedo mai.
Emira lo guardò incuriosita.
– Non lo voglio sapere, – la malinconia rese ancora piú belli gli occhi nocciola.
Emira gli si avvicinò, finse di togliere un pelucchio dalla giacca. – Va tutto bene?
Francesco sospirò e non rispose. Lei non seppe piú che dire. Sapeva a chi pensava suo fratello.

– Devo andare che si è fatto tardi.
Quando fu uscito Emira riaccese la radio che tenevano tra il frigorifero e la finestra. Questa gracchiò piú volte, poi una voce squillante annunciò: – *La guerra è finita. Ripeto. La guerra è finita!*
– Francesco! Ciccio! – Emira uscí correndo dalla stanza.

Clementina allungò a Filippo le tre cravatte stese sul letto.
– Quand'è che iniziano queste lezioni?
– Lunedí, mamma. Ma il professor Oberziner vuole che arrivi il prima possibile. Dobbiamo discutere il programma e tutte le ricerche che ci sono da fare, – le rispose arrotolando le cravatte nella valigia.
– E l'aula come sarà? Grande come quella che abbiamo visto alla laurea tua o una piccola? – gli domandò mentre si sedeva sul bordo del letto.
– La nostra sarà una delle piú grandi.
– Che fate? – Emira si chiuse piano la porta alle spalle. – Di là c'è un piccolo dramma in corso. Non è venerdí il tuo treno? – domandò al fratello indicando la valigia riempita a metà sul letto.
– Oberziner mi ha mandato un telegramma ieri. Vuole che vada subito a Roma per sbrigare delle pratiche.
– Mi pare impossibile che te ne vai a insegnare all'università, che ancora ieri giocavamo per strada. Te lo ricordi quando non volevi essere il figlio delle signorine Martello?
– Ma quando mai… Sarà stato Francesco.
– Eri tu! – ribatté la sorella.
Clementina guardava l'orlo della gonna. Il pensiero che suo figlio stava per trasferirsi a Roma e che in poco tempo avrebbe avuto una cattedra sua alla facoltà di Ingegneria, invece di rasserenarla la agitava. Sentiva un'inquietudine montarle nel petto. Da qualche parte tra le ossa e la pelle, aveva paura. E anche se si ripeteva che avere paura era legittimo e fisiologico, lei non si era mai concessa il lusso

di provarla. Per questo a volte sembrava spaventosa pure a lei. Quella ti gira intorno finché non trova un punto, un orifizio, una lacerazione da cui entrare. Sarebbe stato bello parlarne a don Mariano. Cosa le avrebbe detto lui? Con quali parole l'avrebbe rassicurata? Non lo sapeva. Erano passati troppi anni e la Clementina di allora la paura non l'aveva percepita. Forse, se lo avesse fatto, le cose sarebbero andate diversamente. O forse no.

– Vado a vedere che succede di là con la zia, – Clementina uscí a testa bassa.

– Che le prende? – si domandò Filippo infilando i libri nella valigia.

Emira gli fece cenno di non pensarci. – Troppe femmine in questa casa. Non sei piú abituato. C'è la zia Maria che non trova piú a Musciu, e siccome Francesco le ha detto che i gatti quando vanno a morire spariscono, quella sta come una matta. A proposito, chissà se Ciccino è già arrivato a Roma.

Filippo mise un paio di calze nella borsa da lavoro in pelle. – Mi ha detto che Giuliana lo raggiungerà stasera con il fratello e una zia.

– Tutto cosí di fretta.

– Di fretta, dici? Non si sono sentiti per due anni.

– Appunto. Secondo te la sposa?

Filippo chiuse la valigia. – Se l'accetteranno, – indicò il corridoio da cui venivano le voci della madre e delle zie.

– Cavoli, sei diventato pessimista con l'età. Non sono mica delle erinni!

– Certo, – le sorrise. – Fare spazio a qualcuno quando si è sempre stati soli non è facile, – si rabbuiò.

– Stiamo parlando della mamma o…?

Filippo si sedette sul letto, lo stesso di quando era bambino.

Emira gli diede una pacca sulla spalla. – E io, allora? – prese posto accanto a lui.

– Devi venire a Roma a trovarmi. Se volessi, potresti insegnare anche lí, lo sai.

– Lasciami perdere a me. Ho già trentadue anni e poi non sono come a voi altri che scalpitate, che c'avete fame di riuscire. Io sto bene qui con la mamma e con le zie, – si lisciò la gonna grigia e si voltò verso lo specchio sul comodino accanto al letto. Il riflesso della sua immagine non le piacque, non le piaceva mai: i capelli scuri erano sempre troppo crespi, gli occhi troppo distanti e il naso piú lungo del dovuto.

– Sei brutta –. Filippo le mise un braccio attorno al collo. Allo specchio i due fratelli si somigliavano, e nessuno dei due somigliava a Francesco. – So' brutto pure io, – le fece l'occhiolino.

– Avrei comunque preferito i riccioli tuoi a questo cespuglio che tengo sulla testa.

Tornò improvvisamente seria. – Hai avuto qualcuno in questi anni?

– Se tu vuoi venire a Roma basta che mi scrivi, d'accordo?

Emira gli sorrise dallo specchio. – Non devi confidarti per forza.

– Non ho nulla da confessare, Mira. La mia vita è stata solo studio e lavoro, – espirò come se avesse trattenuto l'aria per molto tempo. – Spero di averla resa fiera di me.

Emira poggiò la testa sulla spalla del fratello e non disse nulla. Se avesse parlato, se quel nome che tentava di cancellare da anni fosse uscito fuori in quel momento tutto il suo bisogno sarebbe diventato reale.

Dopo aver accompagnato Filippo alla stazione, Emira si aggirava inquieta per la casa.

– Ti disturbo? – domandò ad Anna che cuciva in salone. La radio in sottofondo trasmetteva *Candy*, l'ultima canzone del Quartetto Cetra.

– Siediti, cara, – le disse lei senza togliere gli occhi dall'orlo della gonna che stava sistemando.

Emira si lasciò andare sulla poltrona. – Zia, tu ti sei mai pentita?

Anna la guardò da sopra gli occhiali. – E di che mi dovevo pentire?
– Lo sai.
La donna posò la gonna e si tolse gli occhiali. – È per quel collega, quell'insegnante di educazione fisica che ti faceva la corte?
– Forse ho qualcosa che non va.
Anna attese che continuasse.
– A me non interessa trovarmi qualcuno, – sussurrò. – È cosí sbagliato? L'unica cosa di cui ho paura è che poi me ne potrei pentire.
Anna riprese l'orlo alla gonna.
– Non lo cerco nemmeno. La volta che è capitato ho fatto di tutto perché non funzionasse. E quando è andata male non me n'è importato niente.
– Ti ricordi che da bambina ti piaceva Gianni?
– Che dici? Giocavamo.
– No, certo, cara. Ma se lui si presentasse qui ora? Questo pensiero non ti fa tremare un poco le gambe?
– Ma quali gambe? Quale Gianni? Quello era uno scherzo. Io voglio sapere se è normale non desiderare nessuno.
– Perché non ne parli a tua madre, scusa? A lei che l'amore se l'è vissuto, – la voce di Anna era dolce come sempre, Emira riconobbe un lampo di amarezza nei suoi occhi. – E poi che ne sai, tu, di quella storia lí?
Emira si era già pentita di quella confidenza. – Ho sentito mamma e zia Maria parlarne. Sono senza grazia, zia, perdonami, – mormorò alzandosi.
– Non sono pentita –. Anna cuciva svelta e sicura. Sembrava una marionetta tanto era veloce nei movimenti. – Non sono pentita perché non è dipeso da me. Lui voleva trasferirsi al Nord, aveva degli affari, io gli dissi che Lecce era la mia casa e lui se n'è partito lo stesso. Non una grande storia d'amore, dopotutto.
– Hai rinunciato per restare con noi?
Anna sembrò quasi divertita. – Cara, vi adoro, ma no.

Ho rinunciato a lui perché sono codarda: non potrei vivere in un posto che non sia questo. E ai codardi non è concesso pentirsi. Ci vuole coraggio sia a decidere di amare che a decidere di non farlo. Ora basta parlarne. Sono troppo vecchia per queste cose, – e si mise a intonare la canzone alla radio.

Il 17 ottobre del 1945 Clementina compí sessantatre anni. Quella sera si mise alla scrivania, aprí il registro di classe, e segnò i nomi degli alunni che avrebbero affrontato la maturità il giugno successivo: erano in quattro, tre maschi e una femmina. Poi calcolò, sul totale degli iscritti, il tempo necessario a portare tutti al diploma: tre anni. Scrisse un grosso tre sul foglio e lo cerchiò. A partire da quel mese non avrebbe piú accettato nessuno. Da lí a tre anni, nel 1948, avrebbe smesso di insegnare chiudendo la sua piccola scuola per sempre.

Già da un paio d'anni aveva ridotto il numero degli iscritti. Con la guerra molti giovani erano partiti o avevano abbandonato l'istruzione per lavorare, e le ragazze le famiglie preferivano tenerle in casa, protette, a imparare i mestieri. Sembrava di essere tornati improvvisamente indietro nel tempo.

Filippo e Francesco non facevano che ripeterle che ora di soldi ce n'erano abbastanza per tutti quanti. Francesco, in particolare, aveva iniziato a lavorare per un famoso studio legale di Lecce e guadagnava molto bene, e anche Emira, che durante il fascismo si era dovuta accontentare di insegnare pedagogia al magistero, adesso aveva una cattedra di greco e latino al liceo.

Insegnare l'aveva tenuta in vita per ventitre anni. Doveva tantissimo a quel mestiere che si era inventata nella disperazione e che, anno dopo anno, l'aveva fatta sentire sicura di sé e delle sue capacità. Non si era improvvisata maestra come aveva detto a sua sorella molti anni prima, non avrebbe mai potuto farlo. Aveva studiato, ripassando di notte, ogni notte, per mesi e mesi. Non si era mai chiesta se per lei insegnare fosse una missione o una vocazione. Era successo e basta. Aveva imparato sulla sua pelle che se rimugini troppo sulle cose che accadono rischi di affondare. E lei invece non era affondata. Per carattere e per educazione, e pure perché sapeva che, se l'avesse fatto, avrebbe portato a fondo con sé i vivi e i morti.

Giuliana entrò in salone al braccio di Francesco ridendo a bocca dischiusa, con gli occhi vivaci incollati a quelli di lui. Quando vide Clementina deglutí.

La donna era in mezzo alle sorelle, tutte e tre sedute sul divano in salone. Le sorrisero, ognuna in modo diverso: quella a sinistra, molto magra e sciupata, in modo candido e caloroso; quella alla destra, grassoccia e divertita, a mezza bocca, quasi scocciata da quell'intrusione.

Al centro, vestita di nero, c'era la donna che prima le fece un rapido cenno di saluto e poi tornò a scrutarla con grandi occhi spiritati: la madre di Francesco.

Francesco aveva cinto la vita di Giuliana, un movimento leggero e naturale, e lei si era rilassata. – Finalmente vi conosco.

Era appena arrivata a Lecce e avrebbe passato il Natale del 1945 con la famiglia del fidanzato. Clementina la squadrò dalla testa ai piedi e la trovò d'una bellezza non classica: l'ovale tondo, gli occhi nocciola striati di giallo, i capelli dorati e il nasino all'insú che si arricciava quando sorrideva. Era poco piú bassa del figlio, con un bel punto vita sottile e un seno generoso. Di lei sapeva che aveva ventotto anni, due meno di Francesco, che era laureata in Lettere, materia che aveva insegnato a Firenze prima dell'Armistizio. La data delle nozze era stata fissata a Roma per l'inizio dell'estate successiva. Era il luogo dove si erano conosciuti e innamorati, ma anche a metà strada tra Lecce e la Romagna, la sua terra d'origine.

Anna tossí nel fazzoletto bianco. – Accomodati cara, mettiti vicino al camino, – le indicò la poltrona.

Francesco le diede una piccola spinta e lei andò a sedersi. Gli occhi delle tre continuavano a indagarla.

– È una casa molto bella, – disse guardandosi intorno per dissimulare l'imbarazzo. Il fuoco le incendiò le guance. Fece finta di nulla e si sedette sull'orlo della poltrona, senza incrociare le gambe. Per quell'incontro aveva scelto un vestito in velluto verde a collo alto e una cinta in pelle a segnarle la vita. Decisamente troppo pesante per il clima di Lecce.

– Ci ha detto Francesco che ti tratterrai fino al nuovo anno, siamo cosí felici di conoscerti, cara, – proseguí Anna. Solo lei fra le tre aveva conservato un'espressione amichevole quasi eccessiva, un modo per compensare quella rigida delle sorelle.

Clementina era rimasta eretta, dritta e scolpita nella stessa posizione, e mai, neppure una volta, aveva sbattuto le palpebre.

– Ninni mio, le hai detto che a Natale preparo il brodo e i tortellini? – sussurrò Maria guardando il nipote.

Francesco si trattenne dallo scoppiarle a ridere in faccia. – Giuliana lo sa, zia. Non è vero?

La giovane fece un cenno di approvazione. – Non vedo l'ora di assaggiare i vostri cappelletti.

– *Cce dice*, cappelletti? Tortellini carina. Io faccio i tortellini da quando il nostro babbo ebbe un incarico a Modena. Lí ho imparato, anche se ci siamo stati per poco. Ero *piccinna* ma sveglia.

Francesco si avvicinò alla poltrona su cui era seduta Giuliana e prese un ciocco di legna da sotto al camino.

Lei gli rivolse un'occhiata supplichevole come a pregarlo di non fomentare la fiamma. Lui capí e lo mise via.
– Filippo mi ha detto che non scenderà per Natale, e che ci vedremo al matrimonio.

Maria alzò le spalle. – *Cappelletti...* – Poi si rivolse a Clementina. – Devo prendere la carne per il brodo, prima *c'ha m'adimenticu*.

Clementina non distoglieva lo sguardo da Giuliana e dal figlio, che era rimasto in piedi accanto a lei. D'un tratto si alzò e lenta si avvicinò al fuoco.

Francesco cercò la mano confortante di sua zia. Notò che Anna era piuttosto pallida. – Zia, ti senti bene?

– Sta bene, sta bene! – esclamò decisa Maria. – Vado a vedere se la gelatina ha tenuto, – si alzò e si diresse a passo deciso verso la cucina. – Toh, guarda chi si è degnato, – prese in braccio Musciu che barcollante li aveva raggiunti in salone.

– Quello è il gatto della zia Maria, – disse Francesco a Giuliana. – Conquistalo e avrai lei dalla tua parte.

Giuliana fece un cenno di assenso. Era evidente che la presenza di Clementina le tendeva ogni muscolo.

– Giuliana ha preso la patente, dobbiamo cercare una macchina, – disse Francesco.

Maria, sulla soglia della porta, si bloccò e strinse Musciu con forza, come a proteggerlo. – *La machina da cusire*, Ninni?

– Ma no, zia! Un'automobile! – scoppiò a ridere Francesco.

Maria strabuzzò gli occhi e senza dire una parola uscí scuotendo la testa con Musciu ben stretto al petto.

Clementina si voltò verso la futura nuora. – Ti avviso, qui ti giudicheranno male.

Giuliana fece per aprire la bocca ma Francesco la precedette. – Non terrorizziamola. Sennò cambia idea e finisce che non mi sposa piú.

– Vedrai, – bisbigliò Clementina alla fiamma.

Anna tossí. – Vado a farmi una cosa calda, – allungò la mano a Clementina che l'aiutò a tirarsi su.

– Sei davvero deliziosa, cara, – bisbigliò prima di uscire dal salone al braccio della sorella.

Rimasti soli, Francesco si inginocchiò ai piedi di Giuliana. – Fidati, non è andata cosí male.

Lecce, gennaio 1946

– La zia Annina ha le guance blu.
Filippo, che era riuscito a tornare a Lecce per l'ultimo dell'anno, si chiuse la porta dello studio alle spalle. – Le guance blu e gli occhi gialli, mamma, – si sedette di fronte a lei.
– È da prima di Natale che sta cosí.
Lui si passò una mano tra i capelli ricci. – E poi passa tutto il tempo davanti alla finestra a cucire. Non fa altro che cucire da mattina a sera.
Clementina chiuse il libro. – Ti va di camminare?
Uscirono senza avvisare nessuno dirigendosi verso il centro. L'aria nei giardini era impregnata dall'odore di legna bruciata. Clementina lo conosceva bene, le era diventato familiare: lo stesso che aveva sentito appena scesa dal treno trent'anni prima.
– Sei contento di essere qui? – gli domandò studiandone il profilo mentre gli camminava a fianco: il naso aquilino, la bocca sottile e definita, i capelli in disordine.
– Perché me lo chiedi? È naturale che lo sia.
– Ieri, dopo cena, mi sei sembrato triste. Tutto qui.
Filippo la prese sottobraccio. – Sono molto contento di essere tornato, di aver passato l'ultimo dell'anno insieme, mangiando i mustazzoli della zia Maria come facevamo un tempo.
– Peccato che Francesco e Giuliana non siano venuti. Non dovevate vedervi questa mattina?

– Ciccino ora è un uomo impegnato. Ha Giuliana, un lavoro... Passerò a trovarlo prima di ripartire.
Clementina riprese a camminare. – Forse dovremmo sentire uno specialista per la zia Anna.
– Sono d'accordo, è come se si fosse spenta.
– Falle compagnia, ora che sei qui. Potresti fermarti qualche giorno in piú, lo sai che ha un debole per te.
– Ho una vita a Roma, – fu brusco. – Scusami, perdonami, mamma. Ma davvero, riprendo le lezioni e ho delle questioni in ballo che non posso rimandare.
Clementina gli prese la mano e lui la riportò sotto il suo braccio. – La zia starà bene, vedrai. Spero solo di non essere stata superficiale. Quella tosse maledetta ce la siamo passata tutte e il dottore ha detto che non era grave, che girava l'influenza e lei è sempre stata cosí fragile. Anche da bambine. Noi guarivamo in tre giorni, e lei ce ne metteva dieci.
Filippo le strinse forte la mano sotto al braccio. – Le hai gelate, come al solito. Torniamo che si è fatto tardi.

– Maestra, state bene?
Santina Cutiazzi, una delle ragazze del mattino, le si era parata davanti e la fissava. – Parete un cencio, vi state mica sentendo male?
Clementina la mise a fuoco. Prima le trecce castane e poi i grandi occhi scuri. No che non mi sento bene. Tu ce l'hai una sorella che muore? avrebbe voluto gridarle in faccia con tutto il fiato che aveva, ma si riscosse. – Sto bene, Santina, mo torna pure a sederti. Anzi, raccogli i compiti che dovreste aver finito da un pezzo, – indicò le altre che la guardavano di sottecchi dai loro banchi. – Oggi uscite prima!
All'ora di pranzo Clementina condivise con la figlia le sue preoccupazioni.
– Lo so, mamma. Però io credo una cosa, – Emira fece una pausa lunghissima mentre con la forchetta smuoveva

gli spaghetti al sugo rimasti nel piatto. – Penso che la zia sia stanca. Lei sta lí alla finestra, cuce ma non finisce mai nulla. L'altra mattina sono passata a salutarla prima di andare a scuola e lei se ne stava assorta. Sembrava quasi felice.
– Quella non sta mangiando nulla.
– Ma hai sentito cosa ti ho detto?
Clementina alzò gli occhi. Aveva sentito. Aveva capito.
La mattina dopo si piazzò incerta fuori dalla camera che Anna condivideva con Maria. Tese l'orecchio e sentí del brusio. Spalancò la porta. Maria era seduta accanto ad Anna e le pettinava i capelli lunghissimi e piú grigi dei suoi. – *Ceè faci* lí impalata, vieni dentro e chiudi la porta. Dài, *menah*, non fare quella faccia.
– L'hai finita alla trapunta? Passi tanto di quel tempo a cucire che dieci ne devono uscire!
Anna si rivolse verso la solita finestra. – Non penso la finirò.
– Ma che dici?
Maria la fulminò. – Stai buona. Preferisce cosí. Saranno fatti suoi, o no?
– Quindi avete già deciso tutto senza di me.
– Non ci sta niente da decidere, Tina. Cucio e disfo, somiglio a quella Penelope che ti piace tanto.
Clementina si sentí persa. Quella complicità che invidiava cosí tanto fin da quando era tornata a Lecce le bruciò come uno schiaffo. – Ma vi ho fatto qualcosa di male?
Anna la ignorò. – Francesco mi ha promesso che mi porta a fare una passeggiata al mare nel pomeriggio. Si libera prima da studio e ce ne andiamo a Castro. Vuoi venire?
Clementina provò a sbirciare la trapunta che Anna teneva sulle gambe. Voleva capire, trovare qualcosa che giustificasse tutte quelle ore passate a lavorare. Non riuscí a vedere quasi niente.
– Ora ci vestiamo, – Maria, dopo aver intrecciato i capelli di Anna, prese dall'armadio il vestito azzurro pastello della sorella.

Clementina quasi glielo strappò dalle mani. – Fa freddo, tirerà vento, è meglio quell'altro, – indicò il vestito scuro di lana.
Anna si alzò a fatica. – Voglio quello azzurro, Tina, celeste come il mare e come il cielo.
Clementina le porse il vestito. – Oggi è nuvoloso.

– Maestra, io vorrei fare il dottore. Non l'infermiera, proprio il dottore.
Santina Cutiazzi, diciotto anni appena compiuti, la guardava fiera dal primo banco.
– Tua madre è d'accordo?
– Dice che il babbo, quand'è crepato... – si corresse subito, – quand'è venuto a mancare, ci ha lasciato cosí tanti soldi che lei si sente tranquilla, e quindi io posso fare quello che mi pare.
Le parole pronunciate con decisione dalla ragazza la inorgoglirono. – Dobbiamo insistere con la matematica e la fisica, Santina, che sono importanti.
– Con quelle me la cavo bene, maestra. Pure mio zio me le fa studiare.
– Non basta. Vedi che all'università non è come qui, lí saranno quasi tutti maschi e a te verrà richiesto di essere preparata piú di loro, – le si avvicinò e sentí che la ragazza profumava di pulito. – Tu devi saperne sempre piú di loro. Tienilo bene a mente.
– Io farò tutto quello che mi dite.
Clementina appoggiò il mento sulle mani intrecciate. Erano notti che non dormiva pensando alla sorella.
– Tu sei sempre stata brava. Noi ora ci prepariamo per l'esame finale e su quello devi dare il massimo, – chiuse il registro. – Va' a casa che si è fatta ora di pranzo.
Quando Santina fu uscita, sistemò le carte e i banchi e si sentí improvvisamente esausta, ripensando alla decisione presa nel giorno del suo sessantatreesimo compleanno. Passò davanti alla camera di Anna e decise di entrare

con uno slancio istintivo. La sorella era seduta sulla solita sedia accanto alla finestra.

– Allora, a che punto sei con il tuo lavoro?

Anna non le rispose subito. Clementina intuí che cercava una risposta che potesse compiacerla.

– L'altro giorno ti prendevo in giro, sei sempre cosí seria tu. La trapunta è finita.

Clementina si guardò intorno senza vederla.

– Non è qui, – sospirò stanca Anna.

– Vuoi bere? – si inginocchiò davanti a lei. Le sue articolazioni scrocchiarono.

– Rischi di rimanerci stecchita, cosí piegata. Come procedono i preparativi del matrimonio? Francesco è passato ieri sera, non ha fatto in tempo a portarmi al mare, ma mi ha raccontato che la sorella di Giuliana ha montato un caso sul vestito. Dice che quello che ha scelto è sciatto.

– Giuliana mi sembra decisa a non rendere conto a nessuno, – perfino lei sentí la punta di acredine nella propria voce.

– Ti spaventa?

– Può darsi.

– Sono contenta per Francesco. Se anche Filippo riuscisse a sistemarsi bene... Mi ha detto che ha dei progetti importanti, la possibilità di avere una cattedra sua a Roma.

– Speriamo.

– Tina, ma ti rendi conto? Filippo professore all'università.

– Filippo però non si sposerà, lo sai.

– Già, abbiamo ancora la superbia di pensare di conoscere la vita intima dei nostri ragazzi. Te lo ricordi come eravamo noi trentasei anni fa?

Clementina si tirò su piano, le gambe le facevano malissimo. – Io di certo potevo stare accovacciata senza sentire le gambe diventare rami secchi, – si massaggiò le cosce. In strada, sotto la finestra, ogni tanto si sentiva una macchina, un passante. Si affacciò ma ne fu delusa, era questa la vista che incantava tanto sua sorella?

– Trentasei anni fa non ero felice.
La voce di sua sorella la riscosse.
Anna assunse un'espressione colpevole, una bambina colta a rubare. – Ma poi lo sono stata. Quando sei arrivata tu con i bambini è stato terribile e bellissimo.
– Terribile e bellissimo, – ripeté Clementina sottovoce.
– Tina?
Ora era lei assorta a fissare fuori.
– Non preoccuparti per Maria, lei ha la pellaccia piú dura di quanto pensi.
– Ma che vai dicendo?
– E i ragazzi, – proseguí sussurrando, – anche con loro ho parlato.
– Di cosa?
– Sono dei figli eccezionali.
– Ti vado a prendere da bere, – Clementina cercò di nascondere le lacrime che si erano presentate all'improvviso.
– A lui però non me lo sono dimenticato.
Clementina strinse i pugni.
– Ma non è stata colpa di nessuno, – aggiunse tranquilla.
Anna le mise una mano sulla gamba e si voltò per lasciare Clementina libera di piangere. Non accadde.
– Me la porti un poco d'acqua? – Anna aveva il viso bianco, la bocca dischiusa e gli occhi rassegnati. – È stato bello lo stesso, – un sorriso stanco, luminoso e pieno.
Clementina uscí. Una volta fuori si diresse svelta nella stanza della figlia. Si ricordò che Emira era a scuola, allora andò spedita in cucina. Maria stava impastando pane raffermo, latte e uova.
– Ho bisogno di vedere il mare.
– *Lu mare?* Ma mo ci vuoi andare?
– Lascia stare. Di' ai ragazzi che tardo qualche minuto. Falli accomodare, inventa una scusa –. Infilò il cappotto appeso all'ingresso e uscí di casa.
Lo studio legale di Francesco distava pochi minuti a piedi da casa loro. Percorse quel tragitto come una furia

perché altrimenti avrebbe tardato per la lezione del pomeriggio, e perché sentiva di non avere tempo. Ne aveva perso già troppo.

Quando Francesco se la ritrovò davanti sulla poltrona di pelle riservata ai clienti, dovette farsi ripetere piú volte cosa fosse venuta a fare.

Le serviva un'automobile che portasse lei e zia Anna al mare.

Francesco le disse che domenica ci avrebbe pensato lui e che la madre avrebbe potuto unirsi, se voleva.

Lei ribatté decisa: – È martedí. Domenica è troppo lontana.

Francesco però non poteva assentarsi, c'era una causa grossa da discutere in tribunale la mattina successiva. Doveva studiare le deposizioni e preparare l'arringa.

Lei gli rispose che non c'era da discuterne, che avrebbe aspettato la macchina per l'indomani mattina alle dieci.

Mentre tornava a casa dopo aver strappato al figlio l'impegno a procurare un'automobile, si fermò davanti a un banchetto di frutta che non aveva mai visto in quel punto della strada, all'angolo, prima della svolta che portava a casa sua. La vecchia seduta su uno sgabello vestiva di nero come lei. Sentendola passare mormorò qualcosa in dialetto.

Clementina tornò indietro. – Dicevate qualcosa?

La vecchia le sorrise e la bocca deformata e senza denti le occupò tutta la faccia. Prese una pera un po' ammaccata e gliela porse.

Clementina tentennò, cercò nella tasca del cappotto qualche spicciolo ma quella fece segno che di soldi non ne voleva. Clementina accettò il dono. Allora la *màcara* parlò e lo fece con una voce giovane, che pareva impossibile per quel fisico magro e cadente. Nessuno avrebbe mai detto potesse provenire da lei.

– *Sputa ca 'ncoddha.*

Clementina indietreggiò di un passo, poi si voltò e andò via con la pera ancora stretta in mano.

All'alba della mattina dopo Clementina sentí Maria gridare in fondo al corridoio.
Capí immediatamente. Scostò con forza la coperta e a piedi nudi si diresse svelta verso la camera da letto delle sorelle. Passando davanti al bagno avvertí un gemito. Maria era inginocchiata a terra e teneva Anna stretta a sé. Clementina si accovacciò accanto a lei e si stupí di non provare dolore. Non faceva fatica a guardare il corpo senza vita di sua sorella.
Anna indossava il vestito azzurro pastello che aveva scelto per la gita al mare insieme a lei e a Francesco. Doveva essere scivolata sul pavimento con grazia. Era morta con la stessa discrezione con cui era vissuta, sempre un passo indietro e una parola gentile. Clementina le sfiorò la testa e infilò due dita tra i capelli crespi e radi, poi le tolse di mano la boccetta con l'acqua di colonia che, cadendo con lei, si era rovesciata profumando la stanza con l'odore delle peonie. L'annusò. Maria continuava a gemere e a tenere Anna stretta a sé. Clementina le mise la boccetta profumata sotto al naso. Strappò a Maria un sorriso nel lamento. La donna strinse ancora piú forte a sé il corpo esanime.
Rimasero accanto a lei finché non sentirono l'odore del caffè provenire dalla cucina. Poi versarono insieme quel che rimaneva del profumo tra i capelli grigi di Anna.

La processione di parenti e conoscenti andò avanti per ore.
Maria aveva voluto preparare i biscotti alla cannella, i preferiti di Anna, e ci aveva imbandito la tavola del soggiorno. Clementina ed Emira avevano timidamente protestato spronandola a farsi aiutare da Michela, la cameriera che ogni tanto andava a rassettare la casa, ma non c'era stato verso. Maria aveva sfornato biscotti da sola per tutta la giornata.

- Mamma, ma cosa stai facendo?
Filippo e Francesco erano comparsi all'improvviso mentre Clementina ribaltava la stanza delle sorelle.
- Tornate di là che c'è gente, ora vi raggiungo.
Sbucò anche Emira. - Che c'è stato, un terremoto?
- Sto cercando una cosa e non la trovo, - si giustificò Clementina. - Ho quasi fatto, - fece cenno con entrambe le mani di uscire.
- Hai messo sottosopra la stanza... - Francesco la guardò incerto.
- Uscite!
Emira e Filippo presero il fratello sottobraccio e la lasciarono sola.
Clementina ricominciò spasmodica la sua ricerca. Non poteva essere sparita, non era mica una salvietta, si ripeté piú volte tra sé.
- Si può sapere cosa stai cercando? - Filippo ricomparve sulla soglia della camera.
Clementina sospirò sconfitta e si lasciò cadere sul letto.
- La trapunta che cuciva la zia Anna. Non ha fatto altro per mesi.
- Chiediamo alla zia Maria.
- Non lo sa! - lo interruppe lei esasperata.
- E tu perché ti sei fissata?
Clementina non seppe cosa dire. Non lo sapeva nemmeno lei. L'unica cosa certa era che sentiva l'urgenza di trovarla.
- E se l'ha regalata?
- È escluso. Era una cosa personale. Non mi va di star qui a spiegarti ora, abbiamo gente in casa.
- Immagino avrai già chiesto a Mira.
Clementina si bloccò sulla soglia.
- Era qui un minuto fa e non ti è venuto in mente che lei potesse saperlo?
In quel momento comparve Maria. - Ma che accidenti è successo qui? Tina, m'hai rivoltato la camera.

Filippo uscí.
- Che mania ti è presa? Il corpo di Anna è ancora caldo e tu sei qui a tirare i vestiti all'aria?
- Cercavo la trapunta.
- Adesso?
- Io la devo trovare. Quella non ha fatto altro, per mesi, e mo pare che non interessi piú a nessuno. Sono giorni che la cerco. Volevo portarla al mare -. Fuori, in strada, le sembrò di vedere l'ombra della vecchia *màcara*. Si avvicinò rapida e spalancò i vetri. Non c'era nessuno.
- La trapunta sta in camera tua.
Emira era poggiata allo stipite. - Nell'anta di sinistra del tuo armadio, me l'ha fatta mettere lí lei. Mi ha detto: lo sai che la mamma tiene sempre i piedi ghiacciati, d'inverno e pure d'estate.
Clementina crollò sul letto di Anna.
- Vieni, andiamo, - Maria la spinse a tirarsi su. - Sistemiamo piú tardi.
- E tu, perché stai cosí bene? - domandò Clementina a Maria a bruciapelo. - Tu dovevi crollare. Non io. Ero convinta che tu... - le parole le morirono in gola, si sentí smarrita, improvvisamente perduta. - Perché sto crollando io?
Maria tentennò il capo. - Crolla. Non è che succede nulla se ogni tanto ti fai uno sfogo, se ti liberi un poco.
- E secondo te mi vado a disperare sulle disgrazie mie? Non l'ho fatto allora e non lo faccio manco mo.
- È vero. Però *mancu* che hai gioito delle vittorie. E dire che le disgrazie erano condivise, ma le vittorie erano solo le tue.
Clementina osservò Maria appesantita nel suo vestito sformato. Eppure il viso era luminoso, gli occhi rotondi erano proporzionati nel volto largo mentre il viso di Clementina era sciatto, opaco, sbiadito dal tempo e dal dolore.
- Ho incontrato a una *màcara*. Mi ha detto una cosa che...

Maria le mise svelta la mano sulla bocca. – *Citta!* La *masciàra* quello vuole. Se li ripeti a voce alta gli incantesimi si avverano.
Clementina avvertí l'odore di cannella che le si fissò nelle narici. Inspirò forte ed espirò, e cosí ancora e ancora. Provò a piangere. Voleva piangere per sua sorella. Per Anna, che aveva avuto il privilegio di conoscere, di vedere bambina e donna. E per Emilia, che era rimasta bambina per sempre. Ma le lacrime non uscirono e i respiri non divennero singhiozzi.

La sera trovò la trapunta dove le aveva indicato Emira, nell'anta sinistra del suo armadio. Perfettamente piegata, profumava di peonia. Con cura la prese e la aprí sul letto. Le cuciture avevano un significato preciso: c'erano rose dai petali ampi e peonie, i fiori preferiti di Anna. Poi i numeri, che rappresentavano Filippo, l'*alfa* e l'*omega* di Emira, e il pendolo della Giustizia per Francesco. Cercò ancora: nei petali delle rose erano cucite le loro iniziali, anche quella di Emilia. Fece rapida il giro del letto. In un quadrante sul lato opposto Anna aveva cucito una pipa: il babbo. E ancora due anelli che si intrecciavano: le fedi nuziali che la mamma aveva voluto indossare nella bara.
Sollevò la trapunta e cominciò a ruotarla. Mancava qualcosa. Non poteva averli dimenticati, non l'avrebbe mai fatto. D'un tratto li vide, vicino al bordo, nella parte da tenere accanto al viso: Lina, la bambola di pezza che aveva cucito per Chiara. Teneva in mano un palloncino su cui era ricamata la lettera C. Clementina accarezzò il ricamo. Il palloncino sembrava tirato dal vento e nella sua direzione Anna aveva cucito un piccolo treno: Cesare.
Stremata si stese sul letto e affondò il viso nella trapunta. Nel comodino accanto a lei le fotografie di Chiara e Cesare la guardavano. *Non ora*, mormorò, *vi prego, non ora*. Il ritratto del marito le ricordò le parole della prima notte di nozze: «Tu sei tutta gesti, Tina. Ma i pensieri, quelli

che tieni nella testa, devi imparare a dirli». Tirò su con il naso, si portò la trapunta sopra la testa e gridò.

La prima volta le uscí male, un suono acuto e stridulo. Non so nemmeno urlare, pensò. Riprovò. Questa volta il grido le uscí secco, gutturale, vivo. Arrivarono le lacrime. Urlò, pianse e urlò ancora. Infine, completamente avvolta nella trapunta di sua sorella, si addormentò senza piú voce. Svuotata dal pianto e dalle grida, si sentí di nuovo piena.

Quella notte sognò solo il mare.

Estate 1915

Il vagone di prima classe era mezzo vuoto e Cesare continuava ad appuntare su un taccuino riflessioni tecniche sul viaggio.
– Caro, perché non provi a rilassarti un poco? Sono ore che non fai che scrivere.
Clementina si era portata un libro ma non riusciva ad appassionarsi. Un lavoro a maglia sarebbe stato piú indicato. Anche se non era particolarmente abile era certa che i movimenti meccanici sempre uguali avrebbero scacciato via i cattivi pensieri.
– Questi sono i nostri treni, Tina. Mi segno cosa funziona e cosa non va. È il mio lavoro, lo sai.
Clementina soprassedé sul tono nervoso di lui e riprese a fingere di leggere.
Il capotreno passò per informarli che sarebbero arrivati a Napoli con mezz'ora di ritardo, Cesare si informò sul motivo e ne nacque una discussione amichevole al punto che l'uomo lo invitò in cabina. – Ci metterò poco, – disse alla moglie seguendo il capotreno.
Lei ne fu rincuorata. Era nervoso da quando erano partiti, quella mattina all'alba. E difficilmente la situazione sarebbe potuta migliorare.
Cesare ritornò a sedersi prima del previsto. – Un macello, questi treni. E con la guerra sarà un disastro. Lo vedranno quanto ci costerà questo conflitto.
– Ti va della frutta? Non hai mangiato nulla a colazione –. Clementina cambiò argomento. Se si fosse messa a pensare pure alla guerra sarebbe stata sopraffatta.

– Non ho fame, mangerò quando salperemo.
– Con gli orari siamo tranquilli?
– Abbiamo tempo per imbarcarci con comodo, Napoli la conosco bene, non sarà complicato.
– So che non è cosí che saresti voluto tornare in Sicilia.
Lui riprese in mano il taccuino e tornò a scarabocchiare calcoli e ad appuntarsi note.
– Cesare?
Il marito continuò a scrivere. – Riposati finché non arriviamo.
Clementina non insisté. L'ultimo periodo era stato cosí duro che solo il fatto di essere seduti su quel treno ad affrontare il viaggio le sembrava un miracolo.

Circa un mese prima Cesare aveva preso a lamentarsi di un fastidio in bocca, una piccola afta che non voleva saperne di guarire. Dopo una settimana, sentendosi anche un poco ridicolo, aveva preso appuntamento con il dottore che con suo grande stupore, invece di ridergli dietro, gli aveva prescritto degli esami di approfondimento. Clementina lo aveva accompagnato senza dare peso alla cosa. Tutte quelle premure per una minuscola afta erano sembrate anche a lei un eccesso di zelo da parte del medico. Era una pieghetta di cui soffriva spesso anche lei.
Il giorno previsto per il ritiro dei referti Cesare venne bloccato da una riunione di emergenza al lavoro. Un treno aveva deragliato vicino Roma e lui doveva guidare una squadra di tecnici sul posto per indagare sulla dinamica dell'accaduto. Era andata Clementina. Il medico l'aveva accolta seduto dietro una scrivania piena di libri e fogli sparsi tra cui la cartellina con i risultati degli esami.
Le aveva fatto cenno di sedersi e si era scusato.
– Per cosa?
Lui sembrò incerto. – Be', siete qui da sola, nel vostro stato, poi. Questo è ingiusto.
Clementina abbassò gli occhi sulla pancia. Era talmente

occupata a pensare ai bambini che a volte le capitava di dimenticarsi di essere alla quarta gravidanza. – Mio marito ha avuto un'emergenza.

L'uomo le mise davanti un foglio. – Non so come altro potrei dirvelo, signora. Quella di suo marito non è una semplice stomatite. Un'afta, con il chino, sarebbe già sparita. E la protuberanza che c'è sotto mi ha insospettito.

Clementina lo fissò in attesa.

– Andrebbe fatta una biopsia.

Lei era rimasta in silenzio a fissarlo cosí lui aveva proseguito spiegandole che, a suo parere, la faccenda era piuttosto brutta, che in questi casi la massa andrebbe asportata e analizzata ma che operarlo in quel punto sarebbe stato difficile e forse inutile. Le disse anche che lui non era un chirurgo, e che a loro ne serviva uno. E anche bravo, aveva aggiunto. Prima di congedarla le aveva scritto alcuni nomi su un foglio.

Clementina era tornata a casa a piedi, sola, sotto gli sguardi curiosi della gente che notava ogni cosa di lei, il vestito verde, l'andamento incerto e il ventre ingrossato. La stessa gente che parlava della guerra, che commentava, preoccupata o eccitata, gli ultimi avvenimenti. Un vociare che non le interessava. A lei, in quel momento, del resto del mondo non importava nulla.

La sera a Cesare aveva detto soltanto che servivano altri pareri, diagnosi piú specifiche, e che quel dottore sembrava non capirne molto.

Nei giorni successivi aveva contattato un paio di medici. A lui non raccontava nulla di quelle mattine trascorse in giro per la città, nascondendosi come una fedifraga, per consultare i migliori specialisti in circolazione. E tutti le dicevano la stessa cosa: operare servirebbe a poco. Nessuno voleva prendersi la responsabilità di un fallimento annunciato.

Nel frattempo, la piaghetta di Cesare si ingrandiva e lui ne era sempre piú infastidito. Clementina comprese che non poteva combattere quella battaglia da sola. E cosí, una sera dopo cena, glielo disse.

Sul viso di lui si formò una ruga profonda. – Lo sapevo, – disse emettendo un lungo sospiro.

Lei allora raccontò dei dottori e dei consulti. Ogni volta aveva pregato e sperato in un parere diverso ma alla fine tutti erano stati concordi: nessuno voleva salvarlo. Nessuno voleva nemmeno provarci.

– Sei andata in giro da sola a sentire queste notizie terribili?

– Non è questo che importa.

– Morirò? – le chiese all'improvviso.

Clementina gli prese il viso stanco nelle mani guardandolo dritto negli occhi. – Questo non succederà. Io e te ci siamo già salvati tempo fa, te lo ricordi? Abbiamo superato il dolore peggiore che esista e lo abbiamo fatto insieme.

Poi gli raccontò che un fedele di don Mariano aveva parlato al prete di un luminare, un professore che aveva operato il fratello dato da tutti per spacciato, e che ora era vivo e vegeto. L'unico problema era che il professore era in villeggiatura a Letojanni, nella sua villa in Sicilia, e ci sarebbe rimasto fino alla fine di luglio. Se volevano un consulto sarebbero dovuti partire il prima possibile.

Decisero subito, senza il minimo tentennamento, che avrebbero tentato il tutto per tutto e nel giro di una settimana organizzarono il viaggio.

Emira e Filippo furono affidati a Teresa, e Anna e Maria sarebbero venute da Lecce per darle una mano. Quando arrivarono Clementina volle subito notizie di sua madre. Le avevano scritto che donna Emira dimenticava volti e nomi, che le confondeva e che chiedeva con insistenza del marito, lo chiamava per la colazione quando era ora di cena e se non se lo trovava nel letto la mattina piangeva disperatamente. Loro avevano provato a spiegarle che il babbo era morto da cinque anni ma lei urlava che mentivano, che erano cattive e bugiarde. Vista la situazione delicata Anna e Maria cercarono di non ingigantire la notizia ma Clementina le prese da parte non appena arrivate.

– La mamma sa di Cesare?

Maria stava riponendo i vestiti nell'armadio. – Non capirebbe, Tina.

Anna, che sedeva sul letto accanto a lei, le accarezzò la pancia. – Ma era tanto felice quando le hai scritto di essere di nuovo incinta –. Aveva le lacrime agli occhi. – Sembra tornata bambina, sai? A volte chiama *mamma* la Pantalea…

– I dottori cosa dicono? – domandò Clementina.

– Che peggiorerà, – rispose Maria. – Ma non soffre, Tina. Ci occupiamo noi di lei.

– Sí, cara. Tu ora pensa a questo viaggio e speriamo per il meglio, – aggiunse Anna.

Clementina si sforzò di crederci. – Verrò a Lecce dopo il parto, se tutto andrà bene. Ve lo prometto.

– I bambini cosa sanno? – domandò Anna.

Clementina non rispose. Non lo faceva spesso ma ora che non poteva piú sentí il disperato bisogno di parlare con sua madre. Donna Emira l'avrebbe consolata e spronata come aveva fatto anni prima dopo la morte di Chiara.

Le tre sorelle rimasero vicine e in silenzio. Poi Maria parlò: – Sembra che debba accadere il peggio tutto insieme. La guerra, questa dannata piaghetta di Cesare, la mamma…

– Sono battaglie diverse, Maria, – disse Anna. – Ognuno tiene la sua croce, adesso.

– Della guerra non mi interessa nulla. Come posso pensarci, ora? – replicò Clementina. – Mi dispiace per la mamma e per non essere accanto a voi in questo momento. Ma la battaglia mia è una sola.

Anna e Maria intrecciarono le mani con quelle della sorella. Clementina sentí che non avrebbe mai piú rivisto sua madre.

Non appena presero possesso della loro cabina, Clementina corse in bagno. L'unico fastidio della sua gravidanza era l'incontinenza: non riusciva a trattenersi e ogni volta che usciva era una scommessa con le sue viscere. Secondo Teresa era dovuto al fatto che quattro parti cosí ravvicinati dovevano avere allentato qualcosa. Era all'inizio del sesto mese, e a parte questo malessere, non si sentiva neppure incinta.

– A luglio non dovrebbe esserci un tempo cosí difficile. Questo è un mare di gennaio.

Cesare continuò a camminare avanti e indietro tenendosi alle pareti della stanza.

– Forse se ti stendi è meglio, – disse lei.

– Se mi stendo è la fine.

Era pallido come un lenzuolo e aveva già rimesso tre volte. Clementina sperava fosse solo mal di mare.

– Tu piuttosto? – le domandò indicandole la pancia.

– Nausea anche io, – mentí.

– Vado sul ponte a prendere una boccata d'aria, resta qui che potresti scivolare.

Clementina aspettò due ore. A mezzanotte Cesare ancora non si era fatto vivo, e lei iniziò a preoccuparsi. Poteva essersi sentito male, essere svenuto da qualche parte o peggio ancora essere caduto in mare. Il solo pensiero le diede l'energia per alzarsi dal letto e mettersi a cercarlo. Lo trovò, a fatica, sul ponte piú lontano. Era poggiato al parapetto di bordo e fumava il sigaro guardando il cielo. Il mare, una distesa nera davanti a lui, si era improvvisamente calmato.

– Mi hai fatto preoccupare, – si poggiò alla sua spalla.

– Non dovresti essere qui, – lui la guardò un istante e poi tornò a fissare il mare. – Sai a che pensavo? Che di nuovo ce la dobbiamo vedere con la vita e con la morte.

Clementina si toccò la pancia e fissò il mare piatto davanti a sé. – No. Solo la vita ci aspetta questa volta.

Cesare le sfiorò la testa. – Te la invidio, questa tigna che hai.

Clementina gli prese la mano e intrecciò le dita alle sue. – Sei solo spaventato. Ma lo sono anche io. Va bene se abbiamo paura.

– Devi farmi una promessa, Tina. Soltanto una.

Clementina gli lasciò la mano. – Non è momento di promesse, questo. Ora dobbiamo combattere.

Cesare diede una boccata al sigaro. – Me la devi fare lo stesso. Indipendentemente da quello che ci dirà il professor Greco.

Clementina si poggiò al parapetto con le mani facendo attenzione a non sporgersi troppo. Sotto di lei il mare nero era calmo in un modo inquietante. – Parla.

Fissarono insieme la distesa cupa illuminata dalla luna. Tra cielo e mare non c'era piú confine né orizzonte. Clementina si sentí attratta da tutta quella oscurità. – Ti ascolto.

– I bambini, Tina. Non mi importa cosa faranno ma se muoio i soldi non saranno abbastanza. Sono troppo giovane per una pensione decente e tu dovrai trovare il modo. Io so che riusciranno. Lo sento. Dar loro la possibilità di realizzarsi è un regalo che avrei voluto fargli io, ma... – la voce gli si strozzò in gola. – Sarai sola. Dovrai vedertela tu.

Per la prima volta in quell'ultimo mese Clementina sentí le forze venirle meno e un disperato bisogno di piangere.

Cesare lo capí e le strinse forte la mano. – Devi vendere tutto, tieni l'indispensabile e dai ai nostri figli la vita che gli avrei dato io. So che ti sto dando un peso immenso ma non te lo chiederei se non fossi assolutamente certo che ce la farai.

– Ti prego, basta! – la voce le uscí ruvida. Lo osservò: era calmo, quasi sereno. Era davvero convinto che lei potesse sostituirlo. Si sistemò i capelli che il mare e il vento avevano scomposto.

– Ora tu prometti a me che farai lo stesso se dovesse capitarmi qualcosa.

Cesare parve turbato. Non era piú calmo né sereno. – Non sei tu che stai morendo.

Lei gli tirò su il mento. – Io ho promesso. Ora prometti tu.

Cesare sorrise e le fossette gli illuminarono la faccia. – La tigna ti salverà, a te –. Poi le prese la mano e se la mise sul cuore. – Vai, c'è troppa umidità. Io resto ancora qualche minuto.

Clementina non si mosse. Rimase a fissare il mare per tutta la notte insieme a lui.

La villa del professor Greco a Letojanni, sulla costa messinese, era avvolta da una fitta vegetazione che ne impediva la vista dalla strada e dal mare. Li accolse il dottore in persona, un bell'uomo sulla sessantina dal fare sicuro di chi tratta la vita e la morte ogni giorno.

Quando si furono accomodati nella terrazza che affacciava sullo Jonio, in lontananza i monti Peloritani che coloravano di verde l'orizzonte, arrivò la moglie che li invitò a fermarsi a dormire da loro.

– Restiamo volentieri, – accordò Cesare. – Abbiamo il rientro dopodomani, e se non sarà troppo caldo prima di partire vorrei portare mia moglie a Palermo per farle vedere i posti in cui ho vissuto da studente.

La moglie del professor Greco indicò a Clementina il giardino. – Venite cara, vi faccio rinfrescare un poco e poi ci facciamo una passeggiata nel parco.

Cesare e il dottore rimasero in silenzio osservando le due donne che si allontanavano.

– E chi me lo doveva dire che mi succedeva una cosa cosí, con mia moglie che deve partorire, due bambini piccoli a casa, e questa dannata guerra.

Il medico si accese la pipa e Cesare tirò fuori il sigaro.

– Ingegnere, non mi cadete su questo. La guerra era inevitabile –. L'uomo sputò del tabacco per terra.

Cesare si passò il sigaro tra le mani. – Lavoro alle ferrovie. Vi posso assicurare che non siamo in grado di sostenere la logistica delle necessità belliche.

Il professor Greco gli porse il tagliasigari. – Suvvia, abbiate fiducia. I nostri trasporti funzionano benissimo.

– Se non andremo incontro al collasso sarà solo per l'abnegazione dei lavoratori.

Il medico gli fece cenno di non pensarci. – Dovreste leggere gli articoli di D'Annunzio sul «Corriere della Sera». O siete d'accordo con quel boia labbrone di Giolitti?

– A me basta sopravvivere.

Il professor Greco si alzò. – Venite, andiamo nel mio studio.

Dopo averlo visitato il medico disse a Cesare che l'avrebbe operato. *Sbaglia chi non rischia*. E lui, in quel campo, era il migliore.

Cesare non ne fu sollevato ma finse di esserlo. Dopo il pranzo disse a Clementina che il professor Greco era fiducioso e che aveva accettato di operarlo. Lei sentí finalmente di potersi rilassare un poco e il profumo del timo e della lavanda del giardino le entrò con prepotenza nelle narici.

Il pomeriggio la moglie del dottore, che era la figlia di un farmacista catanese e aveva una passione per erbe e unguenti, preparò per Clementina una tisana fredda di biancospino e le regalò delle pomate da spalmare sulla pancia per mantenere la pelle del ventre morbida, poi le diede un unguento al rosmarino per le zanzare.

– Vi ringrazio molto ma non mi pungono mai. Tengo il sangue amaro.

La donna la prese sottobraccio. – Sciocchezze, è solo fortuna la vostra!

– Non mi sento molto fortunata, al momento.

– Se mio marito lo opera, lo salverà. Potete starne certa.

Clementina seguí il volo delle api che ronzavano attorno all'albero di limone, succhiandone il nettare. – Non sono sempre stata buona con lui.

La donna si fermò.
- All'inizio sono stata capricciosa, e silenziosa.
- A loro piace di piú, li fa sentire vivi avere accanto una donna da scoprire.

Clementina non provava nessun imbarazzo nel parlare della sua vita intima con quella sconosciuta. - Io non lo posso perdere.

La donna le indicò un albero in fondo al giardino. - Andiamo a prendere un frutto. La melagrana porta bene e poi da noi si dice: *l'omu arrisicusu è fortunato*.

La mattina dell'operazione a Roma il cielo di settembre era terso e fresco. Il secondo piano dell'Ospedale Regina Margherita aveva ventidue stanze e il professor Greco aveva operato piú della metà dei pazienti ricoverati. L'odore acre di urina e tintura di iodio invadeva ogni angolo ma Clementina sembrava non farci caso. Era seduta su una seggiola in corridoio da oltre due ore e, quasi con sollievo, non aveva ancora avvertito la necessità di andare in bagno. In compenso, il bambino dentro di lei sembrava non darsi pace, un continuo scalpitare che la distraeva. Lei e Cesare avevano deciso che se fosse stato maschio si sarebbe chiamato come il viceprefetto, mentre nel caso di una bambina le sarebbe piaciuto Rosa.

Si ritrovò davanti il professor Greco senza nemmeno accorgersene. I denti che brillavano in contrasto con l'abbronzatura ancora intatta dell'estate siciliana. Il sorriso era disteso: l'operazione, le disse, era riuscita perfettamente.

Lecce, 2 giugno 1946

Li incontrò fuori dalla scuola elementare in cui era stato allestito il seggio elettorale. Francesco teneva la camicia arrotolata fino ai gomiti e un pantalone leggero. Con la giacca sulle spalle sorrideva divertito a Giuliana che, poco piú bassa di lui, gli camminava accanto nel suo tailleur color crema.
– Avete già votato?
– Ciao, mamma. Sí, pochi minuti fa. Tu entri adesso?
Dalla bocca di Clementina uscí un suono quasi inudibile.
– Perché bisbigli?
– Non lo so.
Giuliana si strinse a Francesco. – Dentro al seggio mi è venuto da piangere. Se ci ripenso piango anche ora.
Francesco le baciò la testa. – E la zia Maria?
– Arriva tra poco con Emira. Non trovava certi guanti che si voleva mettere per uscire.
– A giugno?
Clementina lo ignorò. – Quindi si entra soli, e poi ti danno una penna e un foglio?
– Una matita e un foglio, con due simboli. Non ti puoi sbagliare, maestra.
– Ci vediamo all'una a casa. Puntuali! – e Clementina si diresse verso l'ingresso del seggio.
Una volta dentro la cabina si rese conto che non ci vedeva bene. Dovette avvicinare la scheda agli occhi per individuare il volto di donna con indosso la corona turrita e decorata con fronde intrecciate di quercia e di alloro. Le

sembrò quasi di sentirne il profumo. Quando fu certa di aver letto bene calcò con forza la punta della matita e fece una croce accanto al simbolo della Repubblica.

– Maestra! Che bello vedere anche a voi.
Santina Cutiazzi le si parò davanti tutta rossa in faccia. – Ho fatto una corsa per venirvi a salutare, – riprese fiato. – So che correre non sta bene.
Clementina alzò una mano sugli occhi per proteggersi dal sole. – Ti aspetto domani a colazione, mi racconterai di Milano.
Santina sembrò delusa. – Se credete, verrei volentieri. Ma andrò a stare in un convento. Parto tra un mese per ambientarmi e a settembre iniziano i corsi di Anatomia, Chimica e Fisica.
Clementina scrutò l'orizzonte in cerca di Emira e Maria. – Cos'è che ti turba, Santina?
– Mi hanno detto che è una facoltà molto difficile.
– E se era facile stavi piú tranquilla?
– È pure parecchio lontana…
Clementina si fece seria e le si avvicinò. La giovane trattenne il respiro. Non aveva mai visto il volto della maestra da cosí vicino, gli occhi le parvero piú scuri, quasi senza iride. Rimase immobile e in attesa. Clementina le sorrise e le baciò la fronte. Poi si incamminò verso casa.
La ragazza rimase davanti all'ingresso del seggio. Sua madre la raggiunse poco dopo. – Si può sapere perché hai quell'espressione?
Solo allora Santina si rese conto che stava ancora sorridendo.

Francesco passò il parmigiano a Maria che, a braccia incrociate e muso lungo, aveva appena dichiarato che le era passato l'appetito.
Giuliana tentò di smorzare la tensione. – Deliziose queste 'sagne, zia –. Alzò lo sguardo al cielo e continuò a

mangiare. Si stava lentamente abituando alla strana famiglia del marito.

Clementina posò la forchetta sul piatto vuoto davanti a lei. – Maria, si può sapere che ti è preso?

Emira diede un piccolo calcio a Francesco sotto il tavolo. – Sta strana da quando ha votato.

Maria si versò il vino. – Potevi pure aspettarci per andare al seggio.

Emira si rivolse di nuovo a Francesco come per dire: ecco, vedi?

– Ti ho aspettata finché la pazienza me l'ha consentito. I guanti li hai trovati?

Maria butto giú il vino senza rispondere.

– Vogliamo farlo un brindisi alla Repubblica? – Francesco alzò il calice.

– E se perdiamo? – domandò Emira.

– Non succederà.

Emira si riempí il bicchiere e lo sollevò a sua volta, come Francesco. Cosí fecero anche Giuliana e Clementina.

– Non brindi? – Clementina si voltò verso la sorella che aveva preso in braccio Musciu, che ormai non camminava quasi piú, e se l'era messo sulle ginocchia.

Francesco si alzò per versarle altro vino, poi tornò a sedersi. – Alla Repubblica! – tutti fecero tintinnare i bicchieri. Eccetto Maria.

– Io, a *lu* Re, non lo condanno come a voialtri. Anche se ha fatto *lu codardu* e se n'è scappato assieme a quell'altro, quel Badoglio. Ma è lui che l'ha consigliato male! – Fu soddisfatta dalla propria analisi.

La famiglia la fissava a bocca aperta.

– Ma che avete votato? – chiese Giuliana.

– *Cce sta faci* lí stecchita, Tina, *cce guardi*? – Maria la fissava. – La Monarchia, ecco chi ho votato, – disse in tono solenne. – E non mi devo mica giustificare con voi. Il voto è segreto.

– E zitta ti dovevi stare, allora, – Clementina posò con

forza il bicchiere sul tavolo. – E voi smettetela. La zia Maria ha diritto di votare quello che crede. Ora mangiamo.
L'atmosfera si era fatta nervosa. Giuliana toccò la mano di Francesco. Lui allora si alzò, si avvicinò a sua madre, si piegò accanto a lei e le prese la mano sussurrandole qualcosa all'orecchio. Poi, a voce piú alta, disse: – Lo sappiamo da una settimana. Dovrebbe nascere all'inizio dell'anno nuovo.

Clementina era incredula. Vide Emira sorridere e Maria trattenere a fatica l'emozione per quella notizia inaspettata. Le scese appena una lacrima. Non muoveva un solo muscolo del corpo, eppure i suoi enormi occhi neri erano pieni di gioia.

Quella sera, prima di coricarsi, Clementina si fermò nel suo studio. Il ritratto di Cesare giaceva impolverato sulla scrivania. Lo pulí con la manica del vestito. *Potresti essere mio figlio*, mormorò.

Non parlava con lui dalla morte di Anna, non sentiva l'esigenza di confidarsi né quella di sfogarsi, come se avesse capito che piú passavano gli anni, piú il tempo si accorciava: al loro incontro non mancava poi molto.

Oggi ho votato. Si bloccò. Si sentiva stupida. *Ti dico una cosa e basta, le altre le lasciamo per quando ci ritroveremo: saremo nonni. Tu, almeno, un nonno giovane e bello.* Con la fotografia in mano passeggiò avanti e indietro inquieta per lo studio.

– Ora vado a letto –. Non lo disse al ritratto, lo mormorò a sé stessa mentre posava senza cura la foto del marito sulla scrivania.

Dopo le nozze, Francesco e Giuliana si erano trasferiti in un piccolo appartamento in viale Gallipoli, dietro alla chiesa del Carmine.

Clementina trovava sua nuora indecifrabile.

«Lo sai perché fatichi tanto a capirla? Perché ti assomiglia», le aveva detto Maria passeggiando nei giardini di Villa Reale. Si era messa in testa che aveva bisogno di fare movimento e ogni mattina trascinava Clementina in giro per Lecce. Appena metteva piede fuori casa non faceva che ripetere che aveva l'affanno, le gambe erano deboli e prive dei muscoli necessari a sorreggere il suo peso. Tutte le volte Clementina le rispondeva che quando si cammina bisogna mettersi all'opera con convinzione, e che non basta trascinarsi molli per la strada. Bisogna farlo con le gambe e con la pancia, con le braccia, le mani e la testa. Bisogna pensarla, la camminata, e non lasciarsi guidare dalla gravità.

Continuarono per un mese e poi si stancarono. Maria di camminare e Clementina di incoraggiarla.

– C'è stata una piccola crisi, – le comunicò Maria una sera di metà dicembre.

– Zia, non stare a spettegolare, – la rimproverò Emira.

– A me, dici? Una crisi non è un pettegolezzo.

– Non c'è nessun problema, mamma.

– Ma di chi parlate?

Maria si versò la minestra. – Giuliana viene chiacchierata, – non si trattenne.

– Da chi? E perché parli piano che siamo solo noi tre?

– Quando sono andata a casa loro per portargli un poco di cibo ho trovato un disordine che non te lo dico, e li ho sentiti discutere, – dichiarò Maria.

– Questo è origliare, oltre che spettegolare, – ribadí Emira.

– Va' avanti, – le fece cenno Clementina.

Maria proseguí soddisfatta: – Quelli bisbigliavano mentre io sistemavo le cose in cucina e *aggiu* sentito alla Giuliana che diceva a Ninni mio che lei aveva già rinunciato a lavorare ma che avrebbe continuato ad andare con la bicicletta e pure a guidare. Che qui la mente delle persone è... – si interruppe. – Ora non mi ricordo che parola ha usato, ma pareva brutta.

– Ottusa, forse? – Emira andò a posare il piatto nel lavandino. – Vado a sbrigare delle faccende, – disse uscendo.
– Ma va in bicicletta con quella pancia enorme? – Clementina era incredula.
– Questo era prima che crescesse. Devi andare a sentire se va tutto bene.
Clementina si irrigidí. – Assolutamente no.
Il giorno successivo Francesco si presentò a prendere il solito caffè a casa della madre.
Lo studio De Pietro, in cui aveva iniziato a lavorare come avvocato penalista, era vicino e lui cercava di passare a trovare Clementina e la zia ogni giorno dopo pranzo.
– Ma quel Tarino, o Sarino, non ricordo il nome, ne ho letto sul giornale, è colpevole o è un povero disgraziato? – Clementina provò a informarsi sul suo ultimo caso.
– Non posso parlarne, – Francesco la guardava con aria indagatrice, quella di chi è abituato a confrontarsi con i delinquenti e con i bugiardi.
– Vuoi lo zucchero?
– Lo prendo amaro, lo sai.
– Secondo me è innocente, – disse porgendogli la zuccheriera.
Francesco la poggiò sul tavolo.
A Clementina pareva di sentire la voce di Maria che ripeteva: chiedi chiedi chiedi. Percepí la sua presenza fuori dalla porta.
Si alzò e andò a versarsi dell'acqua. – Io non mi voglio impicciare. Lo sai che non ti domando mai nulla.
Francesco guardò l'orologio.
– Giuliana si trova bene, qui? Perché per una donna all'inizio può essere dura, se viene da fuori.
Francesco svuotò la tazzina con un sorso. – Insegnare le piaceva ed è troppo intelligente per stare a casa tutto il giorno a far niente e quindi esce, o almeno lo faceva prima che la pancia la ostacolasse troppo. Si era comprata una bicicletta e girava la città fino a che il dottore non gliel'ha

proibito. E poi ha voluto la macchina, per la spesa, e per andare a vedere il mare. Come a Rimini, mi ha detto, anche se qui è piú bello. E la gente chiacchiera.

– Tra poco avrete un bambino, devi farla stare serena.

– Vacci a parlare, sarebbe bello se instauraste un legame, – Francesco si alzò. – Ora devo andare in tribunale.

– Dirò a Emira di venire.

Francesco guardò di nuovo l'ora. – L'ho chiesto a te. Ci vediamo domani, – e le baciò la testa prima di andare.

Dopo poco Maria sbucò in cucina.

– Cosa? – chiese Clementina.

– Non la puoi *chiantare in assu*. Ora è figlia tua pure essa.

Passò una settimana prima che Clementina si decidesse ad andare a trovare la nuora. Sapeva che quel pomeriggio Francesco sarebbe stato fuori per gli ultimi acquisti prima di Natale e cosí alle cinque si attaccò al campanello dell'appartamento di viale Gallipoli.

Quando Giuliana aprí la porta, sussultò.

Clementina intuí i suoi pensieri. – Ti stupisce l'abito? Io vesto sempre di nero. Pure alla vigilia di Natale, – entrò senza aspettare di essere invitata.

– Stavo sistemando.

Clementina si guardò intorno. La casa era in completo disordine.

– Ma non viene la Michela ad aiutarti?

– Quella ve la raccomando… – Giuliana tolse i libri dalla tavola per fare spazio. – Lo volete un caffè?

– No, che dopo le quattro poi non mi addormento. Sono tutti libri tuoi? – indicò i volumi sparsi ovunque.

– Nostri. Questi i miei e quelli di Francesco. Sono ancora tutti mischiati. Vado a mettere la macchinetta sul fuoco, voi accomodatevi pure.

Clementina era sicura di aver rifiutato l'offerta ma non protestò.

Giuliana tornò e sedette sul divano accanto a lei. Aveva legato i capelli.
– La gravidanza te li ha fatti piú lucenti. Sono cresciuti?
– Poco, a dire il vero. Ma non avevo una gran capigliatura nemmeno prima, – sorrise e il nasino si arricciò.
– Io li perdevo sempre quando nascevano i figli. Ma non li tagliavo mai, anche adesso sono lunghissimi. Non belli come prima, anzi, – provò un leggero imbarazzo. Non era lí per discutere di capelli. – Tua madre sta bene?
– Mi scrive spessissimo. E anche Lea.
– Tua sorella minore?
– La piú piccola sono io. Il primo è Giulio, poi ci stanno Mario e Lea... Mi ha detto Francesco che voi alla vigilia digiunate. Io, in futuro, tenterò, – le disse toccandosi l'enorme pancia che sbucava dal vestito.
Clementina si alzò, stufa di quelle inutili frasi di circostanza. – Nemmeno io mi sono trovata subito bene quando sono tornata qui a Lecce. Anche se questa era casa mia.
Si avvicinò alla libreria, la mente le tornò a quella sera di trent'anni prima. – Anche se venivo dall'inferno, perché Roma era il posto in cui avevo perso tutto, io avrei preferito rimanerci. Sono sepolti tutti lí, te l'ha detto Francesco?
– Dopo la guerra siamo andati a trovarli. Francesco mi ha accompagnato al cimitero.
Clementina tornò a sedersi. – Davvero?
– Abbiamo portato dei fiori. Le bombe avevano devastato la metà del Verano ma le loro lapidi erano intatte.
Clementina si sentí perduta. Da trent'anni non visitava quelle tombe. – Immagino sia stato terribile durante la guerra, quando eravate nascosti.
Giuliana si accarezzò la pancia e non rispose.
– Noi siamo stati fortunati, – disse Clementina, – la nostra famiglia non ha perso nessuno e a Lecce di bombe non ne sono cadute. L'unico privilegio di essere lontano da tutto.
Giuliana teneva le gambe leggermente divaricate. Secondo il medico il bambino sarebbe nato entro un mese.

– All'inizio pensavo che sarei morta. Me lo ripetevo in ogni momento della giornata, di giorno e di notte. Poi però il tempo passava e noi continuavamo a vivere. Mi ci sono abituata. Quando tutto è finito, è stato allora che non sono piú riuscita a prendere sonno. Ho cominciato a chiedermi come fosse possibile dormire ancora. Dormire da sopravvissuti è un eterno dormiveglia.

Clementina le sorrise per la prima volta. Lo sapeva. Lo capiva.

– Egle e la sua famiglia, i nostri vicini di casa, li hanno fucilati una mattina di maggio. Lei era mia amica. Ci scambiavamo le gonne e le camicette, andavamo alla rocca a prendere il pane insieme, ci fermavamo a chiacchierare di tutto e di niente. Non avevano fatto nulla, ma erano ebrei, lo sapete… Poco prima del '43 si è fidanzata con un ragazzo, Elia Boccioni, il Boccia lo chiamavamo tutti. Quando ho saputo che l'avevano preso col padre e lo zio mentre tentavano di scappare non ci volevo credere. Dopo abbiamo scoperto che erano stati deportati, – le lacrime le rigarono le guance, ma lei continuava a parlare senza curarsene. – Elia è tornato. Solo lui. L'ho incrociato a Rimini nel maggio del '45, un anno dopo che avevano ammazzato all'Egle. Non mi ha salutato, era tutto ossa e vagava vicino al canale, ogni tanto aveva uno scatto, come se qualcuno gli suonasse con la tromba nell'orecchio. Io lo so che mi ha riconosciuto e gli ho fatto pure capire che per me era sempre lui, il Boccia. Ma mi ha ignorato, – disse alzando le spalle. – Un mese dopo mi hanno raccontato che si era buttato nel canale –. Giuliana sospirò forte e si asciugò con calma la faccia bagnata. – Mi pare quasi impossibile che Francesco non si è mai scordato di me, e io ho pensato molto spesso a lui. Ma non sempre –. Giuliana guardò Clementina dritta negli occhi. – A me piace stare qui, – proseguí calma. – Non che abbia molta scelta…

Clementina si accorse che le tremava una mano e la bloccò con l'altra. Capiva di aver sottovalutato la moglie di suo figlio. La verità non era, come aveva detto Maria, che aveva paura di Giuliana e della sua influenza su Francesco. Era peggiore: temeva sua nuora perché dietro quella facciata allegra aveva visto il dolore. Solo un cuore spezzato può riconoscere un suo simile.

– Sei stata coraggiosa. Speriamo che chi verrà saprà fare meglio di noi, – le disse indicandole la pancia. – Che ci perdoni questo orrore e questo dolore.

Giuliana si accarezzò ancora il ventre. – Si muove. Volete sentire?

Clementina tentennò. Controllò se i capelli erano in ordine, se le trecce, accroccate e tenute insieme dal fermaglio d'argento che le aveva regalato Cesare, erano ancora composte.

Giuliana le prese la mano e la poggiò sulla grande pancia. – C'è sempre la vita, dopo.

Il 21 gennaio del 1947 nacque Anna.

– Maria, ma che stai leggendo?

Clementina aveva appena terminato la lezione del mattino.

Delle tre ragazze rimaste una si sarebbe diplomata quell'estate e due la successiva. Tutte avrebbero affrontato l'esame finale. Era la sua vittoria, il suo ultimo desiderio. In ventiquattro anni aveva aperto la porta della sua casa a cinquantatre alunne, cinquantaquattro con Emira, e di queste, ventinove erano riuscite ad arrivare al diploma, e quindici si erano iscritte all'università. Teneva quella cifra ben fissa nella mente, erano i suoi numeri portafortuna. Per i ragazzi era diverso, erano stati di piú e c'era stato un ricambio maggiore. Molti li aiutava con i compiti o a prepararsi per gli esami finali. Ma di tutti, ragazzi e ragazze, ricordava perfettamente la faccia e le capacità.

Maria girò la copertina di «Oggi», la rivista che Emira le aveva lasciato da leggere quella mattina. – Queste sorelle Fontana, non sembriamo un poco noi? Le sorelle

Martello! – scoppiò a ridere di gusto, il viso rosso. – Ma ci pensi? Immagina se portassi io questo bell'abito qui. Tieni, guarda –. Maria le mostrò la fotografia di una modella che indossava un corpetto stretto e una gonna larga e voluminosa.

– Trent'anni fa a me sarebbe stato bene, – rispose Clementina chiudendo la rivista.

– Quando arriva la piccola Anna? – Maria riaprí il rotocalco.

– Sabato, come sempre. Perché me lo chiedi, scusa?

Maria borbottò che il pranzo era pronto. – Mangia, che *si fridda*, – le disse indicandole il piatto coperto a capotavola.

Clementina prese in mano la forchetta, Maria andò ad accendere la radio. Le note del Quartetto Cetra invasero la cucina, Maria prese a cantare a voce altissima, Clementina le fece cenno di fare piú piano.

Suonò il campanello che le due stavano ancora litigando sulle capacità canore di Maria.

– Va' tu –. Clementina si pulí la bocca con il fazzoletto e si alzò. – Io devo sistemare i compiti prima che arrivino i ragazzi.

Maria spense la radio. Il postino le consegnò una lettera indirizzata alla maestra Clementina Salvi Martello, Maria la girò per vedere il mittente. Non c'era scritto nulla. Controllò il francobollo: la lettera veniva dalla Germania.

Durante la notte scoppiò un temporale. Un tuono fece tremare le pareti.

Clementina si svegliò di soprassalto e si tranquillizzò solo quando udí la pioggia che batteva forte contro la finestra chiusa. La tachicardia era la conseguenza di un incubo, immaginò, un brutto sogno di cui al momento non ricordava nulla. Prese l'orologio da tasca di Cesare che teneva sul comodino accanto a lei: le tre del mattino. L'ora del diavolo, pensò.

Fuori la pioggia non accennava a diminuire. Clementina si alzò e andò ad aprire lievemente gli scuri per guardare:

non si vedeva nulla, solo il bianco dell'acqua mischiato al nero della notte in un vortice ventoso che la travolse spettinandole i capelli. La sera prima li aveva lasciati sciolti e ora erano tutti annodati. Richiuse con forza e si voltò per tornare a letto ma l'occhio le cadde su una lettera in terra vicino alla toletta. Maria doveva avergliela lasciata in un anfratto del mobiletto dove teneva i gioielli e la folata di vento l'aveva fatta cadere. Si piegò a raccoglierla e sedette sul letto. Accese il lumino e controllò la busta. Capí all'istante chi l'aveva spedita.

In mancanza del suo taglierino utilizzò il mignolo per strappare la carta e si ritrovò in mano tre fogli scritti fitti in un corsivo che riconobbe subito.

Un lampo seguito da un tuono fece tremare ancora le pareti. Non se ne curò, le tempeste non l'avevano mai spaventata.

Berlino, 3 febbraio 1947

Liebe maestra,

stanotte vi ho sognata, e nel sogno gridavate.

Se fino a oggi non avete avuto mie notizie è perché non ho mai avuto il coraggio di spedirvi tutte le lettere che vi ho scritto. L'ho fatto molte volte, ma finivo per strapparle in pezzi piccolissimi.

Sono nella mia casa di Friedrichshain, a Berlino, nella zona della città controllata dai sovietici, e come sempre accade nella mia vita, ancora una volta mi trovo dalla parte sbagliata. Ma è una punizione che merito: vi ricordate cosa vi dissi molto tempo fa? Io sono cattiva.

Voglio essere onesta fino in fondo: non eravate voi a gridare nel mio sogno, ero io, ma quando mi sono svegliata con la gola secca e la schiena sudata, ho pensato a voi e allora mi sono detta che forse era arrivato il momento di darvi mie notizie.

Il mio nome qui è Marga. Mi hanno sempre chiamata in questo modo, fin dal mio arrivo, perché è piú simile a un nome tedesco e piú facile da ricordare. E se la vostra Margherita aveva i capelli lunghi e luminosi, Marga invece porta un caschetto rigido e opaco. Il rosso di un tempo è sbiadito, come me. Li ho tagliati da sola in una sera di novembre con le forbici della cucina con cui avevo affettato le verdure poco prima. Poi ho provato a farli ricrescere ma non c'è stato verso. Non meritavo quei capelli: Margherita e Marga devono restare due entità separate, due anime e due corpi. Lo preferisco, mi aiuta a pensare che un giorno, se ci provassi davvero, forse potrei tornare a essere Margherita.

Voglio dirvi chiaramente chi sono stata in questi anni. Con mio marito alloggiavo all'hotel Rheinischer nell'estate del 1938. Con noi c'erano degli amici. Non scriverò i loro nomi, vi basti solo sapere, se ne verrete a conoscenza, che vi direbbero molto. Soprattutto di me, che non voglio sconti in questa storia. Ora lo chiamano Novemberpogrome, all'epoca fu un semplice assenso, un cenno del capo mentre si pranzava tutti insieme all'osteria Bavaria.

Gli anni che seguirono li ho passati in compagnia di quegli stessi amici. Intorno a me la miseria cresceva ma io mi sentivo sempre piú completa perché sono fatta in questo modo: se le vite degli altri sono disgraziate fanno sembrare meno patetica la mia. Per questo mi nutro della disperazione altrui. Non ho mosso un dito vedendo i negozi bruciare e per anni ho guardato senza provare pietà le persone che tentavano la fuga e anche quando ho scoperto la fine di quelli che sono stati catturati nemmeno allora ho ammesso la mia colpa.

Anno dopo anno, però, gli occhi mi si sono riempiti di orrore. Un orrore cosí potente che oggi mi è impossibile tornare indietro.

Avevo visto troppo, avevo condiviso troppo. Dopo che tutto è finito anche in quel caso sono stata cattiva. Hans è morto nel marzo del 1945 per un attacco di cuore. Ho capito che il vento stava cambiando e sono scappata, rinnegando gli amici e la vita che avevo vissuto fino a quel momento.

Ora sono solo Marga, una poveretta che fa le pulizie negli

uffici che i sovietici costruiscono qui a Est, e la mia vita non mi è mai parsa tanto miserevole.

Adesso che sapete quello che sono stata e che sarò, spero non abbiate alcuna nostalgia di me.

Rappresento il vostro peggior fallimento. E io voglio che voi sappiate che avete fallito, devo gridarvelo come nel mio sogno, e ne ho bisogno perché anche voi dovete soffrire come soffro io. Pensando al male vostro io starò meglio nella miseria mia.

Margherita non vi avrebbe mai spedito una lettera cosí penosa e chissà, magari un giorno vi scriverà anche lei, per ricordare insieme i momenti felici e le letture condivise, i biscotti di vostra sorella, le domeniche pomeriggio in quella cucina che sapeva di miele e cannella. In questi anni ho pensato spesso a Emira. La immagino china sui libri, brutta, con l'espressione seria di sfida. Gli occhi di vostra figlia non me li sono dimenticati. Identica a voi. Anzi peggio: il suo è uno sguardo che non ammette errori. Non concede assoluzione. Non mi avrà perdonata per non averle detto che fuggivo. E io per questo non l'ho salutata. Volevo che mi odiasse.

Sono fuggita da Lecce perché volevo essere speciale e se tornassi indietro scapperei ancora. Solo una cosa farei diversa: a voi, vi saluterei.

Quello fu l'errore mio. L'errore vostro, fui io.

Auf Wiedersehen,

Marga

Clementina rilesse la lettera tre volte.

La prima d'un fiato, trattenendo il respiro. La seconda con attenzione, cercando tra le parole un messaggio segreto, qualcosa che le fosse sfuggito e che la riconciliasse con il ricordo della ragazzina che aveva conosciuto. La terza e ultima volta lesse piangendo; era una lettera di consapevolezza, di saluto e di addio. Fino ad allora aveva pensato a Margherita con nostalgia, si era preoccupata per lei durante la guerra pregando che si fosse salvata dalle bombe e dalla ferocia degli uomini, quelli che scappavano e quelli che liberavano. Ora Margherita l'aveva privata anche della speranza. Le rimase solo il rimorso di non avere fatto tutto quello che avrebbe potuto, sottovalutando i segnali. Eppure era stata la sua prediletta.

L'indomani, come aveva fatto anni prima con quella di Germain, bruciò la lettera nel camino. Perché solo il fuoco cancella e purifica.

Lecce, maggio 1947

Filippo arrivò a Lecce una sera di metà maggio.
Ad aspettarlo alla stazione schierate sull'attenti come soldati, trovò Emira, Clementina e Maria. Clementina lo vide scendere dal vagone con i soliti riccioli disordinati. Le sembrò eccessivamente curvo per la sua età.
– Se a trentasette anni diventi ordinario, poi che ti rimane piú da fare? – Emira lo prese subito a braccetto e Clementina e Maria rimasero pochi passi dietro di loro.
– Io mi sento già vecchio.
Emira si strinse a lui. – Sei sempre stato cosí.
Filippo scoppiò a ridere e baciò la testa di sua sorella che storse il naso. – Puzzi...
Maria provò a raggiungerli. – *Cce* ridete voi due piccini?
I nipoti si girarono e Filippo allungò il braccio. – Vieni qui, zia, – poi sorrise a sua madre. Clementina sapeva che presto avrebbero avuto del tempo solo per loro. Fece cenno di proseguire. Voleva uscire dalla stazione il prima possibile. Il fischio dei treni, il fumo, la gente che correva, si abbracciava, salutava. Cesare costruiva ferrovie. Le stazioni per lei erano solo addii e dolore.

– Farò una figuraccia. Sai che odio cucinare –. Giuliana si guardò il grembiule sporco, unto di grasso e di olio. La cena di quella sera era la prova piú ardua che affrontava dopo il primo incontro con la famiglia di Francesco.
– Sei stata tu a insistere per farli venire.

– Per ricambiare tutti i loro inviti. Per tuo fratello che non vediamo mai. E chi se lo immaginava che accettavano? Maria vuole sempre cucinare, non mi potevo aspettare che finiva cosí –. Aprí il forno. Una folata di fumo quasi l'accecò. – C'è puzza, vedi pure tu, – indicò l'arrosto che sfrigolava.

Francesco si sporse. – È parecchio cotto.

– Non sarà bruciato? – Giuliana lo scansò e si affacciò pure lei. Entrambi guardavano intimoriti la bestia nera e maleodorante nel forno.

– Vado a vedere se Anna si è svegliata, – mormorò Francesco.

Giuliana gli afferrò il lembo dalla camicia. – Non ti muovere.

Lui si fermò. – Non è niente di grave. Togliamo la crosta e lo serviamo con la salsa direttamente nel piatto.

Giuliana si voltò lenta verso il marito. – Quale salsa?

– Quella che hai preparato per accompagnare l'arrosto, no?

Giuliana si alzò con molta calma.

Francesco le andò appresso e le prese la mano. – La salsa verde, cara. Quella che avevi detto di saper preparare.

– La salsa verde, certo. Non l'ho preparata.

Francesco si appoggiò al davanzale versandosi quel che rimaneva del vino usato per insaporire l'arrosto. – Quindi non abbiamo la salsa, – si fermò per riflettere. – Ma tanto non abbiamo nemmeno la carne con cui andava servita, – agitò il vino nel calice.

Giuliana gli sfilò il bicchiere di mano e lo buttò giú d'un fiato. – Abbiamo la farina. Quando c'è la farina, c'è tutto.

Maria masticava lentamente mandando giú con l'acqua. Si sporse verso Clementina avvicinandole un boccone infilzato nella forchetta. – Ma che sarebbe questa cosa, tu l'hai capito?

– Sta' zitta e mangia, – le rispose.

Maria alzò le spalle. – È un piatto tipico della Romagna, cara?
Giuliana, in piedi, cullava la piccola Anna. – Direi di no, – le sorrise. – È una pietanza leggera per non appesantirci visto il gran caldo, – guardò titubante Francesco che annuí convinto.
Filippo si alzò lasciando il piatto mezzo pieno e prese Anna dalle braccia della cognata. – Giuliana, siediti e mangia. Dalla un poco a me alla nipotina mia, che non la vedo mai –. La piccola, che aveva ormai quattro mesi, accennò un sorriso e un lamento. – È inutile rimandare, – disse rivolto alla tavolata.
Tutti smisero di mangiare. Maria ne approfittò per nascondere nel tovagliolo una fetta della pietanza che aveva nel piatto.
– Mi hanno offerto di istituire la cattedra di Metrologia alla facoltà di Ingegneria dell'Università di Roma, sarà la prima in Italia, – sorrise alla nipotina.
– Io lo sapevo… – bisbigliò Emira a Francesco.
– Un genio! Ma zia tua se lo sentiva, – Maria gli lanciò un bacio.
Francesco si avvicinò al fratello. – E perché non me l'hai scritto?
– Volevo dirvelo di persona.
Giuliana gli baciò la guancia e riprese la bambina. – La porto a dormire, scusate. Poi servo il dessert.
Maria le sorrise. – Non vediamo l'ora, cara.
– Vado in cantina a cercare qualcosa per brindare, – Francesco si allontanò.
Clementina sedeva dritta, la schiena appena staccata dallo schienale della sedia.
– Avrei dovuto dirtelo prima, – le sussurrò Filippo sedendosi di nuovo al suo fianco.
Emira si girò verso la zia. – Non finisci di mangiare?
Maria fece scivolare quel che rimaneva dell'impasto nel suo piatto. – Mangiatela tu, se ti piace tanto.

Filippo continuava a fissare sua madre. – Mamma?
– Scusate, ho mal di testa, – Clementina posò il tovagliolo accanto al piatto e uscí dalla stanza.
Filippo si passò la mano tra i ricci e si spostò accanto alla sorella. – Avrei dovuto scriverle. Dovevo dirlo a lei per prima.
Maria gli posò la mano sulla spalla. – Ninni, tua madre non sta tutta a posto. Non ti rovinare il momento.
– Che sono queste facce? – Francesco, con due bottiglie in mano, era in piedi sulla soglia della sala da pranzo.
– La mamma dev'essersi offesa.
– Non sono affatto offesa, – Clementina ricomparve e Francesco fece quasi un salto per lo spavento.
– Quella donna lí, – Maria fece un cenno con la mano, – si farebbe venire mal di testa pur di non versare una lacrima.
Clementina sbuffò e tornò con calma al suo posto. – Versami il vino, – disse a Francesco. – Voglio farlo io il brindisi a mio figlio.
Emira diede al fratello una pacca sulla spalla. – Quando sono diventata insegnante mi hanno festeggiato con ciceri e tria. Goditi il tuo brindisi.
– Aspettiamo Giuliana, – Francesco versò il vino nei calici. – Lo champagne è caldo ma questo rosso qui è buono, vi piacerà, – mostrò a Filippo la bottiglia di Susumaniello.
Gli occhi rossi di Clementina raccontavano una storia che nessuno di loro poteva capire ma che i suoi figli si portavano nel sangue e nelle ossa. Versare lacrime di gioia non era accettabile perché le lacrime del dolore erano uscite dagli stessi occhi. Clementina sentiva che il passaggio era contaminato. La sede della gioia non poteva essere quella, doveva essere semmai la bocca, il sorriso. Eppure, nonostante avesse passato gli ultimi trent'anni a governare le emozioni perché la nuova vita l'aveva obbligata a essere forte e sicura, quelle emozioni trovavano ancora la via del pianto.

– *Menah*, voialtri, – Maria si alzò a fatica e sventolò il tovagliolo al centro del tavolo per richiamare l'attenzione. Gli avanzi del cibo che aveva nascosto caddero al centro del tavolo.

Giuliana fu la prima a scoppiare a ridere. Francesco la seguí mentre provava ad accendersi una sigaretta. Emira scuoteva la testa.

Nessuno vide Clementina baciare il dorso della mano di Filippo e stringerla forte a sé, come quando da piccolo aveva paura di tutto.

– Mamma, direi che è arrivato il momento del tuo brindisi, – Francesco sollevò il calice verso Clementina che si alzò.

– Molti anni fa feci una promessa a Cesare.

Cesare, non il padre. Suo marito.

Maria le si avvicinò come a proteggerla dal ricordo.

– Per quella promessa ho perso il sonno. Lui era convinto che ce l'avrei fatta anche da sola. Forse pensava che non lo amassi abbastanza, o almeno l'ho temuto per molto tempo.

Francesco tossí. Clementina intuí che la confessione lo imbarazzava.

– Poi, negli anni, mentre voi crescevate, ho capito che non era cosí. Cesare era sereno perché vi conosceva. Anche a te, – Clementina si girò verso Francesco.

– Avevo quindici giorni, – disse lui tra i denti, una nuvola di fumo gli uscí dalla bocca.

– Anche a te, – ripeté calma lei.

Maria tirò su con il naso.

Emira appoggiò la mano su quella di Filippo.

– Cesare voleva solo accertarsi che vi pensassi come era capace di fare lui. Ma siete stati voi a riuscire nella vita al meglio delle vostre capacità. Questo è il regalo piú grande che potevate fargli.

Maria si alzò. – A Cesare.

Tutti alzarono i bicchieri. Attorno a quel tavolo si guardarono, e grati, si riconobbero.

Roma, ottobre 1915

Clementina e Cesare erano distesi a letto. Lei, poggiata sul fianco sinistro per attutire la pesantezza del ventre gonfio, continuava ad accarezzargli con le dita la cicatrice sulla guancia, sfiorando le fossette che amava cosí tanto.

Gli ripeteva che era solo una fissazione. Che quella sensazione di malessere che stava accusando negli ultimi giorni era dovuta senza dubbio a un'influenza o alla stanchezza. Lo rimproverò per essere rientrato al lavoro a sole due settimane dall'intervento, quando il professor Greco gli aveva consigliato un mese di riposo.

– Ci sta la guerra, Tina. Le ferrovie al Nord sono prese d'assalto e non ci vorrà molto prima che diventi indispensabile convertire tutta la nostra capacità alla produzione bellica. Vedrai che ci sarà da rendere le nostre linee adatte al trasporto di mezzi e materiali. Ci aspettano mesi difficilissimi.

Clementina non insisté. In quel periodo non le riusciva nemmeno di sfogliare i giornali. Aveva combattuto la sua battaglia con un nemico silenzioso e invisibile e solo ora cominciava a rilassarsi un poco in vista del parto imminente. Cesare però dimagriva e iniziava ad avere un colorito giallognolo in volto.

Anche per distrarsi prese a scrivere di frequente alle sorelle. «Mio marito è molto in ansia per questo conflitto e mi sembra che la salute ne stia risentendo...»

In risposta era arrivato un telegramma in cui Anna e Maria l'avvisavano che donna Emira non era cosciente da giorni e che il medico aveva detto che non ci sarebbe voluto ancora molto.

Un viaggio fino a Lecce nelle sue condizioni era da escludersi e cosí Clementina fece ciò che reputava piú giusto in quel momento: andò da don Mariano e insieme pregarono per accompagnare l'anima di sua madre.

La donna morí due giorni dopo nel sonno con il viso disteso di chi non si accorge di nulla.

Filippo si sistemò i calzoni che come sempre gli andavano lenti, e tese l'orecchio verso la cucina. Non era sua abitudine spiare, ma quella sera Teresa aveva preso a parlare da sola a voce alta e lui pensò, visto che il babbo ultimamente sembrava piuttosto debole, che in qualità di altro uomo di casa, dall'alto dei suoi cinque anni, aveva il dovere di capire cosa fosse mai preso alla loro cameriera.

– E te che ci fai qua dietro, ti nascondi?

Teresa era apparsa all'improvviso in corridoio.

– Io... sto pensando, ecco.

– E a che stai pensando, me lo dici?

– Meglio di no, – rispose lui incerto.

– Vabbe', allora vieni con me. Andiamo a pensare mentre ci prepariamo per la notte.

– Mira?

– Già sta in pigiama. Su, vieni che mamma vi legge una storia.

– La storia ce la legge il babbo, – replicò Filippo alzando lo sguardo.

– Papà tuo non sta bene, stasera. È andato a stendersi un pochetto –. Teresa lo avvolse per le spalle e lo accompagnò fino alla camera da letto.

In quei giorni don Mariano stava sempre a casa loro, chiuso in camera con Cesare. Una volta Filippo aveva provato ad avvicinarsi alla stanza. Teresa lo aveva afferrato cosí forte tirandolo per il colletto della camicia che lui aveva strillato: – L'ho capito che c'è un segreto! Volete nascondermi qualcosa! – poi, divincolandosi dalla cameriera, era corso a chiudersi in camera.

Emira stava giocando sul letto con il trenino in legno del fratello. Appena Filippo entrò lo nascose dietro la schiena.

– Prenditi quello che vuoi, non mi interessa, – disse lui andando a sdraiarsi sul letto. – Perché non ci dicono niente?

Emira tirò fuori il giocattolo e glielo lanciò addosso. Poi si alzò e provò a riprenderselo.

Filippo lo afferrò trattenendolo dietro la schiena. – Spero proprio che il prossimo bambino sia maschio perché io non la voglio un'altra femmina pazza come te!

Una domenica Cesare non si alzò dal letto per la colazione.

Dalla sera prima a Clementina si induriva la pancia a intervalli regolari. L'esperienza le diceva che mancava poco.

– Credo sia il momento di far venire il dottore –. Cesare la guardò con una smorfia di dolore che le ghiacciò il cuore. Il dottore era per lui. Non per lei.

Il dottore arrivò quel pomeriggio stesso, nonostante fosse domenica.

– Signora… – le disse dopo una breve visita chiudendosi la porta della camera da letto alle spalle, e scuotendo la testa. Teresa, poco lontana, si appoggiava al muro.

Clementina spedí un telegramma e le sorelle arrivarono cinque giorni dopo. Le accolse con una pancia enorme e l'espressione rassegnata: si abbracciarono senza dirsi nulla nell'ingresso di casa, strette le une alle altre come facevano da bambine.

Senza grandi convenevoli ognuna si era data da fare: Maria organizzava pranzi e cene, Anna e Teresa pensavano ai bambini che in base a precise indicazioni di Cesare non dovevano accorgersi di quello che stava succedendo.

Clementina passava tutto il tempo accanto al marito, che voleva vedere, oltre a lei, solo don Mariano, che ogni pomeriggio gli si sedeva accanto per un'ora. Nessuno sapeva cosa si dicessero, se parlassero o pregassero. L'uomo, un tempo bellissimo, era ridotto a una manciata di ossa coperte da un velo di pelle trasparente.

Al vecchio parroco chiedeva di leggergli delle poesie. Non preghiere, per quelle era troppo tardi, avvicinarsi alla fede in punto di morte era scorretto. E, nonostante il prete lo avesse rassicurato che poteva, che era quello il momento della fede, Cesare preferiva che gli recitasse a voce alta Guido Gozzano.

Non si era azzardato di chiederlo a Clementina perché non osava confessarle quella passione tardiva. Era lei la scrittrice di casa, l'anima letteraria della coppia, mentre lui, che si era occupato di numeri e formule per tutta la vita, si era scoperto a provare conforto nell'opera di un'anima che sentiva simile alla sua. E cosí don Mariano, che aveva promesso di mantenere il riserbo, per un'ora intera, rosario alla mano, recitava i versi di *Invernale* o *La signorina Felicita*, le preferite di Cesare.

Il primo giorno di novembre, mentre asciugava Emira dopo il bagno, a Clementina si ruppero le acque. Cercando di mantenersi calma chiamò Teresa e le sorelle e diede istruzioni precise: era mattina e il tempo era bello, Maria avrebbe portato i bambini al parco cercando di rimanere fuori casa il piú possibile. Teresa e Anna l'avrebbero aiutata a far nascere quella creatura che aveva la sventura di venire al mondo negli stessi giorni in cui il padre moriva nella stanza a fianco.

– Dammi una pezza da tenere in bocca, – ordinò a Teresa sdraiandosi sul lettino di Filippo.

Sentiva già l'impellenza della spinta, la testa del bambino che premeva verso il basso.

Anna la guardò perplessa.

– Tra poco griderò e Cesare non deve accorgersi di nulla –. Il sudore e le vampate aumentarono improvvisamente. In pochi minuti sentí la necessità di spogliarsi.

– Dimmi in che modo posso aiutarti –. Come ogni volta che aveva un compito o una responsabilità Anna cominciò a tremare per il freddo. – Tina?
– Fammi camminare.
La sorella la prese per i fianchi e la sostenne su e giú per la cameretta dei bambini. A ogni contrazione Clementina metteva la pezza in bocca, e soffocava le urla cercando di fare meno rumore possibile.
Nel frattempo Teresa aveva preparato lenzuola, cuscini e panni stesi sul pavimento in modo da non sporcare il lettino di Filippo. Mentre l'acqua bolliva in cucina pregava: fa' che sia veloce, fa' che vada tutto bene.
La cameriera si avvicinò a Clementina, la fece accovacciare, e si piazzò pronta dietro di lei. – Signora spingete. Io qua sto.
Dentro la stanza dei suoi figli, aggrappata alle gambe della sorella e con una pezza malridotta in bocca, Clementina con tre spinte lunghe e laceranti tirò il piccolo Francesco fuori da sé.

Qualche ora dopo entrò piano in quella che fino a due settimane prima era stata la sua camera matrimoniale e che ora era diventata la stanza di Cesare; il corpo stremato e maleodorante di suo marito giaceva nel letto. Non le importava vederlo in quello stato, se fosse stato possibile se lo sarebbe tenuto cosí per tutta la vita.
Lo aveva lavato personalmente ogni giorno, alzandolo e girandolo nonostante la pancia ingombrante e l'affanno. Per un mese gli aveva spalmato calendula sulle piaghe della schiena e dei glutei, essenza di lavanda sulle tempie e sui polsi. Aveva incaricato Teresa di cambiargli le lenzuola ogni due giorni facendolo rotolare a sé come un bambino mentre la ragazza sistemava il lenzuolo pulito sotto di lui.
I momenti piú difficili erano stati quelli in cui i bambini chiedevano, soprattutto Filippo, di vedere il papà. Ma Cesare era stato irremovibile: non voleva che lo ricordas-

sero cosí, si vergognava della fine rapida e impietosa, e di lasciare sua moglie in quelle condizioni.

La notte prima, mentre lei cercava di dargli un po' di sollievo, le aveva afferrato la mano e gliel'aveva stretta forte. «Devi stare tranquillo, amore mio». Clementina gli aveva accarezzato i capelli e baciato le dita ossute. Lui aveva scosso la testa e gli occhi acquosi della malattia si erano riempiti di lacrime.

Francesco si era attaccato al seno della madre con espressione allegra e bonaria. La prima notte aveva dormito sempre e la mattina a Clementina era sembrato di scorgergli sul visino tondo un sorriso compiaciuto. Allora aveva preso il piccolo e cullandolo piano si era diretta al capezzale del marito.

Cesare dormiva supino: notò subito che il viola attorno agli occhi aveva assunto sfumature piú scure. Il rantolo che udí la terrorizzò. Teresa o Anna dovevano aver messo altra lavanda perché la stanza non odorava di escrementi né di disinfettante.

Non voleva svegliarlo, cosí si mise sulla sedia accanto al letto con il piccolo Francesco addormentato in grembo. Cesare aprí gli occhi e la guardò, pochi istanti di smarrimento e poi Clementina vide le sue pupille dilatarsi un poco e un accenno di sorriso sul viso giallo e viola. Mentre avvicinava il figlio al padre Clementina gli regalò di rimando il sorriso ampio e luminoso dei ricordi felici.

– Ti presento Francesco.

Cesare inspirò l'odore del bambino sfiorandolo piano con la punta delle dita.

Stettero cosí a lungo, finché le forze lo abbandonarono e il braccio ricadde sul letto. Clementina si alzò piano per non disturbarlo ma si sentí trattenere per un lembo della veste. Lui si schiarí la gola: – È il piú bello di tutti, Tina.

Resisté altre due settimane.

Roma, un mese dopo

Sii coraggiosa. Clementina aprí gli occhi. Stava provando, senza riuscirci, a riposare le palpebre. Francesco era steso accanto a lei, nel punto in cui un mese prima era morto suo padre. Non lo toccò. Il bambino dormiva supino, il respiro leggermente appesantito dal raffreddore che gli aveva passato Emira. Clementina si voltò sul fianco. *Sii coraggiosa*. Non era stata la voce di Cesare a sussurrarlo, quella che cercava di udire da settimane, tutte le notti. Suo marito non le compariva mai in sogno nonostante lei lo cercasse disperatamente. Voleva essere intrepida ma non le riusciva. A malapena si lavava. Non era piú moglie e non si sentiva nemmeno madre. Allattava Francesco meccanicamente. E lo faceva solo perché provava dolore. I capezzoli le sanguinavano ogni volta che il piccolo si attaccava, un male da togliere il respiro, e che lei cercava furiosamente.

Le sorelle sarebbero ripartite subito dopo Natale. Non aveva avuto il coraggio di dire loro che a Roma non sarebbe sopravvissuta.

Richiuse gli occhi. *Sii coraggiosa*.

– Tina, non bevete il vostro caffè?

Don Mariano sedeva accanto a lei, il volto piú arrossato del solito, sulle lenti degli occhiali gli aloni della pioggia che aveva incontrato lungo la strada. – Ho lasciato dei regalini per i piccini. Li volevo mettere sotto al presepe ma non lo vedo.

– Non l'abbiamo fatto.

Il parroco si portò la tazzina alla bocca e non replicò.
- Mi piacerebbe parlarci un poco, soprattutto con Filippo.
- Sono a passeggio, Anna e Maria li riporteranno per il pranzo.
- Ma fuori piove...
Clementina accennò un sorriso. - Gli piace giocare nelle pozzanghere.
- È bene che prendano aria, - don Mariano posò la tazzina vuota sul vassoio. - Tina, sono venuto anche per aiutarvi con le sue cose.
Clementina sentí che perdeva latte. Il seno destro gonfio e dolorante. Voleva solo buttarsi sul letto, strapparsi il vestito, attaccare suo figlio al seno e soffrire. - Non è la giornata giusta. Ho ancora molte cose da sistemare, telegrammi di ringraziamento da spedire. E poi devo fare una cernita dell'argenteria, capire cosa mi serve.
- Non c'è nessuna fretta.
Clementina notò che don Mariano era in affanno.
- Vi sentite bene?
- Sono molto preoccupato. Tina, potete confidarvi con me, potete confessarvi anche se non siamo in chiesa.
Clementina prese a sorseggiare il caffè ormai freddo. Passò qualche minuto e nessuno dei due parlò.
- Volete che me ne vada? Non voglio essere un disturbo per voi e...
- Quando è morta mia figlia avevo Cesare. Sono sopravvissuta insieme a lui. Chi mi salverà ora?
Il parroco fece per parlare ma lei lo interruppe ancora.
- Non dite che lo farà Dio!
Don Mariano fece perno sul bracciolo e si alzò.
Clementina fu certa di averlo offeso, che se ne sarebbe andato per non tornare piú. Non le importava. Rivoleva suo marito. Ma il prete arrivò solo fino alla sedia dove aveva poggiato la sacca appena entrato in salone. Tirò fuori dei libri e glieli porse. - Questa è la raccolta delle poesie che leggevo a Cesare.

Clementina si sentí smarrita. Era convinta che nel tempo trascorso insieme suo marito e don Mariano pregassero. Che Cesare avesse bisogno del prete per avvicinarsi a Dio vista la fine imminente.
– Sto peccando. Gli avevo promesso che non ve ne avrei parlato ma sono certo che lui mi perdonerà.
– Guido Gozzano?
– All'inizio parlavamo di Gesú, del sacrificio e della morte. Ma poi mi chiese di non continuare. Mi disse che tanto lo avrebbe scoperto presto e che voleva passare gli ultimi giorni a immaginare altro. Aveva letto Gozzano e ne era rimasto colpito.
Clementina affondò il viso nelle mani. I libricini caddero ai suoi piedi. Don Mariano non si mosse. Non la consolò né raccolse i testi. Tornò a sedersi accanto a lei e attese. Clementina non piangeva. La disperazione non trovava sbocchi. Ma il buio offerto dalle sue mani chiuse la faceva sentire protetta. Cesare aveva scelto di condividere con don Mariano quella che era una passione sua. Si sentí offesa e sciocca per esserlo.
Le dita si allungarono fino all'attaccatura dei capelli. Le affondò e li tirò con forza. Solo il dolore la consolava. L'acconciatura resse. Tornò a guardare il parroco. Don Mariano teneva tra le mani un rosario. Le venne l'impulso di strapparglielo e urlargli in faccia che solo lei avrebbe dovuto leggere a Cesare quelle poesie. Si piegò a raccogliere i libri e senza salutare il vecchio parroco uscí dalla stanza.

Francesco piagnucolava tra le braccia di Teresa. La cameriera appena la vide sobbalzò.
– Che hai da guardare?
– Nulla, signora, – e le allungò il bambino. – Il piccolo ha fame.
Clementina non si mosse. Francesco muoveva la lingua tra le labbra dischiuse. Teresa lo riavvicinò a sé. Solo in

quel momento Clementina lo prese, lo strinse al petto e andò a coricarsi. Ora poteva svuotarsi e soffrire.

Si svegliò da un dormiveglia tormentato. Qualcuno aveva bussato debolmente alla porta. Francesco le dormiva addosso, il viso accanto al capezzolo nudo e ferito. Lo adagiò di fianco e richiuse il vestito. – Avanti, – disse senza temere di svegliarlo.

Filippo mise la testa dentro e quando vide Francesco dormire sussurrò qualcosa che lei non comprese.

– Che dici? O parli forte o ti avvicini.

Filippo si chiuse la porta alle spalle e si mise accanto al letto. – La zia Maria mi ha detto di venirti a chiamare per il pranzo.

– Che ore sono?

– Non lo so. Io e Mira abbiamo già mangiato.

– Ora vengo.

Filippo fece per andarsene ma lei lo trattenne per il braccio. – Guarda, – indicò Francesco. – Tu da piccolo non dormivi mai, come adesso.

Filippo le sembrò deluso. – Emira?

– Non lo so, a tua sorella ci pensava la balia.

– A me l'hai dato il latte?

– Certo. Ma ne prendevi poco. E poi dormivi sempre nello stesso modo, girato sul fianco sinistro con le mani a preghiera sotto la faccia. La zia Anna dorme cosí.

Filippo poggiò i gomiti sul bordo del letto. – Tu come dormi?

Clementina lo invitò a mettersi accanto a lei.

– Io non dormo.

Il figlio la guardò sbalordito. – Mai?

– Se dormo chi vi protegge?

Filippo sembrò capire. – Posso stare sveglio pure io, con te.

– Non serve.

– Cosí tu puoi riposarti.

Clementina gli mise il braccio attorno alle spalle. – Tu

hai cinque anni, devi dormire sennò non cresci bene. E poi a me piace stare sveglia, guardarvi mentre dormite e sognate.

Filippo si illuminò. Clementina capí che voleva dirle qualcosa ma non ci riusciva. Lo strinse un po' di piú a sé.

– Io ho sognato il babbo.

Gli prese con forza il viso tra le mani. – Che ti ha detto? Il bambino la guardò spaventato.

Clementina si tirò su e sedette davanti a lui. – Scusa, è bello che tu l'abbia sognato.

Filippo era incerto. – Ma non mi ha detto nulla. Mangiava il gelato e basta.

Si accorse delle lacrime solo quando la mano di suo figlio le toccò la guancia. Anche Filippo era sul punto di crollare.

Clementina lo abbracciò. – Che ne dici se piangiamo un poco?

Il pianto di suo figlio la riscosse dal torpore di quel mese. Gli asciugò la faccia. – Vai di là e di' a Teresa di vestire Emira.

Filippo sembrò non capire.

– Ti va un gelato?

Anna passò a Maria due paia di pantaloni. La sorella li piegò e li aggiunse agli altri nella cassa. Avevano trascorso il pomeriggio a svuotare l'armadio di Cesare approfittando dell'uscita di Clementina.

– Questo dovrebbe tenerlo per i ragazzi, per quando saranno cresciuti –. Anna le mostrò un elegante completo blu.

– *Cce sacciu*, poi chiediamo. Teresa ha detto che vuole tenere le cravatte e i gilet.

Anna mise il completo sul letto. – Dovremmo uscire a cercarli? Sono fuori da tanto e minaccia ancora pioggia.

– Mai sia! Deve stare con i *piccinni* ed è bene che stiano fuori da questa casa, – Maria si guardò intorno. – Non lo so come fa a dormire su questo letto.

– Chi ti dice che dormo? – Clementina era sulla soglia. Ancora il cappotto addosso. – Mi ha detto Teresa che state togliendo la sua roba.

Anna le andò incontro. – Ma quando siete tornati che non si è sentito nulla?

– Mira si è addormentata in braccio a me e Filippo è silenzioso.

Maria chiuse l'armadio. – Non si poteva rimandare ancora. Noi partiamo tra pochi giorni, Tina.

– L'avrei fatto io, – si avvicinò al baule in cui le sorelle avevano riposto gli abiti di Cesare.

Anna la seguí. – Ho messo le cravatte da una parte.

Maria l'aiutò a sfilarsi il cappotto. – Che ci vuoi fare con queste cose?

– Ho promesso a don Mariano che le avrei date alla parrocchia.

– Non devi farlo per forza. Non devi fare nulla se non te la senti.

– E qui sbagli, Maria. Se dovessi fare ciò che mi sento mi chiuderei in questa panca, stretta tra i vestiti suoi.

Clementina andò a sedere alla toletta, sfilò il cappello e le spille. I capelli caddero dritti e si confusero con il nero del vestito.

Anna le si avvicinò mentre Maria tratteneva le lacrime stringendo il cappotto bagnato della sorella.

– Piano, piano, cara.

Clementina le parlò dallo specchio. – Non posso restare.

– In questa casa?

– A Roma.

In un attimo Maria fu accanto ad Anna. – Puoi venire a Lecce! Tornare a casa tua.

Vedere sua sorella cosí fragile la commosse. Cesare si alleava spesso con lei e insieme la prendevano in giro. Sapeva che Maria era molto legata a lui.

Clementina si voltò. – Cesare e Chiara sono sepolti qui. Nessun posto sarà mai come Roma.

Le sorelle si presero per mano. Anna parlò ancora.
– Posso rimanere io, aiutarti a sistemare tutto. Non puoi viaggiare sola con i bambini.

Clementina fissava assorta le loro mani intrecciate. Si sentiva stanchissima. Era già da qualche giorno, da quando aveva ripreso in mano i conti della casa, della sua famiglia, che aveva capito che rimanere a Roma era impossibile. L'affitto, il mantenimento, lo stipendio di Teresa e l'occorrente per i bambini. I soldi che aveva da parte sarebbero bastati solo per pochi mesi. E poi c'era la guerra. Sapeva che doveva andarsene. Eppure una parte di lei faceva resistenza.

Anna indovinò i suoi pensieri. – Non stai fuggendo, cara. È per i bambini. Cesare approverebbe.

Maria non resistette. – Chiedo a Teresa dove sta l'occorrente per il presepe, – disse a voce rotta mentre usciva.

Anna prese a spazzolare i capelli di Clementina. – Da quanto non li lavi? Non li ho mai visti cosí rovinati. Ti va se ti preparo un bagno?

Clementina fece un cenno con il capo. Ora che l'aveva detto a voce alta era diventato reale: sarebbe tornata a Lecce.

Il bagno le diede un sollievo immediato. Persino i tagli sui capezzoli non le facevano piú tanto male. Un po' se ne dispiacque. Quella era la sofferenza che meritava, nulla a che vedere con lo strazio che aveva subíto Cesare. Il dolore la faceva sentire vicina a lui.

Doveva parlare con don Mariano.

La mattina dopo si presentò in canonica ma la vecchia fantesca le disse che il parroco era uscito. Clementina la pregò di riferirgli che era passata e che l'avrebbe aspettato a casa per un caffè quel pomeriggio.

Don Mariano non venne, però, e Clementina tornò a cercarlo anche dopo Natale.

– Ditemi dove sta! Lo raggiungerò ovunque sia, – Clementina era a un palmo dal naso della vecchia che si occupava di tenere in ordine la canonica.

– Sta in chiesa. Ha detto che se volete dovete andare lí.
Clementina si ricompose. Aveva scelto un'altra parrocchia per Cesare perché celebrare il funerale di suo marito nello stesso luogo in cui aveva salutato per sempre Chiara non le era possibile. Lei a Santa Bibiana non ci sarebbe piú entrata.
– Non potete chiamarlo? – supplicò.
La vecchia riprese la scopa e le indicò la porticina che dava sul corridoio.
Clementina uscí e attese fuori che il parroco rientrasse. Ma quello non si vide. Sapeva di essere stata sgarbata con lui ma quella punizione era eccessiva. Sentí il bisogno di andargli a dire in faccia quanto fosse ingiusto quel comportamento.
Entrò in chiesa, i primi passi come una furia. Poi sentí le forze venirle meno. Due suore pregavano inginocchiate al secondo banco. Di don Mariano non c'era traccia. La rabbia la fece piangere. Le due suore si voltarono, una si fece il segno della croce e riprese la preghiera.
E va bene, pensò cacciando via il pianto. Sfilò i guanti e si inginocchiò al primo banco. Fissò la scultura della santa finché non le bruciarono gli occhi, poi posò la testa tra le mani come aveva fatto la settimana precedente, quando don Mariano le aveva consegnato le poesie che leggeva a Cesare. Sentí il calore del suo alito e di nuovo l'oscurità delle mani a proteggerla. All'inizio non pensò a nulla e si calmò. Poi disse a Dio che credeva. Lo ripeté molte volte e quando fu certa di avere la sua attenzione gli parlò di Chiara e di Cesare. Raccontò di com'era sua figlia e che suo marito prima di morire gli aveva preferito Guido Gozzano. Aveva scelto Gozzano e non Dio. Lo sottolineò, sicura di avere la sua attenzione. Gli disse che la sua fede non sarebbe mai piú stata scalfita perché adesso li aveva affidati a lui. Che lo avrebbe pregato con passione e in cambio lui li avrebbe protetti. Sottolineò che aveva deciso di credere e che l'avrebbe fatto fino alla fine dei suoi giorni.

Si affacciò alla canonica. Don Mariano stava scrivendo chino sulla scrivania.
– Avete smesso di nascondervi?
Il parroco si sistemò gli occhiali sul naso. – E voi?
Clementina andò a sedersi davanti a lui. – Alla fine ci siete riuscito.
– Sono stato seduto in fondo alla chiesa finché non vi siete alzata. Ce ne avete messo di tempo.
– Mi dispiace per l'altra volta, sono stata sgradevole. Non mi giustificherò dietro il dolore. Mi è dispiaciuto non aver condiviso con lui una cosa che lo ha fatto stare bene negli ultimi giorni.
– Tina...
– Ma sono felice che lo abbia fatto con voi, – lo interruppe. – Siete stato un buon amico. Vi ringrazio.
Il prete sorrise sollevato.
– Parto. Torniamo a Lecce.
Don Mariano posò la penna sul foglio. – Ora che avete ritrovato la fede potete andare ovunque. Restare non li renderà piú vicini.
Clementina voleva ringraziarlo, dirgli che le sarebbe mancato e che gli avrebbe scritto spesso. Capí che lasciarlo la addolorava piú di quanto immaginasse.
Fece per parlare ma don Mariano l'anticipò. – Siate coraggiosa.

La sera prima della partenza congedò Teresa. La cameriera sarebbe andata a lavorare da una coppia anziana. Aveva chiesto una famiglia senza figli per non affezionarsi piú e Clementina, aiutata da don Mariano, le aveva trovato un'occupazione in pochissimo tempo.
– La valigia l'hai preparata? – Anna si affacciò nello studio. – All'ingresso ci stanno solo quelle dei bambini.
Clementina firmò la lettera di referenze che Teresa avrebbe consegnato l'indomani alla nuova famiglia. Quelle

erano le ultime ore che passava in quella stanza. Lo studio che Cesare aveva pensato per lei, il luogo in cui scriveva, leggeva e si isolava quando voleva un momento solo per sé. Indicò una borsa sulla poltrona. – La mia valigia è pronta.

Anna si avvicinò. Sembrava non capire. – E i vestiti, Tina? Qui c'è solo biancheria e quest'abito nero...

Clementina si alzò e le mostrò il vestito che indossava. Era nero, piú stretto e accollato di quello che aveva indossato dopo la morte di Chiara. – Va bene cosí.

Anna capí. – Vado a salutare Teresa e metto a letto i bambini. Buonanotte, Tina.

Quando la sorella fu uscita aprí il cassetto e tirò fuori uno dei libri che le aveva dato don Mariano. Sfogliò le pagine e ne inspirò l'odore: muffa e tabacco. Si bloccò quando vide un angolo della pagina piegato. L'ultima poesia che aveva letto suo marito.

Cri... i... i... i... i... icch...
l'incrinatura
il ghiaccio rabescò, stridula e viva.
«A riva!» Ognuno guadagnò la riva
disertando la crosta malsicura.
«A riva! A riva!»
Un soffio di paura
disperse la brigata fuggitiva.
«Resta!» Ella chiuse il mio braccio conserto,
le sue dita intrecciò, vivi legami, alle mie dita.
«Resta, se tu m'ami!»

Sorrise e si lasciò andare allo schienale finché non sentí Francesco piangere e i seni indurirsi. Mise i libri sul fondo della borsa e guardò per l'ultima volta la sua stanza.

Lecce, 1947

– Possibile che il farmaco non si trovi in tutta la città? Posso andare a Bari, arrivare a Napoli se parto subito! – Francesco camminava avanti e indietro per il salone. Era arrivato appena saputo del peggioramento improvviso di suo fratello.

Alla fine di maggio Filippo, che era rientrato a Lecce da meno di una settimana per annunciare alla famiglia l'assegnazione della cattedra, si era messo a letto con qualche linea di febbre. Nessuno se ne era preoccupato. La febbre era rimasta alta e costante per piú di sette giorni, e una sera, dopo aver rifiutato il lesso preparatogli da Maria, aveva iniziato a delirare e a deglutire con fatica. Clementina allora aveva mandato di corsa a chiamare il medico.

Il dottor Rota aveva prescritto una medicina che a Lecce non si trovava perché a due anni dalla fine della guerra certi beni di prima necessità continuavano a scarseggiare.

– Maria ha cercato in centro, tua sorella ha preso la macchina e ha girato tutta la provincia. Non ne hanno da nessuna parte. Il dottor Rota dice che forse a Roma… – disse Clementina. Gli occhi erano cerchiati di nero e le trecce arroccate alla buona in una cipolla sulla testa.

– Chiamo Paolino a Roma. O Enrichetta. Loro ce lo procureranno. Torno tra un'ora.

– Ci sono novità? – Maria, con le buste della spesa ancora in mano, si era affacciata in salone.

Clementina era immobile davanti alla finestra. – Fran-

cesco è andato a chiamare i Beltrame e altri amici di Roma per la medicina di Filippo.
– E vedi che ce la procureranno, Tina, non starti ad angosciare. Vado a mettere su il brodo, che gli fa bene.
Clementina non si mosse. – Io non capisco. Fino a due giorni fa non aveva nulla. E poi ieri, all'improvviso, pareva affogare tanto era in affanno.
Maria strinse forte al petto le sporte della spesa.
Clementina si voltò e le due donne si guardarono.
– Il brodo, – disse Clementina con un cenno del capo.
– E mo vado, – ma non si mosse. – Tu che parli tanto con Dio, perché non lo chiedi a lui di... – e uscí sospirando senza terminare la frase.

Due ore dopo Francesco suonò alla porta.
Clementina andò ad aprirgli.
– Ce lo spedisce Paolino! Se fa in tempo stasera stessa, altrimenti domattina. Lo avremo al piú tardi venerdí, – si asciugò la fronte sudata.
Clementina notò che respirava a fatica, doveva aver corso.
– Lui come sta? – domandò.
– Riposa. Ti fermi a pranzo?
– Devo tornare a studio ma ripasso dopo. Meglio se oggi Anna la teniamo a casa, cosí ti riposi pure tu.
– A me fa piacere se viene la bambina.
– Mamma, – Francesco le baciò la guancia, – è meglio se non viene.
Clementina rimase nell'ingresso per un po'. Passò una mano sul mobile sotto lo specchio, raddrizzò due quadri. Avrebbe fatto qualsiasi cosa per non pensare. Si procurò uno straccio e cominciò a pulire dalla polvere minuziosamente ogni mobile del salone.

– Accendiamo la radio? – la voce di Maria era esitante.
Clementina posò il cucchiaio. – Non ho voglia di sentire musica.

– Non hai mangiato nulla. Vedi se ti devi ammalare pure te.

Il brodo era ancora lí, con qualche mezzo maccherone che galleggiava nel piatto.

– Ha bevuto del tè questa mattina, ci ho messo molto miele. Che dici, vado a controllare se è sveglio?

– Fallo riposare, che se dorme sfebbra, – rispose Maria. – Accendo un poco la radio che questo silenzio mi fa accapponare la pelle.

Clementina non protestò.

Dall'ingresso si sentí sbattere la porta e poco dopo Emira si affacciò in cucina. – Ci sono novità?

– Francesco ha trovato il farmaco del dottor Rota, quello con *lu nome stranu*. Ce lo manda Paolino, da Roma. Vieni, che ti verso un poco di brodo pure a te. Quest'ingegno non vuole proprio funzionare oggi, *nu prende filu* –. Maria spense la radio mentre Emira si lavava le mani nell'acquaio.

– Filippo ha già mangiato?

– Dorme da stamattina, – mormorò Clementina. – Prendi il piatto mio che ho lo stomaco chiuso.

– È buono se dorme, il fisico lavora meglio nel sonno.

– A scuola tutto a posto? – Clementina si sistemò i capelli e un ciuffetto le rimase in mano. Maria alzò le spalle. – E quella è l'ansia, Tina.

Emira mormorò incerta. – A scuola bene. Mangio e poi sto un poco con Filippo che domani mattina non ho lezione.

Clementina continuò a fissare i capelli perduti. – Dite che me li devo tagliare? Non li taglio da... – si fermò a pensarci. – Non me lo ricordo nemmeno.

Maria scosse la testa. – Se non lo fai, una mattina apri gli occhi e te li ritrovi tutti *ammucculati sullu cuscino*.

– Zia, sono quasi certa che *ammucculati* non sia nemmeno dialetto.

– Però rende. Riprovo un poco con la radio, – tornò all'apparecchio che iniziò a gracchiare. – *Nu me fitu cu fazzu 'sta cosa.*

Emira si alzò, il brodo ancora nel piatto. – Vado a vedere se si è svegliato.
– Chiedigli se vuole mangiare, – disse Clementina che nel frattempo si scioglieva le trecce.

– Mamma, sei tu?
– Sono Emira. Ti apro le finestre e faccio entrare un po' di luce. Come ti senti? La zia Maria ti ha fatto il brodo, – gli disse spalancando le persiane. – Ti dà fastidio la luce?
Era l'inizio di giugno e il libeccio di quella mattina aveva portato a Lecce l'odore del mare.
– Siediti accanto a me.
Emira obbedí. – Francesco ha trovato la medicina che diceva il dottore cosí inizi subito la cura, – gli scostò i capelli bagnati di sudore dalla fronte. Si accorse che era bollente. – Devi bere, idratarti, – gli passò il bicchiere d'acqua che era sul comodino.
– C'è qualcosa che non va, Mira.
– E certo. Hai la febbre alta, sei debilitato.
– Non mi preoccuperei se fosse solo questo.
Emira notò che le labbra erano bianche come la lingua.
– Devi bere, – insisté.
Filippo poggiò le labbra al bicchiere e buttò giú a fatica un sorso d'acqua.
– Quando arriverà la medicina starai bene. Devi tenere duro ancora un giorno, due al massimo.
Filippo accennò un sorriso. – Per fortuna Ciccino l'ha trovata.
– Sarebbe andato fino a Roma lui stesso.
– Tu credi?
Emira gli allungò ancora il bicchiere ma Filippo serrò la bocca.
– Quando eravamo piccoli lo costringevi a chiamarti *babbo Filippo*, – Emira rimise l'acqua sul comodino. – Francesco sgranava gli occhi e non capiva, tu gli davi ordini e quello non obbediva mai. Cosí ti stancavi e tornavi dalla mamma.

– E lei era sempre occupata o nervosa, stanca... – Filippo chiuse gli occhi. – Ciccino è stato piú fortunato di noi.
– Dici?
Filippo non rispose.
– Ti porto il brodo, – Emira uscí dalla stanza senza dargli la possibilità di protestare.
– Filippo è sveglio e ha appetito, mamma, – esclamò affacciandosi in cucina.
– E tu dove vai?
– Ho delle commissioni da fare.
Clementina riempí il vassoio e lo portò nella camera del figlio.
L'aria salina che proveniva dalla finestra aperta le diede sollievo.
Prese una sedia e l'accostò al bordo del letto – Ti imbocco o mangi solo?
– E Mira?
– È uscita. Tieni, mettiamo questo, – gli infilò un tovagliolo nel collo del pigiama. – Cosí non ti sbrodoli.
– Se mi vedessero i miei alunni... – sospirò lui tentando di tirarsi a sedere. Poi si bloccò. – Mamma, non riesco, – le disse appoggiando la testa alla spalliera del letto.
– Ma ti fa bene mandare giú qualcosa. Mando tua zia a convincerti? – gli allungò il cucchiaio pieno.
Filippo scosse stancamente la testa.
Clementina rimise il cucchiaio nel piatto e una goccia di brodo cadde sulla federa del cuscino bianca e spiegazzata.
– Guarda che ho combinato... – Il brodo era colato sulla copertina di un libro appoggiato sul letto.
– Non preoccuparti, – Filippo afferrò la mano della madre e gliela baciò.
Clementina lo vide girarsi su un fianco e tirarsi la coperta fin sotto il mento. Da bambino dormiva sempre nella stessa posizione, mano destra su quella sinistra, sotto la faccia. Tentennò ancora qualche minuto, infine andò a chiudere le imposte e uscí.

Quella notte Emira si girò e rigirò nel letto ma di prendere sonno non c'era verso. Si mise a sedere. Dalla finestra semichiusa filtrava la luce della luna nuova. Decise che non era poi cosí tardi e si incamminò senza fare rumore verso la stanza di Filippo.

Mise la testa dentro ma non vide nulla, gli scuri erano serrati.

Entrò e andò ad aprire leggermente un'anta, la luce della luna illuminò anche quella stanza: Filippo respirava rumorosamente. Gli avvicinò incerta il viso alla faccia e fece per toccarlo. Lui aprí gli occhi. Emira balzò indietro.
– Mi hai spaventata!

– Io? – biascicò lui con la voce impastata dal sonno e dalla febbre. – Vedi che trovarsi la tua brutta faccia in piena notte non è mica piacevole, – sorrise, tentando di tirarsi su.

Emira lo aiutò e sedette sul letto accanto a lui. – Spostati un poco, – gli disse poggiandosi anche lei alla spalliera.

Spalla contro spalla i due fratelli rimasero assorti per qualche istante rivolti verso la finestra aperta.
– Perché sei sparita oggi?
– Vuoi la verità?
– Dipende.
– Avevi ragione. Francesco è stato piú fortunato, anche se io alla sorte credo poco.

Filippo le mise una mano sul braccio. – Se dovesse succedermi qualcosa di brutto tu devi restare accanto a lei.

Emira si spostò per guardarlo meglio. – Ma che vai dicendo? Ti dev'essere salita parecchio la febbre perché stai delirando, credi a me.

Lui fece leggermente leva sul gomito per tirarsi su. – Andiamo a vedere le stelle?
– Non ce ne stanno.

Filippo le porse la mano. – Aiutami.

Emira lo tirò su dal fianco e lo aiutò a sedersi sul da-

vanzale. – Ecco, – gli disse indicando il cielo, – ci sta solo la luna, stasera.
– Ti ricordi quello che dicevi da bambina?
Emira sedette sul davanzale accanto a lui. Alla luce della luna il volto del fratello appariva luminoso. – Cosa?
– Che il babbo era una stella.
– La zia Anna me lo aveva detto.
– Ti fissasti sul fatto che, se il babbo era davvero una stella, allora le stelle stavano nel posto sbagliato. Che non dovevano stare lí nel cielo, lontane, a mescolarsi tutte tra loro. Che cosí ti confondevi, che non riuscivi a capire quale fosse il babbo.
– E lo penso pure ora. Non poteva dirci che era un fiore? Cosí almeno l'avremmo toccato, curato.
– Tu l'avresti ammazzato di nuovo… – Filippo le fece l'occhiolino e poi sospirò. – Mi sento tanto stanco.
– Vuoi tornare a letto?
– Rimaniamo qui un altro poco, ti va? Però guarda, Mira. Ci sta una stella lí, – indicò un puntino luminoso e lontanissimo.
– Sarà il babbo che è venuto a dirci quanto siamo scemi.
Filippo le prese la mano. – No Mira, non è il babbo. Quella stella sono io.

Filippo morí il pomeriggio seguente nel sonno: un sospiro piú profondo e si addormentò per sempre. In serata arrivarono i farmaci.

Lecce, un anno dopo

L'appartamento che Francesco aveva trovato in viale Oronzo Quarta era ampio e luminoso.

Il suo progetto, col tempo, era di acquistare le altre due unità che componevano la palazzina per trasferire anche il suo studio non appena avesse avuto le forze di mettersi in proprio. Aveva detto a Emira che a lui e Giuliana avrebbe fatto piacere riunire la famiglia sotto lo stesso tetto. Ci sarebbe voluto ancora qualche anno ma avrebbe lavorato sodo. La sua carriera stava decollando, tra i colleghi si parlava delle arringhe brillanti di quel giovane penalista, il figlio della vedova Salvi, la maestra. Pareva che a quella famiglia disgraziata finalmente fosse toccata un po' di luce.

Emira si era detta d'accordo, per lei cambiava poco. Le importava solo del suo lavoro da insegnante e di stare accanto alla madre perché quella era la sua vocazione segreta. Dopo la morte improvvisa del fratello, Francesco aveva deciso di prendere in mano le redini della famiglia. Non si era mai fermato, aveva organizzato il funerale, accolto amici e parenti, e sostenuto la madre e la zia. Era andato a casa loro tutti i giorni per mesi, mattina e sera, per controllare che stessero bene e per occuparsi di quello che c'era ancora da sistemare. Aveva svuotato la stanza in cui era morto Filippo, ne aveva raccolto i libri, i quaderni e gli appunti, tutto il materiale di lavoro che si era portato da Roma e a cui aveva lavorato fino a pochi giorni prima di morire. Aveva pianto in segreto, trovando il diario con le lezioni che si era preparato con cura, l'aveva immaginato davanti a una lavagna in un'aula piena di studenti poco piú giovani di lui. Se n'era andato a soli trentasette anni.

Poi però qualche giorno dopo aveva deciso che non era giusto tenere tutto il dolore per sé. E l'unica persona con cui aveva senso condividerlo era sua madre.

Le portò il diario e gli appunti di Filippo un pomeriggio dopo il lavoro, che il cielo già scuriva.

Clementina sfogliò quelle pagine senza dire una parola e d'improvviso si rese conto che in quei mesi l'unico figlio maschio che le restava si era caricato tutto il peso della famiglia sulle spalle. Decise di concederglielo.

Dopo la scomparsa improvvisa di suo figlio la sola cosa che consolava un poco Clementina era Anna, la nipotina.

Cantava alla bambina canzoni di cui pensava di non ricordare le parole, ninne nanne per calmare e consolare. E si dondolava stringendola nei corridoi bui della casa e nelle stanze vuote. Qualunque posto andava bene purché fossero sole, lei e Anna, perché soltanto in questo modo riusciva a udire chiara la sua voce che a volte veniva fuori come un lamento ma che lei si impegnava a trasformare in un suono caldo e dolce.

Quelle cantilene consolatorie erano anche per sé stessa. Clementina doveva capire se era ancora capace di dolcezza e calore.

Il tormento per la morte di Filippo non l'avrebbe abbandonata mai. Il suo ragazzo fragile alla fine si era sfaldato come aveva temuto.

I primi giorni dopo la sua scomparsa si era nascosta nel buio della casa perché abitare la terra le pareva inconcepibile. Poi si era trascinata in aula. All'inizio li aveva detestati tutti, i suoi studenti, per essere ancora giovani e forti. Ma loro nel riconquistarla ci avevano messo la stessa fede sua.

Questa volta non si era chiesta perché Dio non l'avesse salvata. Ormai aveva deciso di credere e credeva.

Chi ami non muore, si ripeteva per tenersi in vita, per galleggiare sopra l'abisso da cui non voleva essere inghiottita. I suoi morti c'erano tutti, e lei li teneva in vita pensandoli e amandoli piú di sé stessa. Anche piú dei vivi.

Quando Giuliana aveva detto a Francesco che era di nuovo incinta e l'aveva guardato incerta e insicura, come se quella creatura fosse arrivata troppo presto, troppo vicina a un evento tragico, lui l'aveva stupita dicendo che cosí doveva essere. Il bambino che sarebbe arrivato a un anno dalla scomparsa di Filippo era un regalo. Non c'era nulla di inappropriato, una nascita non è mai un fatto inopportuno. Lui, che era stato ribattezzato l'Intruso, lo sapeva meglio di tutti.

– Se è femmina la chiamiamo come te, – avevano detto a Clementina.

– Il mio è un nome complicato, – aveva risposto guardandosi intorno e il mondo le era sembrato misero e lontano.

La morte e la vita si erano intrecciate per l'ennesima volta facendosi beffe di lei: quando perdeva Chiara aveva Emira nella pancia; quando Cesare moriva lei aveva appena dato alla luce il loro Francesco. E poi Anna, che se n'era andata pochi mesi prima della nascita della nipote che teneva tra le braccia e che era stata chiamata cosí in suo onore. Ora, di nuovo, era successo con Filippo e la creatura che Giuliana portava in grembo. La morte arrivava priva di pietà e la vita rispondeva generosa. Ci sei tu ma poi ci sono io, sempre.

Cesare nacque all'alba del 9 giugno, un anno dopo la morte di Filippo.

Clementina si avvicinò alla piccola Anna che dormiva beata. – Tieni un fratello. Si chiama Cesare, come tuo nonno, – bisbigliò accarezzandole i capelli neri.

Si alzò piano e andò a socchiudere la finestra, l'aria frizzante di giugno entrò prepotente nella camera. La luna era piena, *la Fase della Madre*, pensò avvicinandosi ai ritratti dei morti che teneva sul suo comodino. Clementina si sbottonò la camicia da notte bianca che le arrivava fino ai piedi e la sfilò dal basso. Inspirò e respirò forte, nuda, in mezzo alla sua camera da letto illuminata solo dalla luna piena, con i capelli che l'avvolgevano come una coperta.

Ripensò alla trapunta di sua sorella Anna. L'avrebbe regalata alla nipote, le avrebbe spiegato perché porta lo stesso nome e la ragione di quei disegni. Le avrebbe raccontato la loro storia, che è stata morte e vita. La piccola mosse le palpebre chiuse, *Bene cosí, bambina, sogna*.

Si diresse decisa alla toletta e si specchiò: osservò il corpo cadente, si sfiorò i seni, la pancia e il pube. L'immagine di sé, dentro, strideva con quella di fuori. Gridava intrappolata in quel corpo di vecchia: nulla era simile alla donna che ricordava, eppure non si era mai sentita cosí intera, cosí integra.

Clementina aprí il cassetto, afferrò le forbici d'argento con cui negli anni aveva tagliato i capelli di tutti i suoi figli e le baciò. – È la luna giusta, – mormorò sollevando lo sguardo allo specchio. Il suo riflesso le sorrise, sazio e compiaciuto, il cerchio era chiuso, la vita era andata come doveva.

Prese una ciocca di capelli. La guardò e ne inspirò forte l'odore. Poi tagliò.

Saluti e baci affettuosi
da tutti per tutti
Clementina

Epilogo

31 gennaio 1964

Il capannello di gente davanti alla palazzina di viale Oronzo Quarta fa pensare che sia successo qualcosa: una morte importante.

Al piano terra continuano ad arrivare fiori, piante, corone con dediche. La gente che entra si abbraccia, e stringe mani a quella che esce. È una staffetta di sorrisi e lacrime.

Maria siede fiera sulla poltrona di stoffa all'angolo del salone e ringrazia, saluta e sorride alle parole di conforto. Gli occhi sono lucidi ma lo sguardo è lo stesso di sempre: sarcastico, vivace e pieno. Ha voluto accendere il giradischi che le ha regalato Francesco, lo ascolta a basso volume, e mentre la gente le parla lei sente solo la voce di Vittorio De Sica che canta la sua canzone preferita: *Tu, solamente tu*.

Pensa a Clementina che se n'è andata da poche ore nel sonno, a ottantadue anni. La sera prima si erano salutate come ogni notte, un cenno del capo, uno sbadiglio e un mezzo sorriso. E anche se negli ultimi mesi aveva iniziato a scordare nomi e volti, a lei la riconosceva sempre.

Francesco manda Giovanni, il terzogenito di dodici anni, a spalancare il portone; si aspettavano molta gente, ma mai cosí tanta. Ci sono i vecchi alunni che si ritrovano, si abbracciano commossi nel cortile interno avvolti da sciarpe e cappotti pesanti perché l'umido è piú intenso del solito.

C'è Lisa Deioanni, la prima alunna, arrivata con la figlia che ha iniziato da poco l'università a Milano ma è voluta scendere a tutti i costi per omaggiare la donna di cui sua madre le ha parlato per anni. Ci sono Tobia Terracina e

Giuseppe Truppo, con gli occhi lucidi scherzano ricordando i momenti passati insieme, pure con Antonio Valenti e Michelino Saragoni. Sono la classe del 1923.

Santina Cutiazzi entra nella stanza da letto di Clementina e si lancia al suo capezzale singhiozzando, è inconsolabile tra le lacrime. Le si avvicina e le bacia la fronte, come aveva fatto inaspettatamente la maestra con lei molti anni prima. Una donna la tocca piano da dietro. Santina la riconosce e l'abbraccia. Un'altra allieva. Santina si asciuga le lacrime e bacia ancora per l'ultima volta la fronte fredda di Clementina. – Grazie, – le sussurra rialzandosi.

I suoi alunni sono tutti lí, nel cortile interno della palazzina che Francesco è riuscito ad acquistare per intero. Clementina, Emira e Maria hanno vissuto lí dalla metà degli anni Cinquanta, nel grande appartamento al piano terra che Francesco aveva pensato per loro, con il cortile interno e la veranda. Nel piano superiore abitano lui, Giuliana e i tre ragazzi, Anna, Cesare e Giovanni. La metà del piano è dedicato alla casa, e l'altra metà allo studio legale.

Si abbracciano gli studenti della classe del 1923 e quelli del 1926, i ragazzi del '30 e quelli del '40. Ci sono tutti, soprattutto quelli del 1948, gli ultimi, quelli a cui Clementina aveva voluto dedicarsi anche dopo la perdita di Filippo, fino all'ultimo giorno di giugno, lo stesso mese in cui era nato Cesare.

– Te lo ricordi a quel fascista di Manunzio? – domanda Tancredi ad Angelo.

– L'hai sistemato per le feste quella volta lí. Sai che fine ha fatto?

– Era partito per Salò. Da quaggiú, poi… *'A collera è petrosa*.

– Già. Ma quello non è Luigi?

In cucina Emira e Giuliana preparano il caffè e riempiono le brocche d'acqua fresca. Pare che tutti vogliano bere, rifocillarsi, consolarsi.

– Mando Cesare a comprare altre paste?

Emira annuisce. – Vedi che ci hanno portato due torte salate. Le servo io. Comunque falli uscire tutti e tre cosí si distraggono un poco. Vado a vedere se serve altro caffè, – le dice uscendo dalla cucina.

Sulla soglia si scontra con qualcuno che entra.

– Ciao, Mira. Buonasera.

L'uomo sbucato all'improvviso dal corridoio è sulla cinquantina, alto e magro, e veste alla moda ma con strani colori.

– Perdonami, io non...

– È giusto. Sono passati tanti anni, – dice lui grattandosi la testa in imbarazzo. Si toglie gli occhiali. Gli occhi verdi sono identici ad allora.

– Gianni! – esclama Emira sorpresa. – Come l'hai saputo? La mamma mi aveva detto che stavi all'estero.

– New York, – conferma lui. – Le scrissi quando vinsi la borsa di studio –. Gianni si rimette gli occhiali. – Vedi che ne parla tutta la città, è arrivata voce fino a Brooklyn –. Le sorride, è un sorriso velato e malinconico. – Avrei dovuto scriverle piú spesso, volevo aggiornarla, raccontarle. Ma poi la vita ti ammucchia e scompiglia i ricordi fino a che...

– La mamma parlava spesso di te. D'altronde eri il suo preferito. Che combini in America?

– Insegno Letteratura italiana alla Columbia. Sono qui da qualche giorno per affari, vorrei comprare una casa in campagna. La terra non me la sono mai scordata.

Emira lo esamina, l'accento straniero, i vestiti originali. Non c'è piú traccia del bambino che coltivava le meloncelle e la prendeva in giro, il ragazzino che sua madre era andata a riprendersi in campagna.

– Sei stato gentile a passare.

– Le devo tutto –. Gianni abbassa lo sguardo. – A lei e a Germain. Mi ha affidato a lui quando ho finito la scuola. Se non ci fossero stati loro io starei ancora in mezzo ai campi di Squinzano.

– Non sapevo nulla.

– A Germain non sono riuscito a salutarlo, però.
– Che è accaduto?
– La guerra, Mira. Pare che in Francia si sia arruolato nella Resistenza. L'hanno fucilato nell'inverno del '44.
– Mi dispiace. Con la mamma non si sono nemmeno piú scritti.
Gianni le prende la mano. – Sei identica a trent'anni fa.
– Che fai i complimenti, mo? Non ti riconosco, – arrossisce. Lui è ancora bellissimo.
– Vorrei portarle dei fiori, andare a trovarla al cimitero prima di ripartire, avere un momento soli che qui ci sta una folla che pare una parata.
– La tumuliamo domani, subito dopo il funerale.
– Se vengo ti scoccia?
Emira scrolla le spalle. – Sei andato a salutare alla zia Maria? Ora è lei l'ultima signorina Martello. Sta di là che ascolta a De Sica da ieri. È tutto il giorno che canta.
Con sua grande sorpresa Emira inizia a piangere. È dalla mattina che non versa una lacrima, che consola gli altri, che stringe mani e incassa abbracci, e ora in un attimo un fiume sul viso. Fissa Gianni imbarazzata. – Scusa.
– Quando venne a cercarmi a Squinzano mia madre era morta da poco e io non avevo ancora pianto, manco una lacrima. Lo feci lí con lei. La maestra mi si sedette accanto e aspettò. Fu… – Gianni cerca una parola che possa rendere la forza di quel ricordo, – non so dirti come fu, ma da allora qualcosa in me è cambiato, non sono piú stato lo stesso di prima.
Emira si sente chiamare: è Giuliana che le fa cenno di raggiungerla, sicuramente qualcuno che vuole consolarla, ancora saluti, abbracci, ancora e ancora.
Gianni le lascia un oggetto. – Arrivederci, Mira, – poi si gira e si allontana mescolandosi alla folla degli ospiti.
Emira riconosce subito il rosario di sua madre. L'ha tenuto per tutti quegli anni e ora lo restituisce a lei.

Emira e Francesco attraversano il cimitero tra i cipressi. È una giornata calda, il sole è alto e l'aria frizzante.

– La messa è stata bella, don Lino si è riscattato dopo tante domeniche soporifere –. Francesco sorride sbottonandosi il cappotto.

– Un poco mielosa...

– Vieni, entriamo, – le dice lui passando l'ingresso della cappella di famiglia.

Dentro l'aria è umida e profumata dagli omaggi floreali che hanno portato e che l'impresa funebre ha sistemato disordinatamente all'interno.

Emira si guarda intorno. – Sta tutto ammucchiato. Questi sono già da buttare, – indica dei fiori appassiti. – E qui va aggiunta l'acqua. Vado alla fontanella.

– Mira?

Lei si volta, il fratello sta osservando le lapidi disposte sulle due facciate ai lati dell'altare. – Tu ci pensi mai al babbo?

Emira si avvicina. In mano tiene due grandi vasi vuoti. – Non me lo ricordo.

– Ma ci pensi? Perché io ci penso sempre, – la confessione gli è venuta all'improvviso mentre sfiora l'epigrafe sulla lapide del fratello, sopra a quella di Clementina, *Prof. Ing. Filippo Salvi*.

Emira posa i vasi a terra. – Quando il babbo ti ha visto, appena nato, ha detto che eri il piú bello di tutti. La mamma lo diceva sempre.

– E lo sono di certo, – le fa l'occhiolino. Un sorriso amaro gli storpia il bel viso e gli occhi gli si riempiono di lacrime. Lui le ricaccia dentro con un colpo di tosse e per dissimulare si mette ad armeggiare con i vasi e i fiori.

– Vedi che tu sei come l'acqua del pomodoro. Tutti a chiedersi cosa fare con te. Non avevano capito che l'acqua del pomodoro è la parte migliore.

Prova a consolarlo, a scacciare l'idea dell'*intruso*, quella sensazione di estraneità che lui si porta dentro da quando è nato. Anche lei, arrivata a pochi mesi dalla morte di sua sorella, quella bambina bellissima che non le somigliava per niente, si sentiva cosí.

– Vado io a prendere l'acqua –. Francesco raccoglie i due vasi da terra e si avvia verso la fontana.

Emira si ritrova sola, prende i cuscini floreali e li dispone uno accanto all'altro sotto l'altare, sposta la sedia e spazza in un angolo tutto il fogliame che si è accumulato, accende due candele e si fa il segno della croce. Dalla tasca del cappotto tira fuori il rosario che le ha restituito Gianni e lo bacia, poi lo sistema in mezzo alle candele. L'occhio le cade su una rosa di *Provins* ancora perfettamente intatta. È un fiore intimo, particolare, che contrasta con tutti gli altri.

Si avvicina incuriosita, al gambo è legato con uno spago un biglietto arrotolato. Francesco non è ancora tornato e lei si sente indiscreta. Quella rosa cosí bella è per sua madre, non per lei. Si decide, srotola il biglietto, la grafia è semplice, un corsivo elegante, una sola frase: «Mi hai insegnato a vivere. Per sempre grato, Gianni».

Una settimana dopo.

Il telefono squilla con insistenza.

– Emira, è per te! – Maria grida senza staccarsi dalla cornetta.

A ottant'anni appena compiuti deve ancora capire come misurarsi con quello strano aggeggio che le ha portato a casa il nipote. Ogni tanto fa numeri a caso e parla rivolta alla cornetta pensando sempre che qualcuno la ascolti. Anzi, ne è assolutamente convinta. Il telefono la sconvolge piú della televisione. Quella la tiene sempre spenta, le mette paura. Preferisce la radio, sentire e non guardare, perché è cosí che i ricordi tornano a trovarla. La televisione non lascia spazio all'immaginazione e riempie il cervello di cose che non le servono.

– Mira! – grida ancora.
– Zia, non urlare, eccomi.

Maria le passa il telefono e torna a sedersi sulla poltrona d'angolo. Da lí sente la musica e aspetta che le sorelle vengano a prenderla, sa che lo faranno insieme. Spera che non manchi ancora molto.

Emira si porta la cornetta all'orecchio. – Sí, chi è?
– *Mangiapane a tradimentu.*
Emira sorride. – Ciao, contadino.
– Ci vieni a prendere un caffè con me?

Emira guarda la zia. È assorta e bisbiglia le parole della canzone di De Sica, *Tu, solamente tu non ritorni piú per riposar sopra il mio cuor...*

– Non devi ripartire domani?
– Ma io ti invito oggi.
– C'abbiamo cinquant'anni. Siamo vecchi per le improvvisate.
– Vedi che è da vecchi che vengono quelle migliori. Vedrai –. Gianni ride dall'altro capo del telefono. – Venti minuti e sono da te. Non ti sistemare. Ti porto al mare e c'è vento –. Poi riattacca.

Emira rimane con la cornetta in mano per qualche secondo. – Zia, esco. Torno per cena.

Sa che Maria l'ha sentita e che non le interessa, è lí che canta ancora, *Tu dove mai sei tu se non senti piú questa mia voce piena d'amor...*

Gianni è seduto nella Duetto Spider rossa e quando la vede uscire suona il clacson.
– E questa?
– L'ho noleggiata. Sei pronta? Accendi l'autoradio –. Indica il quadro.
– Dicevi mare, ma vedi che la spiaggia la scelgo io, – lo fissa. – Hai un cappello ridicolo.
Lui ride. – Tu ordina che io eseguo.
– Prendi la litoranea, andiamo a Castro.

Gianni ingrana la prima e si mette in strada. Emira si slaccia il cappotto e alza il volume della radio, *Che mi importa del mondo quando tu sei vicino a me, io non chiedo piú niente al cielo se mi lasci te...*
Gianni inizia a cantare. È stonato, buffo e bellissimo. Lei abbassa il finestrino e si sporge lievemente, il cielo è nuvoloso, c'è vento e di certo pioverà.

Ha la tentazione di guardarsi nello specchietto, di vedere se il rossetto le ha macchiato i denti, se le occhiaie sono meno scure e se i capelli sono in ordine. Si trattiene. Il profumo al gelsomino con cui prima di uscire si è bagnata il collo e i polsi la avvolge e rassicura. È l'odore di casa e dei ricordi.

– Sei meglio ora che trent'anni fa, – Gianni abbassa un poco la radio e le lancia un'occhiata veloce, poi torna a fissare la strada.

– Mi dicevi sempre che sono ruvida.

– Lo sono pure io.

– Non mentirmi. Siamo vecchi anche per le bugie.

– Pure le bugie migliori vengono da vecchi, – Gianni ride e accelera.

– Sei scemo, – sorride anche lei. Non le importa piú se i denti sono sporchi di rossetto o i capelli scompigliati. È ancora quella ragazzina ruvida e non se ne vergogna.

Gianni alza la radio al massimo e riprende a cantare. Emira inspira forte l'aria fredda di febbraio, poi lo segue: *Se tu sei con me, se tu sei con me.*

Grazie.

Ho iniziato a scrivere la storia della mia bisnonna Clementina durante la pandemia. Ho cancellato spesso, ripassato il solco ancor di piú, nella paura di non rendere giustizia alla sua vita. Senza rendermene conto ho avviato un pensare magico che mi consentisse di cogliere segni della sua approvazione. Provavo a orientarmi con possibili tracce, guardavo in filigrana i sogni e le minuzie di tutti i giorni. Non è mai arrivato nulla. Poi ho smesso di cercare e in quel momento il libro è nato.

Nascendo, il libro ha chiesto alla Storia, a volte, di farsi narrazione, ripercorrendola senza seguirne la mappa esatta, ma sempre verosimile.

Grazie a Fiammetta Biancatelli per averci creduto quanto me. Grazie a Emanuela Canepa, sei l'angelo custode di questa storia. Grazie al gruppo Einaudi. Ad Angela Rastelli e Dalia Oggero. A Dalia che ha protetto *Clementina* e le ha dato una casa. Ad Angela che ha reso il lavoro sul testo un momento di profonda conoscenza condivisa della storia. Grazie ad Alice Spano, hai colto tutto, subito. Grazie ai miei genitori per aver rispettato i miei silenzi. Se sono stata cosí riservata è solo perché sapevo che eravate lí. Siete il mio pilastro. Grazie alla mia famiglia per la gioia con cui ha accolto questo libro. Grazie a *zia Elvi*, che l'ha sempre saputo. Grazie a zia Anna, a cui non posso piú dirlo. Grazie a mia sorella Clementina e alle mie amiche che camminano a fianco a me, sempre. Grazie a Giulia e Sofia per il supporto costante. Siete preziose. Grazie a Anna, Carlotta, Massimo e Rosanna per essere stati il ponte verso altri universi linguistici. Un grazie particolare è per Alessia, alle nostre lune che si abbracciano. Infine, Matteo. Condividere la vita con te è un regalo immenso.

Che bello, dire *grazie!*

Crediti.

I versi di Angelus Silesius in epigrafe sono tratti da Angelus Silesius, *Il Pellegrino Cherubico*, versione italiana con testo tedesco a fronte a cura di Giovanni Fozzer e Marco Vannini, Edizioni San Paolo, Roma 2004.

Le parole di Giovanna d'Arco citate da Clementina a p. 112 sono tratte da *Il processo di condanna di Giovanna d'Arco*, a cura di Teresa Cremisi. © 2022 by Marsilio Editori® s.p.a. in Venezia.

L'annuncio radiofonico a p. 234 si può trovare in rete: https://www.raiplaysound.it/programmi/centounsecolodiradio/puntate/puntate-2023.

Il titolo della canzone a p. 236 è tratto da *Candy*, testo e musica di Alex Kramer, Mack David, Joan Whitney. © 1945 Leo Feist Inc. Subeditore per l'Italia Emi Music Catalogue partnership Italy Quartetto Cetra.

Il ritratto di Clementina a p. 311, risalente probabilmente al 1907, appartiene all'archivio privato della famiglia Salvi.

I versi della canzone di Vittorio De Sica che bisbiglia Maria a p. 319 sono tratti da *Tu solamente tu*, parole di Michele Galdieri, musica di Pasquale Frustaci. © 1939 by Edizioni Curci Srl - Marzi Vincenzo Edizioni Musicali.

I versi della canzone interpretata da Rita Pavone trasmessi alla radio a p. 320 sono tratti da *Che m'importa del mondo*, testo di Franco Migliacci, musica di Luis Enriquez Bacalov. © 1961 Universal Music Publishing Ricordi Srl. Tutti i diritti riservati per tutti i Paesi. Riprodotto su autorizzazione di Hal Leonard Europe BV.

Indice

p. 3	*Prologo*. Lecce, 8 giugno 1948
7	Lecce, settembre 1916
19	Lecce, febbraio 1922
26	Caserta, 2 marzo 1907
39	Lecce, febbraio 1922
63	Roma, maggio 1907
83	Lecce, 1923
95	Lecce, settembre 1925
118	Roma, maggio 1909
134	Lecce, 1926
157	Roma, giugno 1913
169	Lecce, 1928
188	Lecce, 1931
204	Lecce, 1933
223	Lecce, giugno 1940
230	Lecce, estate 1943
233	Lecce, 1945
242	Lecce, gennaio 1946
254	Estate 1915
264	Lecce, 2 giugno 1946
279	Lecce, maggio 1947
284	Roma, ottobre 1915

p. 290	Roma, un mese dopo
300	Lecce, 1947
307	Lecce, un anno dopo
313	*Epilogo*. 31 gennaio 1964
321	*Grazie*
322	*Crediti*

*Einaudi usa carta certificata PEFC
che garantisce la gestione sostenibile delle risorse forestali*

*Stampato su carta HOLMEN con fibra vergine
proveniente da foreste sostenibili
www.holmen.com/paper*

*Stampato per conto della Casa editrice Einaudi
presso ELCOGRAF S.p.A. - Stabilimento di Cles (Tn)*

C.L. 26611

Ristampa   Anno

    1   2   3   4   5   2025   2026   2027   2028

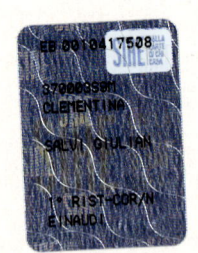